LA RIVIÈRE

DU MÊME AUTEUR

LA CONSTELLATION DU CHIEN, Actes Sud, 2013 ; Babel n° 1326.
PEINDRE, PÊCHER ET LAISSER MOURIR, Actes Sud, 2015 ; Babel n° 1455.
CÉLINE, Actes Sud, 2019 ; Babel n° 1753.

Carte par Rodica Prato

Titre original :
The River
Éditeur original :
Alfred A. Knopf, New York

ISBN 978-2-330-15120-1

PETER HELLER

La Rivière

roman traduit de l'anglais (États-Unis)
par Céline Leroy

ACTES SUD

À mon père, John Heller,
le meilleur conteur que je connaisse.

Qui le premier m'a emmené canoter
en chantant Little Joe the Wrangler *et*
Barbara Allen.

Pipestem River
Hudson Bay
Wapahk
Last Chance Falls
Godawful Falls
Bearhead Falls
Blueberries Lake
Feather Lake
Texans' Camp
Lake Sorrow
Maskwa River
Cedar Lake
Moose Lake
N

LA RIVIÈRE

PROLOGUE

Une odeur de fumée leur parvenait depuis deux jours.

Au début, ils crurent à un autre bivouac, ce qui les surprit parce qu'ils n'avaient entendu aucun moteur d'avion, que cela faisait plusieurs jours qu'ils descendaient cette enfilade de lacs tout en longueur et qu'ils n'avaient repéré personne ni même le mouvement lointain d'un autre canoë. Les seules traces laissées dans la boue des portages étaient celles des loups, des élans, des loutres et des ours.

Les vents venaient de l'ouest et du nord, eux-mêmes allaient vers le nord, de sorte que s'il y avait une autre expédition, elle les précédait forcément. Ce qui les plongeait dans la perplexité car cette odeur de fumée leur parvenait non seulement tôt le matin et la nuit, mais les surprenait aussi à des heures incongrues et les faisait relever la tête comme des coyotes, narines dilatées.

Puis un soir, ils approchèrent d'une île boisée où ils installèrent leur campement, grillèrent de la truite grise au-dessus d'un feu de bois flotté et regardèrent le soleil plonger dans les sapins sur la berge d'en face. C'était la fin août, par une nuit claire gagnée par le froid. Il n'y eut pas d'aurore boréale, seulement les étincelles denses des étoiles sur lesquelles soufflait un feu antédiluvien. Ils gravirent la colline. Ils n'avaient pas besoin de lampes frontales, ayant l'habitude de se déplacer dans le noir. Parfois, s'ils s'en sentaient encore la force, ils pagayaient la moitié de la nuit. Ils aimaient la façon dont l'obscurité amplifiait les sons – le ploc des pagaies, le toc-toc du manche contre le plat-bord. Le long cri désespéré d'un huard. Surtout les huards. Cette manière qu'avait leur désir inassouvi de creuser la nuit.

Ce soir-là, il n'y avait pas de huard et presque pas de vent et ils cheminèrent entre les mélèzes, les sapins du Canada et quelques grands bouleaux à l'écorce pâle luminescente. Au sommet du tertre, ils suivirent une sente animale jusqu'à une saillie rocheuse inégale comme s'ils n'étaient pas les premiers à avoir voulu profiter de la vue. Et puis ils le virent. Ils étaient tournés vers le nord-ouest. Au début, ils crurent que c'était le soleil, mais il était bien trop tard pour une fin de coucher de soleil et, dans cette direction, la ville la plus proche était à environ mille cinq cents kilomètres. Au loin, très loin, au-dessus des arbres, s'élevait une lueur orange. Elle était posée sur l'horizon comme la lumière d'un tas de braises sur la berge et vacillait à peine, si bien qu'ils se demandèrent si leurs yeux leur jouaient un tour, puis surent qu'il s'agissait d'un incendie.

Un feu de forêt, qui sait à quelle distance et de quelle ampleur, mais plus vaste que tout ce qu'ils pouvaient imaginer. Il semblait s'étendre sur un arc de cercle de cent quatre-vingts degrés, ils ne dirent pas un mot, mais le silence du feu et l'impression qu'il donnait de respirer leur glacèrent le sang. Le vent persistant allait le pousser vers eux. À leur allure actuelle, ils étaient encore à au moins deux semaines du village Cree de Wapahk et de la baie d'Hudson. Quand le lac le plus au nord se déverserait dans la rivière, ils gagneraient en vitesse, mais cela ne changerait rien au nombre de kilomètres à parcourir.

*

Le lendemain matin, ils aperçurent un autre campement. Il était sur la rive nord-est d'une île arborée, alors ils obliquèrent dans sa direction et furent surpris de voir que personne ne démontait la grande tente. Personne n'allait nulle part. Un vieux canoë canadien blanc en bois équipé d'un petit moteur de pêche à la traîne fixé à l'une des traverses avait été remonté sur les galets, et deux hommes étaient assis sur des chaises pliantes, jambes tendues. Jack et Wynn accostèrent en interpellant les hommes qui levèrent les bras. Une bouteille en plastique de bourbon Ancient Age était posée sur les cailloux entre les chaises. Le plus massif des deux portait une chemise en flanelle et des lunettes à monture métallique et verres teintés, le maigrichon une casquette de l'équipe des Texans de Houston. Deux cannes à pêche et une carabine Winchester à verrou modèle 70 étaient appuyées contre un pin.

"Salut, vous avez vu le feu ?" dit Jack.

"Salut, t'as vu des meufs ?" dit le maigrichon. Les hommes éclatèrent de rire. Ils étaient soûls. Ils dégoûtaient

Jack, mais être bourré par une matinée d'été ne méritait pas la peine de mort.
“Il y a un feu, dit Jack. Un méga-feu au nord-ouest d'ici. C'est ce que vous sentez depuis quelques jours.”
“Vous auriez un téléphone satellite ?” demanda Wynn.

Les deux autres repartirent dans un éclat de rire. Quand ils furent calmés, le gros dit : “Holà, faut se détendre, hein. Vous voulez pas vous asseoir, plutôt ?” Il n'y avait pas d'autres sièges. Il prit la bouteille de bourbon par le goulot, entre deux doigts, et la fit se balancer vers eux. Jack leva une main, l'homme haussa les épaules et porta la bouteille à ses lèvres, étudiant sa progression intensément, comme s'il conduisait une grue. Il but. Le lac formait une étendue étroite et si le feu gagnait la rive ouest, l'île ne protégerait pas les deux hommes.

“Comment vous avez fait pour les portages ?” demanda Jack. Il parlait du transport de l'équipement entre les lacs. Cinq lacs s'enchaînaient du sud au nord. Certains étaient reliés par des canaux navigables, d'autres par des chemins boueux qui nécessitaient de tout décharger et porter. Le dernier lac se déversait dans la rivière. C'était une grosse rivière qui serpentait plus ou moins vers le nord sur près de deux cent quarante kilomètres jusqu'au village Cree et à la baie. La condition physique de ces hommes n'impressionnait pas trop Jack.

“On a le machin à roulettes”, dit le maigrichon. Il fit un grand geste vers le campement.
“On a tout ce qui faut”, ajouta le gros.

“À part les meufs.” Ils lâchèrent une autre rafale de rires.
“Le feu est au vent. De ce côté-ci. À cinquante bornes, je dirais. Il est dangereux.”
Le gros fixa son regard sur eux. Son expression devint sérieuse. “C’est bon, on gère. Et vous ? C’est de la balle, ici. Pourquoi vous buvez pas un coup ?” Il fit un geste vers Wynn. “Toi, le grand… comment tu t’appelles ?”
“Wynn.”
“Et lui, c’est le méchant, c’est ça ?” Le gros pencha la tête vers Jack. “C’est quoi son nom ? Chester ? Et à vous deux, ça fait Winchester ? Haha !”

Wynn ne savait pas quoi dire. Jack les regarda. Il dit : “Peut-être qu’un de ces soirs, vous devriez prendre un peu de hauteur et jeter un coup d’œil par là.” Il désigna un point de l’autre côté du lac. Il se doutait que ni l’un ni l’autre ne gravirait une colline ni ne grimperait dans un arbre. Il agita la main, leur souhaita bonne chance sans conviction, et Wynn et lui repartirent.

*

Au troisième jour après avoir vu le feu, ils pagayaient le long de la rive est d’un lac appelé Blueberries, le lac aux myrtilles. C’était bien ce qu’il y avait d’écrit sur la carte, un nom bizarre qui sonnait bizarre. Blueberries Lake. Ils pagayaient près de la berge parce qu’un vent d’ouest s’était levé et les faisait méchamment tanguer. C’était une étrange matinée : une grosse gelée persistante, puis l’arrivée du vent et les vagues noires qui les attaquèrent par le flanc l'une après l'autre. Les crêtes écumeuses leur éclaboussaient le côté du visage et les vagues passaient par-dessus le plat-bord au point qu'ils décidèrent de surfer jusqu'à une plage de gros galets où ils tendirent la jupe sur le canoë pour le protéger. Mais il y avait aussi du brouillard. Le vent le déchira pour en faire une brume épaisse sans pour autant le dissiper. Ils n'avaient jamais rien vu de tel.

Alors qu'ils longeaient la rive, ils entendirent un cri. Au début, ils crurent à des oiseaux ou à des loups. Ils ne savaient pas quoi. Comme avec le feu, ils ne purent en deviner l'origine. Ils n'auraient jamais cru à des voix humaines, et pourtant. Un homme qui hurlait et une femme qui protestait, la voix aiguë et pleine de colère. Les cris se désagrégèrent dans le vent. À l'avant, Wynn se tourna à moitié et désigna un point avec sa pagaie, mais juste une seconde parce qu'ils avaient besoin de vitesse pour avancer s'ils ne voulaient pas chavirer. Son geste était une question : on s'arrête, tu crois ?

Une heure plus tôt, quand ils s'étaient arrêtés pour mettre la jupe sur l'embarcation, le débarquement avait été un peu rude. Wynn était plus lourd et son poids porté sur l'avant avait aidé dans le vent, mais ensuite, ils avaient surfé sur une vague qui les avait poussés sur le rivage et ils avaient heurté des rochers qui, heureusement, étaient lisses ; si la plage avait été composée de schiste et de calcaire…, le canoë aurait été détruit. C'était une manœuvre dangereuse.

Les garçons n'entendirent pas précisément ce qu'ils disaient, mais la femme semblait furieuse et l'homme n'avait pas l'air menaçant, juste indigné. Jack secoua la tête. S'ils étaient chez eux, ils voudraient sûrement qu'on les laisse tranquilles, alors pourquoi ne pas respecter leur intimité au milieu de nulle part ? Ils ne voyaient pas les silhouettes ni même la berge, mais de temps en temps, il devinait des arbres, à peine une ombre dans le brouillard qui se déchirait, un mur noir dont ils savaient qu'il était la lisière de la forêt, et ils poursuivirent leur chemin.

UN

Ils adoraient pagayer dans l'orage. Grâce à la jupe, ils se sentaient en sécurité dans le canoë tant qu'ils ne prenaient pas d'obstacle par le flanc, et qu'ils restaient loin des ombres et des bruits sur la berge. La boussole était inutile tant qu'ils faisaient en sorte que les déferlantes leur arrivent par la hanche de bâbord. Ils pouvaient se prendre beaucoup d'eau, mais un chavirement loin de la rive les tuerait, si bien qu'ils prenaient soin d'aborder les vagues de biais. Ils pagayaient à genoux pour maintenir un centre de gravité bas. C'était épuisant. Puis le vent retomba d'un coup comme étouffé, le lac se fit d'huile en moins d'une heure et ils eurent l'impression de flotter dans le brouillard. Ils se mouvaient dans un nuage lui-même mouvant d'où seuls quelques mètres d'eau noire étaient visibles quelle que soit la direction, et le brouillard pâle dériva en haillons comme de la fumée récalcitrante. L'eau murmurait autour de la carène et, dans l'esprit de Wynn, possédait un lustre pareil à de la rayonne. Ils se seraient crus dans un rêve ; Wynn pensa à un roman de Poe où des naufragés sont attirés vers le pôle Sud et où le courant qui les entraîne devient de plus en plus chaud et calme au fur et à mesure de leur avancée.

Wynn cessa de pagayer. Puisqu'il était à l'avant ce jour-là, c'est lui qui imprimait le rythme, donc Jack arrêta de pagayer à son tour et ils se laissèrent glisser. Le canoë était en Kevlar avec des lignes pures, faisait un peu moins de six mètres, et grâce à sa coque en V aux deux extrémités, il filait droit. Arrêter de pagayer sur une étendue d'eau plate offrait une sensation satisfaisante. Comme de regarder une volée de canards arrêter de battre des ailes en même temps et planer vers une rangée d'arbres.

"Trop bizarre", dit Jack.
"C'est clair. Mais à quoi tu penses, exactement ?"
"Tu veux la liste ?" Il posa la pagaie en travers du pontage et sortit la boîte de Skoal qu'il avait dans la poche de sa chemise. Il était trempé à cause des embruns, mais Jack ne portait jamais de veste imperméable quand il pagayait parce qu'il disait qu'il finissait tout aussi trempé à cause de la sueur, même avec les trucs respirants. Il n'utilisait pas non plus les répulsifs, par principe. Il coinça une pincée de tabac sous sa lèvre. "Alors on a : le vent et le brouillard en même temps, une première pour moi. Ah ouais, et puis la gelée. Le calme soudain. Les cris. Et ça. Tout ça est un peu spé."

Wynn ne dit rien. Ils dérivaient toujours et quelque chose dans le quasi-silence était comme un sacrement. Il trempa un doigt dans l'eau sombre, elle était encore froide, sans doute proche des 4 °C, et il regarda son doigt faire un petit sillage en V. C'était le seul signe concret d'un mouvement. "Je pensais à ce bouquin de Poe, dit-il finalement. *Arthur Gordon Pym.*"

"Ah ouais, toi aussi, cracha Jack. Je me demande qui c'était, sur la berge. On aurait dit un couple."
"On les recroisera peut-être."
"J'espère pas. Je me suis demandé toute la matinée si on n'aurait pas dû s'arrêter."
"Pour les prévenir du feu ?"
"Ouais."
"Ça aurait été chaud", dit Wynn. Il voulait parler de l'accostage – et si la plage avait été en mauvais calcaire ? Ils appelaient plage n'importe quel bout de grève descendant doucement vers l'eau.
"Je pensais qu'on aurait peut-être dû s'arrêter et essayer de les saluer."
Ils dérivèrent. "Tu veux déjeuner ?" dit Wynn.
"OK. Je crois qu'on n'a plus besoin de la jupe."

Ils défirent les attaches et Jack fouilla dans le sac de voyage, en sortit une brique de cheddar aux angles nets, un saucisson sec ainsi qu'un sachet plastique zippé rempli de biscuits salés Triscuit à moitié cassés. Il se redressa sur le banc canné. Le sac contenait aussi une petite planche à découper et Jack ouvrit son couteau, puis posa la planche sur ses genoux pour découper le fromage et le saucisson.

*

Meilleurs amis à l'université de Dartmouth, ils avaient décidé de ne pas étudier pendant les trimestres d'été et d'automne. Ils avaient travaillé comme guides nature dans les Adirondacks en juin et juillet et avaient dépensé la moitié de leurs économies dans les billets d'hydravion pour rejoindre la rivière. Rien ne les retenait. Au printemps, Jack s'était séparé de sa copine avec qui il était depuis le lycée. Elle vivait dans la Fraser Valley du Colorado, près de Granby, où la famille de Jack possédait un petit ranch.

Wynn n'avait pas eu de copine depuis son année de première à Putney, dans le Vermont. C'était une espèce de pensionnat chic, mais sa famille vivant à moins de cinq kilomètres de là, il était externe. Il était sorti avec la fille d'une star de cinéma qui l'avait trouvé exotique et rustique, et il raconta à Jack qu'il avait su que ça ne durerait pas quand il était allé chez elle à Malibu pour les vacances de printemps et que, pendant un brunch en pleine semaine, la mère superstar et sa fille avaient commandé des œufs à la florentine, et que, quand il avait demandé ce que c'était, elles s'étaient tournées vers lui et la mère avait dit : "Wynn, c'est comme les œufs Bénédicte, mais avec des épinards à la place du bacon." Elle avait remonté ses lunettes. "Bénédicte ? Ça te dit quelque chose ?" Mère et fille avaient éclaté de rire et Keri avait tendu la main pour lui tapoter l'épaule. Il savait ce qu'étaient les œufs Bénédicte. Il expliqua que cette petite tape l'avait brûlé comme une marque au fer rouge et que, dans l'après-midi, il avait changé son billet d'avion pour rentrer chez lui. C'était la saison de la récolte de l'eau d'érable, un de ses moments préférés, et il aida son père à la faire bouillir dans la petite cabane à sucre le long de la Sawyer Brook.

Parfois, le bouillage durait toute la nuit. À l'aube, le soleil déversait une lumière rose sur les plaques de neige et le vent du petit matin agitait les feuilles sèches des chênes ainsi que les branches nues des érables, et il entendait le bruit du ruisseau grossi par la fonte des neiges, les chants de la sittelle. Le feu crépitait sous le long évaporateur rempli de sève claire et son père et lui ne disaient pas grand-chose, mais Wynn avait bien conscience – il avait lu assez de romans pour le savoir, pensait-il – qu'il s'agissait sans doute des meilleurs moments partagés avec son père.

Au cours des nombreuses heures consacrées à tenter de soigner son cœur brisé, il finit aussi par comprendre qu'il s'était peut-être montré aussi terriblement superficiel et opportuniste que Keri : elle avait voulu s'offrir un garçon de la région qui portait des chemises de bûcheron, savait pêcher, couper du bois et était aussi à l'aise à dormir à la belle étoile qu'elle l'était dans la suite d'un grand hôtel, et lui avait voulu sortir avec la fille d'une star qui se déplaçait dans le monde comme si elle appartenait à une autre espèce. En fait, elle n'était qu'une jeune fille loin de chez elle et sans doute apeurée, et lui un jeune garçon plus cultivé qu'il ne le laissait paraître et qui avait passé plus d'heures dans les musées de Boston et de New York qu'il ne voulait bien l'admettre. Il n'avait simplement jamais mangé d'œufs à la florentine.

Un matin, alors qu'il se dirigeait vers l'érablière de Dusty Ridge, il arriva à la conclusion que Keri et lui n'avaient jamais vraiment été amis et n'avaient que rarement ri ensemble. Ce qui était triste.

L'histoire de Jack était plus simple. Il avait connu Cheryl à l'école primaire quand son père s'était installé dans la vallée pour y devenir commissaire de police, puis ils étaient devenus les meilleurs amis du monde, mais maintenant qu'elle voulait se marier et avoir des enfants, il s'apercevait qu'elle avait beau être une femme formidable, il s'ennuyait déjà. En mai, il lui avait écrit une lettre de rupture tournée comme les paroles de *Dear Jill* où il lui disait en toute sincérité qu'il espérait qu'ils resteraient toujours amis.

Jack et Wynn avaient donc digéré leur part de complet désarroi et traînaient sans doute au fond d'eux un poids lourd comme la pierre. Wynn n'avouerait jamais qu'il avait été amoureux ni que le mépris de Keri l'avait durement atteint. Ni qu'il n'était sorti avec personne durant ces deux premières années de fac parce qu'il était d'une timidité maladive.

Ils dérivaient. Jack finit de couper le bloc de fromage et le saucisson. Ils avaient une faim de loup. L'avantage, dans une expédition en canoë, c'est qu'ils n'étaient pas obligés d'y aller mollo sur les provisions. S'ils n'avaient plus envie de pêcher le moindre poisson jusqu'à leur arrivée au village, ils avaient deux barils en plastique de presque un mètre de hauteur remplis d'assez de nourriture pour tenir pendant tout le trajet.

"Ils doivent descendre sur Wapahk", dit Jack. C'est là qu'ils allaient, eux aussi : le plan était de descendre ce dernier lac qui se déversait dans la rivière, puis la rivière elle-même pendant deux semaines et de bivouaquer tranquille à l'embouchure de la baie d'Hudson.

“À moins qu’ils aient remonté les lacs jusqu’ici et que quelqu’un vienne les chercher. Eux et les deux poivrots.”

Ils réfléchirent. Il leur vint à l’esprit, même si aucun ne dit un mot, qu’avec l’arrivée du feu le plus sûr serait de repartir par les airs depuis Blueberries Lake. Les garçons avaient été déposés sur le premier lac en hydravion et pouvaient repartir de la même façon. Parce que, dans la soirée ou le lendemain matin, ce lac-ci qui était le plus au nord allait rejoindre la rivière. Et quand ils le quitteraient pour emprunter la langue d’eau qui devenait la Maskwa, il n’y aurait plus de retour en arrière possible. Ils chevaucheraient le V formé par les rapides jusqu’au chenal et seraient obligés de pagayer jusqu’à la baie d’Hudson. Il n’y aurait nulle part sur la grosse rivière resserrée où faire atterrir un monoplan jusqu’à ce qu’ils atteignent l’embouchure deux semaines plus tard. Mais. Impossible de rester sur le lac puisqu’ils n’avaient ni radio ni téléphone satellite pour contacter l’aérodrome de Pickle Lake – ou n’importe quel autre aérodrome – afin qu’on les récupère. Ou pour prévenir qui que ce soit au cas où ils auraient besoin d’aide. Ils en avaient discuté pendant la préparation du voyage et s’étaient dit qu’avec les moyens de communication modernes la véritable aventure appartenait à un passé révolu. De toute façon, ils n’avaient pas les moyens de se payer un téléphone satellite.

Ils dérivèrent dans le brouillard. La plus légère des brises du nord-ouest portait un parfum piquant différent de celui des cuisinières à bois, si familier dans les vallées où ils avaient grandi. Il était plus chargé en charbon et, d'une certaine façon, sentait l'obscurité.

"Peut-être qu'ils ont un téléphone", s'aventura Wynn. Ils dérivaient.
"Tu crois qu'on devrait tout annuler ?" demanda Jack. Wynn haussa les épaules.

Ils avaient descendu beaucoup de rivières et gravi beaucoup de sommets depuis deux ans qu'ils se connaissaient. Parfois, l'un avait plus d'appétit pour le danger, parfois c'était l'autre. Ils avaient trouvé un équilibre délicat mais juste entre risque et précaution dans leur façon de penser à deux, inversant facilement les rôles, et c'était pour ça qu'ils fonctionnaient si bien ensemble. Jack n'aurait jamais manqué de respect à son ami en minimisant ses inquiétudes. Il dit : "On s'est donné du mal pour arriver là, non ?"

"Ouais."
"Mais personne ne veut se faire surprendre par un méga-feu."
"Nan."
"Tu veux une barre chocolatée ?" demanda Jack.
"Yes."

Ils sentaient à peine la brise sur leur oreille et leur joue gauches, cette brise qui poussait le brouillard sur l'eau avec une langueur intemporelle comme s'il n'y avait jamais eu de période sans brouillard et qu'il n'y en aurait jamais plus. Il semblait s'éclaircir.

"Si personne ne vient les récupérer et qu'ils prévoient de descendre la rivière, on devrait les prévenir qu'il y a un incendie", dit Wynn. Il tendit l'emballage à Jack qui le froissa et le mit dans la pochette en filet fixée à un des barils. Ils brûleraient les emballages dans la soirée. "Tous ceux qui descendent la rivière vont devoir se magner."
Jack gonfla les joues en soupirant. "On va perdre autour d'une demi-journée, non ?" Il sortit sa pagaie de là où il l'avait glissée, dans l'étui de proue.
"Ouais."
"Alors c'est parti."

Ils firent demi-tour malgré la légère résistance de la fausse quille, pivotèrent sur l'eau lisse comme autour d'un fuseau, se redressèrent et avancèrent. Revinrent en arrière. Sans vent ni vagues pour leur donner une direction, Jack se servit de la boussole pour mettre le cap à cent soixante-dix degrés et ils replongèrent dans la brume pour prévenir l'autre expédition.

*

Le brouillard finit tout de même par se lever. Il sembla se disperser en quelques minutes, se volatilisant dans une matinée fraîche comme s'il n'avait jamais existé, et le ciel était d'un bleu automnal sans nuages. L'air était si net qu'ils avaient l'impression d'avoir chaussé des loupes : chaque tronc de bouleau semblait ressortir sur le fond de mélèzes, d'épicéas et il y avait des touches de jaune aux franges des branches et certaines des aiguilles de mélèze avaient la couleur sans éclat de l'herbe en automne.

Les épilobes roses le long de la berge sous les arbres surgissaient comme dans un tableau. Il semblait que l'été avait cédé la place à l'automne du jour au lendemain. C'était magnifique et effrayant. Ils avaient encore les eaux vives à descendre et ils seraient plus en sécurité si les journées chaudes de fin d'été persistaient. Ils avaient emporté des combinaisons, mais avaient entendu parler d'expéditions qui s'étaient fait surprendre par des chutes de neige précoces et par le froid, il y avait eu des morts. C'était ce qui était arrivé lors d'une descente en canoë tristement célèbre effectuée par six hommes de Dartmouth en 1955 sur la Dubawnt, où le chef appelé Art Moffatt était mort après avoir nagé dans un rapide par temps glacial. Impossible de prévoir les changements de saison dans le Grand Nord et ils avaient choisi leur moment en espérant tomber au moment où le débit serait le plus bas et les journées le plus chaudes ; et en fonction de la fin de leurs jobs d'été.

Ils avançaient. Jack chantonnait. Il chantonnait souvent, pendant qu'ils pagayaient, des bouts de vieilles chansons de cow-boy que son père lui avait chantées, comme *Streets of Laredo*, *Little Joe the Wrangler* ou *Barbara Allen*. Mais aussi Sky Ferreira, Drake et Solange ; Wynn aimait bien cette diversité.

Quelques jours plus tôt, ils pagayaient entre les deux îles du Lake Sorrow et Wynn, qui était à l'arrière, avait repéré quelque chose dans l'eau. C'était gros et ça laissait le même sillage qu'un petit bateau. Il regarda mieux. Il ne savait pas de quoi il s'agissait, mais ça se dirigeait vers l'île où ils avaient prévu de bivouaquer. Jack fredonnait des fragments de

Guantanamera de Wyclef Jean : *"I'm standing at the bar smoking a Cuban cigar… Hey yo I think she's eyein' me from afar…"* Wynn plissa les yeux et discerna les bois d'un élan. Énorme. Il devait l'être puisque, même de loin, il paraissait gros. À trois bornes de la rive la plus proche. Génial. Ils allaient partager un îlot avec un élan mâle parfaitement amphibie. Heureusement, ce n'était pas la période de rut. "Hé, Jack, regarde ça. Purée." Il ne savait pas pourquoi il murmurait. Jack n'arrêtait pas de chantonner, perdu dans une rêverie. *"Hé."* Note, murmure, mesure de hip-hop. "Oh, *mec* !" Jack s'était tourné, surpris.
"Tu sais que tu passes tes journées à fredonner ?"
"Vraiment ?"
"Ouais. Et on va avoir de la compagnie." Wynn désigna l'élan de sa pagaie.
"J'hallucine ! C'est un *élan* ? dit Jack en riant. Dommage qu'on puisse pas harnacher la bestiole comme un renne. Regarde-moi comment il fend la bise ! Il doit bien faire du quatre nœuds."

Ils avaient décidé de camper sur l'île quoi qu'il arrive et n'eurent pas de problème à coexister cette nuit-là. La rive sud offrant une crique remplie de lentilles d'eau, ils firent le tour et observèrent l'animal en train de se nourrir. Juste avant la tombée de la nuit, ils s'assirent près du feu pour boire un dernier café, Jack sifflota tout bas et quand Wynn se tourna, ils virent l'élan à l'orée du bois qui les regardait, l'air confus, comme s'il voulait se joindre à eux. Il n'avait manifestement jamais vu d'humains avant.

Maintenant que le brouillard était levé et l'air froid et propre comme un verre grossissant, ils se dirent qu'ils repéreraient sans mal le campement, mais ne virent rien. Ils imaginèrent qu'ils étaient peut-être plus de deux. Deux personnes. Peut-être qu'il y avait toute une expédition sur la rive est et que les garçons n'avaient entendu que les cris du couple sur la plage. Peut-être qu'ils s'étaient éloignés du groupe pour se disputer. Mais dans ce cas, il aurait été facile de voir les tentes colorées de l'expédition ou une série de canoës faisant route vers le nord et la sortie du lac, mais il n'y avait rien. Ils ne voyaient rien.

Ils virent des bouquets d'épilobes aux couleurs vives et le mur d'arbres, de petites anses aux plages caillouteuses parfois retenues par des rangées de hautes herbes mordorées ; ils virent des criques rocailleuses sur lesquelles s'étaient effondrés des épicéas morts au tronc blanchi comme de l'os, et de petites touffes de végétation entre les rochers de la rive dont ils savaient qu'il s'agissait de bleuets à feuilles étroites.

S'ils furent tentés de s'arrêter pour en cueillir, ils ne le dirent pas. D'un coup, ils se sentaient stressés. En s'octroyant un mois, et même plus, pour traverser les lacs et descendre la rivière, ils avaient voulu s'offrir un périple sans date d'arrivée prédéterminée. Leurs billets de retour par Wapahk étaient ouverts – ils les prendraient quand ils seraient au village – et ils avaient misé sur un rythme tranquille avec des journées courtes chaque fois qu'ils en auraient envie. Avec des arrêts pour faire de la randonnée, chasser s'ils le voulaient, cueillir des baies, se reposer, fumer leur pipe et prendre leurs aises comme Huck Finn ou Stubb – les pipes étaient anachroniques et ils adoraient ça, s'allonger et fumer un mélange de tabac à la vanille leur donnait l'impression d'être de vieux explorateurs. Ils désiraient ardemment s'immerger dans la région sans la précipitation d'un itinéraire trop chargé. Ils n'avaient même pas pris leur montre, se fiant à leur capacité à lire l'heure grâce à la position du soleil et des étoiles quand ils pouvaient les voir et à la fatigue de leur corps quand ils ne le pouvaient pas. Plus ou moins, chaque fois qu'ils avaient descendu une rivière ensemble, ils avaient dû se dépêcher parce qu'ils bossaient pour payer leurs études et n'avaient donc pas beaucoup de temps. Ils voulaient essayer autre chose, savoir ce que ça faisait de vivre un peu dans un paysage. Mais rien n'était plus comme avant. Le feu qu'ils avaient vu l'autre nuit et les premières gelées avaient changé la donne.

Ils déviàrent de cent soixante-dix degrés pour retourner d'où ils venaient, ce qui les poussa vers le rivage, et se dirent qu'il était étrange de ne pas avoir vu de bivouac ni croisé aucun autre canoë. Un petit affluent sinuait hors des bois jusqu'à une plage assez large, alors ils décidèrent de s'arrêter pour faire un feu, boire du thé et réfléchir. En temps normal, ils auraient peut-être pêché dans l'eau trouble sur le côté, mais pas cette fois. Elle était d'une couleur plus sombre que le lac d'un vert opaque dans le soleil de début d'après-midi. Les tanins brunissaient la rivière et les garçons étaient souvent tombés sur des truites mouchetées dans ce genre de petit affluent, mais ni l'un ni l'autre ne sortit sa canne à pêche.

Le bois ne manquait pas. Ils étaient sous le vent de l'île et le bois flotté était amassé sur la plage de galets comme des déchets sur l'estran. Il y avait des squelettes de sapins qui devenaient argentés, lisses et durs, et des carcasses de bouleaux qui pourrissaient, encore dans leur fourreau d'écorce blanche poudreuse. Des piles de branches plus petites séchées par le soleil et le vent qui se brisaient sur le genou de Jack dans un bruit de coup de fusil. Il en rassembla une brassée pendant que Wynn, chaussé de ses bottes en caoutchouc, pataugeait dans quelques centimètres d'eau et observait aux jumelles la rive et le lac couleur jade jusqu'à l'embouchure. Jack avait remarqué qu'il faisait souvent ça – se tenir dans l'eau quand il aurait aussi bien pu être au sec sur la berge – et cela l'amusait. Si Jack aimait l'altitude et le froid, Wynn aimait être dans l'eau aussi souvent que possible et le chaos des eaux vives ne le dérangeait jamais – c'était dans ces moments qu'il semblait pleinement vivant. Même chose pour la pêche : Jack aimait mieux pêcher depuis la proue d'un canot, alors que Wynn préférait s'enfoncer dans un courant violent avec de l'eau jusqu'aux cuisses. Jack mettait ça sur le compte de leurs paysages d'origine – lui avait grandi au cœur des Rocheuses et c'est là qu'il se sentait bien. De hauts plateaux désertiques, des sommets encore plus hauts. Le monde de Wynn était un pays de ruisseaux et de rivières, d'étangs et de lacs ; un monde aquatique.

Wynn garda un doigt sur la molette de mise au point et déplaça les jumelles vers la rive nord. Il ne pouvait pas vraiment voir le point où le lac se déversait dans la rivière, mais il savait où il se trouvait grâce à la carte. Ce point était à côté d'une moraine glaciaire qui en d'autres temps avait été un tas de rochers éboulés aujourd'hui adoucis par de la mousse et des arbres. Ils étaient passés tout près dans la matinée et elle était maintenant à huit kilomètres de là. C'était de là que partait la rivière, et deux kilomètres et demi plus bas se situaient les premières grosses chutes, un terrifiant rapide en espalier qui avait tué quatre céistes l'année précédente parce qu'ils avaient raté le portage obligatoire sur la rive droite. Le débit était très rapide au-dessus de la cataracte et la rive gauche n'était qu'une saillie brute impossible à aborder. Toutes les descriptions qui existaient de la rivière conseillaient vivement de bien rester sur la droite en descendant les deux kilomètres et demi qui suivaient le lac.

Deux grands harles traversèrent le viseur de ses jumelles, volant à tire-d'aile vers le sud. Wynn se tourna vers l'est et aperçut un grand rapace en train de tournoyer ; il le suivit, vit l'éclat d'une tache blanche et fut certain qu'il s'agissait d'un pygargue à tête blanche en train de chasser.

Mais pas de canoë. Wynn abandonna sa recherche et Jack sut ce qu'il allait faire ensuite, et il avait raison. Wynn posa les jumelles sur les rochers pour qu'elles ne se balancent pas à son cou, puis s'accroupit et commença à étudier les cailloux sur la plage. Il en ramassa des poignées pleines. Des cailloux, mais aussi des bâtons, deux plumes, sans doute de balbuzard et de corbeau – et il s'agenouilla pour faire deux tas avec les cailloux, moins comme des cairns que comme des tumulus, dévia l'eau pour qu'elle les contourne et posa les plumes sur ces canaux comme si c'étaient des barques. "Un drakkar, murmura-t-il pour lui-même, mais Jack l'entendit. Comme des funérailles vikings." Si Jack avait l'habitude de chantonner, Wynn parlait tout seul, surtout quand il construisait ses trucbidules. C'est comme ça que Jack les appelait. Wynn était un fan d'Andy Goldsworthy, l'artiste de land art, et l'éthique de l'art éphémère le fascinait, des mandalas de sable bouddhistes aux lunes en jeunes pousses fabriquées par Jay Mead. L'ego libéré de ses chaînes : la pureté de créer une œuvre qui n'existerait déjà plus au bout de quelques heures ou jours. Ce que ça disait de la propriété et de l'impermanence de toute chose. Il était moins impressionné par les emballages de Christo qu'il trouvait impérieux et grandiloquents.

Accroupi au bord de l'eau, Wynn rappelait un peu à Jack ces gamins à la plage avec leur seau et leur pelle. Il était tout aussi absorbé et heureux. "Tu ne vas même pas prendre de photo ?"

Wynn leva les yeux, haussa les épaules. Il avait un sourire un peu idiot, comme quelqu'un surpris en grande conversation avec un tamia.

Jack prépara un feu. Le bois éclata, flamboya, puis Jack remplit la bouilloire d'eau, plaça deux galets plats à côté des flammes, ratissa les braises et les brindilles enflammées avec un bâton vers l'espace créé entre les galets et posa la bouilloire dessus. L'eau arriva rapidement à ébullition et Jack fit basculer l'anse en fer pour pouvoir soulever la bouilloire avec son bâton et la posa sur l'un des galets, puis se dirigea vers le canoë pour chercher du thé et du sucre brun dans une boîte en plastique qu'ils utilisaient pour l'équipement de base. Elle contenait deux couvertures de survie, des allumettes imperméables et un tube de pâte allume-feu au fond. Et puis un sac de nourriture avec de l'avoine et du sucre, des barres énergétiques, des fruits séchés et quelques repas lyophilisés ; assez pour tenir environ trois jours à deux. De même qu'un miroir de signalisation et une petite boussole sans lunette rotative. Il fit tomber les sachets de thé dans la bouilloire, s'assit sur une bûche lisse sous le soleil éclatant et regarda le lac.

Il n'y a pas d'autre endroit où je préférerais être, pensa-t-il. Et aussi : quelque chose ne va pas. Il le sentait au niveau de la nuque, un peu comme quand il avait les poils qui se dressaient sur la peau juste avant que n'éclate un orage électrique sur la chaîne des Never Summer. Ou juste avant qu'il ne tombe sur un grizzli lui lançant des regards noirs dans une clairière du Montana. Il l'avait toujours eu, ce sixième sens – certaines personnes l'ont – qui lui avait sauvé la peau plus d'une fois. Il l'avait senti un matin quand il avait onze ans et qu'une jeune jument avait trébuché sur un bloc de roche lisse, comme en équilibre au-dessus d'une petite rivière transformée en torrent l'été. Il sentit la chaleur lui monter dans le cou et il effaça l'image de son esprit.

Il inspira. Rien de plus paisible, se dit-il, que l'instant présent. Il entendait les abeilles bourdonner dans les épilobes et les asters derrière lui. Le thé qui infusait, le lac comme un miroir, un soleil blanc à mi-chemin de la forêt qui réchauffait la rive caillouteuse. Ses vêtements avaient presque fini de sécher. Son meilleur ami à moins de dix mètres de là, manifestement tout aussi heureux. *Pourrais pas rêver mieux.* Voilà ce qu'il aimait se dire.

Pas de nuage de fumée à l'ouest, le vent avait dû tourner là-bas. Ici, à peine un souffle d'air, la fumée pâle de leur feu montait presque droit, s'étiolait et disparaissait avant d'atteindre la hauteur des épicéas. Mais cela l'embêtait, cette sensation. Ils devaient être tout près de l'endroit du rivage où leur étaient parvenus des cris, mais il n'y avait rien, pas une trace.

Il versa le thé dans les deux tasses en fer et ajouta du sucre au sien qu'il remua avec un bâton, retourna s'asseoir sur sa bûche, mais ne parvint pas à se détendre. Ce qui avait été pur amusement ressemblait désormais à un mauvais présage. Le pressentiment ne lui faisait pas l'effet d'une menace générale, du style *Automne précoce, on ferait mieux de se bouger le cul,* ou *Il y a un putain de feu énorme qui rugit au nord-ouest, on ferait bien de mettre un coup d'accélérateur* – il avait l'habitude de ces changements. Venant d'une famille de ranchers, il savait que ça arrivait tous les jours et sa psyché avait appris à s'y ajuster pour que son bien-être quotidien n'en soit pas perturbé – dans la vie, il fallait être souple d'esprit et s'adapter rapidement. Mais là, c'était différent. Ça le picotait comme un danger précis et imminent qu'il n'arrivait pas à identifier.

“Hé ho, lança-t-il. Ding dong. Le thé est prêt.” Wynn se leva et ramassa les jumelles, marcha d'un pas lourd jusqu'au feu et s'assit sur une bûche. Jack lui tendit une tasse de thé. “Bizarre, dit Wynn. J'ai scruté

toute la rive. Tu crois que ça aurait pu être le vent ? Ce qu'on a entendu ?"
"Quoi ? Le vent qui aurait hurlé : « C'est *ma* putain d'expédition. C'est *mon* tour ! » C'est ce que j'ai cru entendre, moi."
"Ouais. Moi aussi. C'était elle. J'ai cru l'entendre hurler lui aussi : « N'importe quoi ! Fais chier ! C'est la dernière fois ! »"
"Qu'est-ce que tu veux faire ?" Ils avaient déjà parcouru plus de quinze kilomètres.
"Toi ?"
"Baah." Jack étudia les pierres entre ses pieds et remua la mâchoire. Wynn savait qu'il faisait ça quand il réfléchissait sérieusement. "Ils sont peut-être passés devant nous d'une façon ou d'une autre, dans le brouillard. Mais ça paraît peu probable, non ?"

Ils étaient tous les deux des pagayeurs d'une force exceptionnelle, ils le savaient et, ce matin-là au milieu des vagues, ils ne s'étaient pas ménagés.

"Mais peut-être qu'ils ont un moteur électrique et un panneau solaire comme les deux connards."
"Possible, dit Jack. Il y a des gens qui s'en servent juste pour traverser les lacs."
"Dingue. Mieux vaut rester chez soi et sortir faire un tour en bagnole, dans ce cas, non ?" Wynn était encore plus puriste que Jack. Il y avait eu des moments au cours de la matinée où Jack aurait adoré avoir un moteur.
"Mais c'est bizarre, dit Jack. Je sais pas."
"C'est ton sixième sens à la Spiderman qui parle ?"
"Ouaip."

“Putain !” Wynn écarta brusquement sa tasse et renversa du thé sur les pierres. “Je fais toujours ça.” Il retira le couvercle à bec verseur de sa tasse et souffla sur le thé brûlant. “Me suis brûlé la langue.” Jack l’entendit à peine. Il se débattait avec un fort pressentiment comme il en avait rarement. Il dit : “Peu importe qui c’était, on a fait ce qu’il fallait. On a essayé de les prévenir.”

Jack ne voulait pas assombrir l’humeur du voyage ; il n’y avait rien de pire dans une expédition qu’une personne négative. Mais il aurait bien aimé trouver ces gens au cas où ils auraient eu un téléphone satellite afin d’appeler Pickle Lake. Peut-être pas pour demander un avion, mais au moins pour savoir où en était le feu que le centre de prévention des incendies devait forcément surveiller.

Les poils qui se dressaient sur sa nuque, la chair de poule, il avait appris à ne pas ignorer ces signes. C’était un peu comme un signal d’alarme caché à la base de son crâne et qu’il percevait s’il tendait l’oreille. Sauf qu’ils n’avaient pas de téléphone satellite, le couple était introuvable et ils avaient déjà décidé de quitter le lac pour descendre la rivière. Ce qui revenait à s’engouffrer dans un entonnoir hydraulique et les obligerait à naviguer sur des rapides pendant au moins deux semaines et à contourner les plus grosses chutes par des portages. Il ne dit rien ; cette fois, il se tairait.

“Tu veux bivouaquer ici ? demanda Wynn. Ça nous donnera tout le temps de retraverser le lac et de descendre les premiers rapides, d’y aller tranquille en faisant bien gaffe.”

“OK. Dis voir, Big ?”
“Ouais ?”
“Non, rien.”

Wynn baissa sa tasse de thé et étudia le profil de son ami. Sous la barbe d’une semaine, les pommettes saillantes et très bronzées, le nez droit brûlé par le soleil, les pattes-d’oie au coin de ses yeux presque noirs comme un éventail de ridules, plus pâles que la peau autour ; son cou aux tendons éclaboussés de petites taches de son. Il n’avait pas acquis ces marques en apprenant à faire du canoë dans les camps de vacances d’été ou en participant à la National Outdoor Leadership School. Wynn l’enviait. Il pensa une fois de plus qu’être dehors, dormir à la belle étoile et cuisiner sur un feu de camp étaient aussi naturels pour Jack que de respirer. Il partait en expédition à cheval avec sa famille depuis qu’il était capable de s’accrocher au dos d’une jument pas encore débourrée. Et contrairement à d’autres, avoir froid, être trempé ou épuisé ne semblait pas le déranger. Ça n’était pas bien drôle, mais après tout, la vie n’était pas toujours censée être drôle. C’était la différence, pensa Wynn. Jack n’accordait aucune valeur à des choses comme le froid ou la faim, ça n’était ni bien ni mal, ça existait, et du moment qu’on y survivait, pas la peine d’en faire tout un foin. Cela rendait Jack fort, lui donnait un tempérament que Wynn admirait. Mesurant un mètre soixante-dix-sept, Jack faisait quinze centimètres de moins que Wynn. Ce dernier pouvait sortir une voiture embourbée en s’aidant de quelques grognements, mais Jack, plus mince et plus léger, courait plus vite, et Wynn savait qu’il possédait une résistance inscrite dans ses gènes.

De sorte que, quand Jack était troublé, Wynn était particulièrement attentif.

“À quoi tu penses, chef ?”
Jack haussa les épaules.
“T’as un pressentiment ?”
“Ça y ressemble.”
“Moi aussi. Le feu et les deux tarés. Tout est hyper bizarre. Mais on n’a pas trop le choix, non ?”

Jack tourna la tête. Dans le soleil éclatant, ses yeux sombres étaient clairs et remplis de lumière. S’il était inquiet, il était aussi un peu amusé. De voir à quel point les merdes avaient tendance à s’accumuler. “Nan, on n’a pas le choix. Il n’y a donc pas de décision à prendre.”

*

Ils ne manquaient pas d’aliments de base, poudre de haricot noir, quinoa, riz, macaronis, lentilles, et ils avaient même plusieurs livres de bœuf séché. Ils avaient aussi acheté des repas sophistiqués en version lyophilisée, histoire de varier les plaisirs, et ce soir-là, ils décidèrent de se préparer de la dinde *à la king*, délicieuse malgré ce nom ridicule en franglish dans le texte. Wynn mélangea de la limonade en poudre dans une bouteille d’eau et il en versa ensuite dans leurs tasses en y ajoutant une rasade de Jim Beam. C’était toujours un soulagement de se conformer à une décision prise, même quand il n’y avait pas d’autre choix.

Ils plantèrent leur tente dans une anse d’épicéas en retrait de la plage. Ni l’un ni l’autre n’avait envie de pêcher, même s'ils voyaient du fretin filer dans les hauts-fonds du ruisseau couleur thé. Ils lurent et fumèrent leur pipe. Le vent retombé n'était plus qu'un souffle qu'ils sentaient à peine. Le ciel était dégagé et dépourvu de nuages. Les dernières lueurs atteignirent le bord du lac et glissèrent sur la surface argentée sans y faire une ride. Vinrent les reflets des premières étoiles. Très vite, le froid s'installa et ils surent que la nuit apporterait de nouvelles gelées.

Ils relancèrent le feu, l'alimentèrent en bois flotté et s'assirent dans sa chaleur. Wynn sortit les pages qu'il avait déchirées dans un livre intitulé *True Tales of the North: Ghosts, Witches, Spirit Bear, and Windigoes*. L'ouvrage avait été écrit en 1937 par un anthropologue amateur du nom de Spencer Halberd Knight. Jack s'était moqué de ce nom – "Si ce con avait ça d'écrit sur son certificat de naissance, je mange le chapitre" – et de l'habitude qu'avait Wynn d'emporter des bouts de livres déchirés en voyage – "T'as dû grandir avec beaucoup plus de bouquins que moi. Pourquoi tu ne leur laisses pas vivre leur vie naturelle ?" –, mais lui avait demandé timidement s'il pourrait lire les pages quand Wynn aurait fini. Le bois sec flambait bien et Wynn se tourna sur la bûche qu'ils avaient approchée du feu pour en faire un siège et se pencha sur la première page.

"J'étais en train de te dire qu'il y a tout un chapitre consacré à Wapahk. Il s'est passé des choses assez horribles, dans le coin."
"Ah ouais ?" Jack feignit la nonchalance, mais se redressa. Il n'aimait rien tant qu'une bonne histoire d'horreur.

“Une série de meurtres ont été commis dans les années 1920. Un esprit géant, pâle et maigre hantait le village et s’emparait des gens pour les transformer en cannibales. On l’appelait le windigo. Le truc, c’est que dès que les anciens pensaient qu’un villageois était possédé par le windigo, ils lui tiraient dessus ou l’étranglaient pour qu’il ne puisse pas manger ses amis ni sa famille. Une sorte d’attaque préventive.”

“Combien ?”

Wynn s’écarta du feu pour que la lumière tombe sur la page. “Neuf. Dans un village d’environ deux cents personnes.”

“La vache.”

“Ouais.”

“Peut-être que c’était un ours polaire affamé.”

“Peut-être.” Wynn trouvait que Jack ressemblait un peu à un gamin qui voulait à tout prix une explication.

“Un de ceux qui adorent marcher sur leurs pattes arrière.”

“Mouais.”

“Peut-être que, pour une raison ou une autre, les phoques s’étaient faits rares cette année-là”, suggéra Jack.

“Peut-être. Ça raconte que le village se sentait doublement maudit à cause des courants chauds qui avaient rendu la pêche mauvaise pendant deux années de suite.”

Jack avait la chair de poule pour la deuxième fois ce jour-là. “Du coup, tu penses que c’était quoi ?”

“Un fantôme affamé.”

“T’es con.”

Le feu se consuma jusqu’à ne laisser que des braises et les garçons ne sentaient plus du tout l’odeur du sinistre qui se propageait au nord-ouest ; à croire qu'il n'existait plus. La brise avait dû repartir dans l'autre sens. Ils n'en parlèrent pas, mais de temps en temps, l'un ou l'autre tournait le visage vers le lac et dilatait les narines exactement comme un élan ou un cerf humant l'air à la recherche d'un prédateur.

Une heure après la tombée de la nuit, ils se couchèrent et laissèrent la tente ouverte pour pouvoir voir les étoiles et les aurores boréales au cas où elles se mettraient à chanter en silence un peu plus tard. Ils tendirent tout de même la moustiquaire pour qu'elle récupère le givre. Peu après, Jack installa son matelas et son sac de couchage sur les galets de la plage et dormit sous l'arche palpitante de la Voie lactée. Il se moquait des étoiles de givre qui allaient parsemer son sac de couchage, il le secouerait au matin. La gelée de la nuit les avait débarrassés des moustiques. Wynn entendit s'entrechoquer les galets quand Jack alla se mettre dehors et il entendit aussi le bruit des minuscules risées sur le ruisseau. Il pensa à ce poème de W. S. Merwin décrivant le soleil qui, se couchant, ne croit en rien, mais entend le ruisseau qui lui court après : *Il a apporté sa flûte il a fait du chemin.*

Ce poème lui coupait la chique. Notre seul et unique soleil qui ne croit en rien et le petit cours d'eau qui croit très fort, qui croit même à la musique. Voilà ce qu'il aimait dans la poésie : elle faisait en quelques secondes ce qu'un roman faisait en plusieurs jours. Un tableau pouvait avoir le même effet, et une sculpture. Mais des fois, on a envie que ça dure des jours et des jours.

Jack resta éveillé un long moment et quand il s'endormit, il rêva de sa mère et de ce matin sur l'Encampment River. Il faisait ce même rêve quelques fois dans l'année. Ils campaient dans le Horseshoe Park, la prairie sous le petit pont, exactement comme ils l'avaient fait dans la vraie vie. Ils n'étaient que trois – son père, sa mère et lui – comme dans la réalité, et quand ils levaient le camp, son père montait Dandy, son cheval de chasse préféré, et menait BJ, la jument rouanne moitié arabe qu'ils utilisaient toujours comme cheval de bât parce qu'elle était trop nerveuse pour être montée. Elle pouvait se cabrer en voyant un tamia ou sauter par-dessus une petite branche au sol comme si elle devait passer un oxer dans un concours hippique.

Le sentier traversait des épicéas le long de la rive droite de la rivière. À la fin juin, la fonte des neiges continuait de grossir le cours d'eau, mais ça n'était en fait qu'un gros ruisseau qui tombait rapidement dans un canyon resserré, ombragé et densément boisé d'épicéas et de pins. La sente grimpait haut au-dessus des rapides tonitruants. La mère de Jack était devant lui sur Mindy, une jument quarter horse douce et charpentée, et il suivait sur Duke, son jeune cheval à robe grise. Dans son rêve comme dans la réalité de ce matin-là, il insistait pour fermer la marche parce que ça le faisait se sentir plus adulte. Comme dans la vraie vie, ils prenaient leur temps. Le sentier était étroit et rocailleux, accroché à flanc d'une pente raide. Son père avançait en chantonnant. Quinze mètres plus bas, la rivière chutait dans une gorge étriquée et disparaissait dans un coude serré sur la droite. Le torrent grondait comme un moteur de jet et envoyait une brume de vapeur d'eau dans les arbres. Le cœur de Jack battait la chamade et il adorait ça. En tête, son père arrivait à un court bloc de pierre plate en pente et claquait la langue pour que Dandy le passe. Jack entendait le grincement des sabots ferrés sur la pierre, voyait BJ remuer la tête, baisser le nez et franchir l'obstacle, il entendait le tintement du mors, le cliquetis des pas délicats du cheval, et puis sa mère qui encourageait la lente Mindy : *Gentille fille, c'est bien ma fille.* Comme dans la vraie vie, quelque chose effrayait BJ, qui tirait sur la longe, et le père de Jack s'écriait : "Wow ma fille ! Calme !" et Mindy avait un mouvement de repli, sauf qu'elle était sur la pierre et qu'un de ses sabots postérieurs glissait. Le sabot gauche, Jack l'avait sous les yeux, le sabot ferré glissait et tentait de retrouver un appui, la mère de Jack hurlait : "Hé !" – l'arrière-train du cheval emporté et les sabots antérieurs à présent qui griffaient la mousse au-dessus du sentier et – Jack voyait tout comme au ralenti, le cheval et sa mère qui tirait toujours sur les rênes, penchée en avant sur la crinière pour sauver la jument, mais perdait toute traction, les jambes arrière qui remuaient dans le vide, la jument hurlant tandis qu'elle basculait. La jument hurlait, pas sa mère. Un cri pareil à celui d'un humain terrifié. Il les voyait heurter un grand épicéa, partir sur le côté et se séparer dans les airs, sa mère tenant encore les rênes, son chapeau qui s'envolait et retombait comme un oiseau atteint par une balle, cette fraction de seconde en suspens dans le continuum, et elles sombraient ensemble dans le torrent blanc. Le temps d'un instant, miraculeusement, elles nageaient, sa mère attrapait la selle, puis elles franchissaient ce qui avait dû être une saillie désormais transformée en sommet d'une déferlante qui plongeait au fond d'une dépression rugissante avec effet de siphon, et elles disparaissaient, réapparaissaient une fois, d'abord la tête noire de la jument, puis le bras de sa mère, avant qu'elles ne soient projetées contre la paroi et emportées dans le coude de la rivière. Son père, quand il retrouvait la parole, hurlait : "Ne bouge pas !" et il jetait un regard affolé en arrière avant d'ajouter : "Est-ce que tu peux le tenir ? *Tu peux ?*" et Jack acquiesçait, muet, alors son père lâchait la longe de son cheval de bât et éperonnait Dandy qui s'élançait à bride abattue sur la sente. Son père disparaissait. Dans la vie, ils avaient tous les deux disparu. BJ avait voulu suivre le père de Jack, la longe traînant derrière elle. Jack n'avait pas bougé. Il tirait fort sur les rênes du hongre tremblant, ils tremblaient tous les deux et il ne bougeait pas. Il obéirait à son père. Il aimait sa mère plus que tout au monde. Il avait onze ans.

Mais dans le rêve, le chapeau de sa mère remontait dans les airs et s'envolait vers l'autre côté du canyon, attrapait la lumière du soleil comme un faucon tournoyant tandis que sa mère et Mindy ne heurtaient pas les bouillons blancs, mais flottaient un moment, et il savait qu'elles trouveraient un moyen de s'envoler à leur tour, il le savait, et quand il se réveilla sous les dernières étoiles, un huard lança son appel aigu et solitaire quelque part au loin. Sa veste qui lui avait servi d'oreiller était mouillée et il savait qu'encore une fois il avait pleuré.

*

Jack se réveilla avant le lever du soleil, secoua son sac couvert de givre et une gerbe de flocons resta en suspens un instant comme une nuée d'éphémères congelés. Il prépara un feu et mit à chauffer le café pendant que Wynn dormait ou lisait. C'était ce qu'il préférait au monde, être le premier debout et casser des branches pour faire un feu, du café.

Le lac était calme, une demi-lune pâle posée sur la frange des arbres. Il trouva la boîte de Skoal dans la poche de sa chemise et s'offrit sa première prise assis sur une bûche en regardant les flammes lécher le bois flotté de leurs langues bleues qui dardaient et grossissaient. Il essaya de ne pas penser au rêve. Mais il se dit tout de même que, dans la vraie vie, Mindy avait bien dû s'envoler puisqu'elle avait échappé à une mort certaine dans l'entonnoir blanc. Ce matin-là, un guide de pêche qui faisait des repérages sur le sentier pour ses futurs clients de juillet la vit s'arracher à une vague pour grimper sur la rive droite où elle s'immobilisa, les yeux fous et agités. Elle avait des coupures, des bleus, une entaille profonde sur le flanc droit ainsi qu'un boulet foulé, mais rien de plus. Un miracle qu'une telle chose existe en ce monde. Elle guérit, mais depuis ce jour, elle refusait d'emprunter le moindre sentier longeant une rivière. La mère de Jack n'avait pas eu autant de chance. Il fit taire ses pensées. Il regarda l'eau qui reflétait le vieux rose et les gris de l'aube. C'est vrai. Peu de gens ont la chance de mourir jeune en appréciant toute la beauté du monde. Restons-en là, se dit-il. Un bel endroit comme un autre.

Ils n'avaient pas attrapé de poissons, de sorte qu'il mélangea des œufs en poudre à des morceaux de cheddar et huila la poêle, puis jeta des cailloux vers la tente jusqu'à ce que Wynn grogne et se lève.

DEUX

Ce matin-là, le canoë avança comme s'il avait été farté. Ils repartaient vers le nord et le haut du lac qui se jetait dans la rivière. Ils parcoururent la rive du regard à la recherche d'un point de couleur indiquant une ou plusieurs tentes, la silhouette d'un bateau sur une plage, mais ne virent que d'autres éclats jaunes dans les arbres et des bandes orange de rudbeckies hérissées sur la berge. Ils regardèrent une volée d'oies passer au-dessus du lac à son extrémité, un bout de V, une phalange inégale qui se courbait et se redressait pendant que les oiseaux réajustaient sans cesse leur formation. Leurs caquètements distants retombèrent. Jack se dit que le monde sauvage était souvent imparfait, parfois perplexe ou dérouté. Un jour qu'il était parti avec Duke, il était tombé au milieu de buissons d'armoise sur un aigle royal qui venait de se régaler d'un chien de prairie, puis l'énorme oiseau avait sautillé pour tenter de s'envoler sans y parvenir, alourdi par son repas. Il s'était retourné, redressé et les avait fusillés du regard en attendant de voir ce que lui réservait le destin, mais cela se résuma à l'indignité d'entendre Jack éclater de rire.

Ils ne sentirent pas l'odeur du grand incendie ce matin-là et se demandèrent s'il était retombé, en quelque sorte étouffé par l'arrivée d'un froid précoce. Enfin, ils se détendirent.

"Ce serait bien de l'apercevoir, dit Jack. Histoire de vérifier où il en est avant de s'engager sur la rivière."
"Ouais."
"Tu veux grimper à un arbre ?"
"Je te laisse faire."
"Il va sans dire", dit Jack.

Ils s'arrêtèrent à l'ouest juste avant le déversoir. La petite étendue de galets était en partie plongée dans l'ombre des mélèzes et envahie par une rangée de molènes aux grandes tiges raides et desséchées que le père de Jack appelait des bougies de cow-boy. Des phalènes blanches voletaient dans les taches de lumière et se posaient sur les asters violets qui longeaient la plage. Les garçons escaladèrent la petite moraine arborée et choisirent un grand sapin baumier bien droit. Wynn fit la courte échelle à Jack pour qu'il atteigne la première grosse branche.

Elle était juste assez solide pour supporter son poids, alors il l'attrapa près du tronc et leva le menton, attrapa la suivante et se mit à grimper. Il plut quelques aiguilles et quelques jurons. Il ne jurait pas parce qu'il se mettait de l'écorce sur les bras ou des bulles de sève dans les cheveux et sur le visage – ce qui ne le dérangeait pas –, mais simplement parce qu'il aimait ça et que ça l'aidait à rythmer la montée. Tous deux éprouvaient une certaine excitation à l'idée que le méga-feu ne soit peut-être plus que de minces volutes de fumée, le dernier râle d'une catastrophe à l'agonie. Jack passa une jambe autour du tronc de plus en plus fin avec l'instinct du cavalier sur un poney qui se cabre. Il se protégea le visage avec les avant-bras, passa la tête à travers un bouquet d'aiguilles odorantes et regarda vers le nord-ouest. Le juron facétieux qu'il était sur le point de pousser se coinça dans sa gorge comme un os.

"Alors ? dit Wynn qui s'attendait à un cri. Alors ?"
Silence.
"Ça va ?"
"Pas vraiment."
"Qu'est-ce qui se passe ? Tu t'es mis de la sève dans l'œil ?" Mais il savait quel était le problème, il connaissait Jack suffisamment bien. "C'est grave, c'est ça ?"
"Pas sûr que grave soit le mot, Big. Une minute, s'il te plaît."

Jack disait ça, parfois ; *Une minute, s'il te plaît.* Il le disait en prenant sa pagaie à l'arrière avant de gros rapides. Il le disait quand l'émotion était trop forte, et il l'avait dit dans un pub de Lake Placid quelques semaines plus tôt à un estivant en forme d'armoire à glace engoncé dans un polo Ralph Lauren qui était revenu au bar et avait découvert Jack en train de parler à sa femme. Jack ignorait qu'elle était sa femme, mais son infaillible radar à cons avait aussitôt détecté l'intrus. La femme ne portait pas de bague et semblait avoir très envie de parler. Le bonhomme quant à lui n'avait pas trop le sens de l'humour et le radar de Jack sonnait l'alarme. Jack s'était levé afin de ne pas créer d'ennui, mais l'homme lui avait tapoté l'épaule et dit : "Attends, mec, tu crois que tu peux profiter qu'un type aille pisser pour t'incruster et puis te barrer comme ça quand l'autre revient ?" Jack posa sa bière Red Canoe sur la table et demanda au mari s'il pouvait lui donner une minute. L'homme eut l'air confus parce que la question n'était pas rhétorique – Jack réfléchit vraiment à ce qu'il allait faire ; il prit sa décision et étala le type. (Plus tard, dans la voiture, Wynn avait parodié le poème de William Carlos Williams dans un grand éclat de rire : "Tant de choses dépendent / d'un canoë rouge / perlé de bière / de sueur / à côté d'un bâtard / de Blanc.") Si bien qu'en entendant Jack dire : *Une minute, s'il te plaît*, Wynn sentit ses boyaux se tordre.

Jack finit par lancer : "Ça t'est déjà arrivé d'avoir l'impression d'être dans un rêve bizarre ?"
"Tu veux dire comme quand on est tous les deux ?"
"Si tu étais là-haut avec moi, tu rigolerais moins."
"C'est grave, donc."
"Ben…" Jack se racla la gorge et cracha du côté de l'arbre opposé à Wynn, cala son pied sur la fourche d'une branche. "Le nuage se dirige droit sur le sud. Sud-sud-est. Ce qui explique…"
"Qu'on ne l'ait pas senti."
"Ouais, et c'est pas vraiment un nuage, Big. Tu devrais sans doute venir voir par toi-même, mais c'est peut-être pas la peine non plus qu'on soit deux à cauchermarder."
"Peut-être pas, non."
"Ça fait des bouillons de ouf. On dirait un front orageux. Et il a beaucoup avancé. Je dirais qu'il a parcouru un quart ou un tiers de la distance évaluée

l'autre nuit. J'aperçois des putains de flammes. Comme une ligne avant sous la fumée."
"Quelle distance, tu penses ?"
Silence.
"Jack, quelle distance ?"
"Je sais pas. Peut-être trente bornes."
Silence. "On avait dit quarante ou cinquante. Il a donc parcouru entre dix et quinze kilomètres en deux jours."
"Ouais, peut-être."
"Le froid arrive."
"Attends."
Jack redescendit en passant d'une branche à l'autre, se balança à un mètre et demi pour éviter les racines et tomba sur un lit d'aiguilles. "Qu'est-ce que tu disais ?"
"Je disais que le froid arrive. Ça va peut-être le ralentir."
"Ouais, peut-être." Jack épousseta les éclats d'écorce sur le devant de sa chemise. Il n'avait pas l'air convaincu. Il leva les yeux vers son ami. "Des gros feux de forêt, j'en ai déjà vu quelques-uns, Wynn."
Wynn grimaça. Jack ne l'appelait presque jamais par son prénom. Ça voulait dire que l'heure était grave, comme quand sa mère disait : "Wynn Peter Brelsford…" Ça sentait le roussi. Il enchaîna : "Tu as déjà vu quelques gros feux et *donc*…"
"Oui, et là c'est le truc le plus hallucinant que j'aie jamais vu, et de très loin. Imagine une grange à foin qui a pris feu, multipliée par un million."
"Dans huit ou dix jours, la rivière sera large. Au moins cent mètres. Par là."
Jack haussa un sourcil et sortit la boîte de Skoal de sa poche de chemise, fit sauter le couvercle et en

offrit à Wynn qui secoua la tête. “Ce truc”, dit Jack. Il prit une grosse pincée de tabac qu’il se coinça dans la lèvre inférieure. “Il ne la remarquera même pas. Il sautera par-dessus la rivière comme un semi-remorque écraserait un tamia.”

“Ouais, mais si on est au milieu de la rivière…”

Jack haussa les épaules. “Peut-être. L’air devient brûlant. C’est ça qui crée un incendie dévastateur. En fait, les rouleaux de fumée sont chargés de gaz et si le vent est favorable, à la moindre étincelle, tu peux te faire carboniser à quatre cents mètres.”

“Mais il fait plus froid, non ?”

Jack souffla. “Oui, sauf qu’il ne faudrait pas non plus qu’il fasse trop froid. Pense aux eaux vives. Ou à la neige. Ça serait marrant, non ?”

“C’est plus du tout marrant, là.”

“Je me demande ce qui est arrivé à ces gens.”

*

Ils retournèrent au bateau. Ils n’échangèrent pas un mot pendant qu’ils enfilaient leur gilet de sauvetage et clipsaient leur ceinture. L’eau allait se faire plus agitée. Les gilets étaient légers, adaptés à la pratique du canoë. Sur les lacs, ils ne les avaient mis que le jour de l’orage. Sur une rivière calme à débit rapide, il suffisait d’un tourbillon pour que l’embarcation chavire. À cet instant, ils se disaient que, dans dix minutes, les dés seraient jetés. Ils reculeraient le canoë dans l’eau pour se mettre en route, et l’option de retrouver le couple ou ces deux personnes, peu importe leur statut, pour demander un hydravion par téléphone satellite serait rayée de la liste. Aujourd’hui, la plupart des gens avaient un téléphone. Sauf Jack et Wynn. Sauf les durs à cuire, les nostalgiques du temps des aventuriers. Ils ne dirent pas un mot. Ils avaient pris leur décision, leur non-décision ; il n'y avait rien d'autre à faire. Ils pouvaient tenter de pagayer comme des forcenés, encore plus que d'habitude, pagayer plus longtemps. Et rejoindre Wapahk aussi vite que possible. Ils pouvaient tenter d'être plus rapides que le feu.

En silence, Wynn alla à la poupe, s'empara des sangles et arrima la nourriture et les barils de vêtements. Il harnacha également le gilet de sauvetage qu'ils avaient en plus. Il était obligatoire d'en avoir un sur certaines rivières et c'était devenu une habitude. Il sangla l'étui mou de leur fusil devant le banc de nage arrière, à droite. Il s'assura que les clips qui ouvraient l'étui étaient facilement accessibles. Il ne savait pas trop pourquoi. Mais il était rassuré de savoir qu'il pouvait se saisir rapidement du fusil.

Il l'avait emporté pour tirer des caribous et se protéger contre les ours à l'approche de la baie. Les gens n'avaient normalement pas à le faire, mais les hivers plus chauds avaient changé la donne. Avec la fonte des glaces, la période de soudure s'allongeait et au début de l'automne, on pouvait voir des ours affamés errer le long de la rivière à la recherche de nourriture, parfois jusqu'à quatre-vingts ou cent kilomètres vers l'amont. À moitié morts de faim, certains étaient capables de manger tout ce qui bougeait. Il y avait aussi des loups et des ours noirs, même si ni Jack ni Wynn ne les envisageait sérieusement comme un problème. Ils n'en parlaient pas, mais la raison pour laquelle ils avaient emporté un fusil était que ni l'un ni l'autre n'était rassuré de se lancer dans un très long périple à travers les vastes espaces du Grand Nord sans être armé.

TROIS

Quand Jack perdit sa mère, son père, Shane, cessa de parler. Ça ne changeait pas grand-chose pour Jack – son père avait toujours été du genre taiseux, contrairement à son oncle paternel, Lloyd, qui vivait sur le ranch d'à côté et pouvait parler jusqu'à ce que les arbres perdent leur écorce. Avec les années, alors que sa voix lui revenait, Shane raconta à Jack des histoires sur oncle Lloyd, et le jeune garçon constata à quel point son père adorait son grand frère. Il lui raconta notamment que cette loquacité ne l'avait jamais énervé, qu'il l'admirait même plutôt. Fruit d'un retour de couches, Shane avait onze mois de moins que son frère et se retrouvait souvent au milieu d'amis communs qui écoutaient Lloyd raconter une histoire dont il savait qu'elle était largement enjolivée. Lloyd racontait une chevauchée à travers le ranch Devil's Thumb avec leur cousin Zane et s'exclamait : "Bon alors, déjà, il faut dire que le Zane, c't'une perche dégingandée qu'a poussé à toute allure au lycée, genre grand dépendeur d'andouilles." Rires. "Il cavalait devant moi sur le sentier et il s'est retourné pour me dire un truc sauf que, pas d'bol, le sabot du cheval s'est mangé une racine de peuplier et il a giclé de sa selle. Eh ben, vous savez quoi, c'est peut-être pas une lumière, le Zane, mais par contre, il est rapide comme l'éclair. Il t'a chopé une branche au vol et s'y est balancé jusqu'à ce que j'arrive pour le récupérer. On a fini sur mon canasson tous les deux comme des jeunes mariés. Il était à moitié penché sur l'encolure de Shirley, alors j'ai passé les bras autour de sa taille et j'ai dit : « On n'est pas bien, là ? Elle est pas confortable, cette corne de selle… »" Rires.

Shane expliqua que ça ne s'était pas vraiment passé comme ça, mais c'était presque plus fidèle à l'esprit du moment que si Lloyd l'avait raconté fidèlement, et c'était plus drôle. Jack avait bien remarqué quelque chose, quelque chose qu'il adorait chez son oncle : Lloyd n'embellissait jamais les récits de chasse ou de pêche. Le poisson n'était jamais plus gros et les bois de l'élan jamais plus grands que dans la réalité. Leur taille, les kilomètres parcourus et le climat étaient toujours bizarrement exacts. Un jour, Lloyd avait dit à Shane qu'un grand conteur devait savoir quand ne jamais mentir. "La chasse et la pêche, c'est tellement marrant qu'il n'y a que les gros nazes pour avoir besoin de raconter des craques là-dessus." Jack constatait que, dans tous les domaines où son père avait affaire à Lloyd – la division du ranch après la mort de leurs parents, le partage du bail, s'entraider durant la période de vêlage, gérer les systèmes d'irrigation –, Shane faisait confiance à son frère plus qu'à toute autre personne au monde. Jack savait que Lloyd rendait la vie plus amusante, voilà tout, sans jamais en minimiser la gravité non plus. C'était le genre de personne avec qui descendre une rivière.

Si Shane se sentait coupable et en était devenu muet, Jack aussi – lui aussi culpabilisait. Ce matin-là, il avait insisté pour se comporter en homme et fermer la marche. Il ne l'avait jamais fait auparavant. Son hongre, Duke, était beaucoup plus athlétique que la douce Mindy au pas pesant – s'il avait été derrière son père quand BJ avait reculé, Duke n'aurait pas perdu l'équilibre. C'était sa faute s'il voulait être plus grand qu'il n'était. Sa satanée faute. À onze ans, il était déjà de nature modeste, et l'accident ne fit que renforcer cette répugnance à attirer l'attention sur lui ou à montrer trop de confiance. Quand il faisait quelque chose, il aimait le faire correctement – sa mère et son père lui avaient transmis cette valeur ; il n'y avait rien de vraiment plus important que de traiter les animaux et les gens avec décence et respect –, mais le reste du monde n'était pas obligé d'en entendre parler. Que gagnait-on à se vanter de toute façon ? Il avait quelques amis proches qui le respectaient et se mettraient en quatre pour lui. Pourquoi vouloir impressionner plus de gens ?

Quand il ouvrit l'enveloppe annonçant qu'il était pris à Dartmouth, son père ne poussa aucune exclamation de joie ni ne l'emmena fêter ça en lui payant un dîner à la Tabernash Tavern ; il le regarda avec une étrange expression, mi-fière, mi-triste, et dit simplement : "Ta mère serait aux anges." Aux anges. Elle était déjà avec les anges. C'était presque exactement dans ces termes qu'il avait pensé à elle ces dernières années. Quand il rejoignait l'écurie par une nuit froide et qu'il s'arrêtait au milieu de la cour gelée et levait les yeux vers le ciel au-dessus de Sheep Mountain, il pensait : "Salut, maman." Il ne savait pas trop pourquoi, mais il semblait que si elle était quelque part, c'était probablement là-haut. Et puis il y avait eu ce livre quand il était petit, qui parlait d'anges et qu'il adorait. Elle le lui avait lu des dizaines de fois, et après la noyade de sa mère, Jack avait gardé le livre abîmé sur la petite étagère au-dessus de son lit et en feuilletait parfois les pages cornées avant de s'endormir.

C'est dans les livres qu'il trouvait du réconfort. Quand il n'était pas au ranch, quand il ne parcourait pas le domaine à cheval ou ne pêchait pas. Il évitait les sports d'équipe – il avait l'impression que ça se résumait à un groupe de gamins frimeurs – et, dans l'ensemble, il ne parlait pas trop de ses lectures. Même ses profs d'anglais ignoraient l'étendue de son érudition grandissante, sauf la responsable de la bibliothèque de l'école et Annie Basworth, à la bibliothèque municipale de Granby. Elles savaient. Elles connaissaient aussi sa modestie et sa timidité naturelles, alors elles l'encourageaient et le guidaient, mais ne faisaient pas toute une affaire de sa voracité ou de son éclectisme. Elles s'arrangeaient simplement pour qu'il ait toujours des livres.

Wynn et lui avaient cela en commun, un regard littéraire posé sur le monde. Ou au moins un amour des livres, de la poésie, de la fiction et des récits d'expédition. À la fac, Wynn avait carrément choisi de faire lettres et suivait beaucoup de cours de littérature comparée, notamment en français. Jack voulait devenir ingénieur et était suprêmement à l'aise dans le langage des mathématiques, mais pour le reste, il suivait tous les cours en lien avec la poésie ou la fiction, et il avait particulièrement adoré celui sur la littérature américaine. Ils s'étaient rencontrés avant même le début des cours lors d'un séjour d'orientation pour les première année, une randonnée un peu ridicule en sac à dos à travers les White Mountains. Wynn et lui s'étaient retrouvés loin devant le groupe et avaient parlé sans discontinuer de canoë, de rivière et d'escalade, mais aussi de Thoreau qui allait laver son linge de l'autre côté de l'étang chez Emerson, de Faulkner, cet horrible poivrot coureur de jupon, et s'étaient demandé si *Le Printemps et le reste* de William Carlos Williams était aussi beau et important que *La Terre vaine* de T. S. Eliot. Jack était surpris. Il n'avait jamais eu ce genre de conversation avec un autre garçon de son âge et n'avait jamais imaginé que quelqu'un de sa génération puisse aimer lire autant que lui – encore moins un type qui semblait très capable de se débrouiller seul en forêt. Depuis ce jour, ils étaient devenus inséparables et, quelles que soient leurs autres occupations, ils s'échangeaient régulièrement des livres.

Un auteur dont ils parlèrent beaucoup lors de cette première randonnée fut Louis L'Amour. Quand, après avoir surmonté leur timidité à ce sujet, ils découvrirent qu'ils en étaient tous les deux de grands lecteurs, ils se mirent à dérouler des listes d'écrivains et de livres, ce qu'ils trouvaient bon ou mauvais dedans, ce qu'ils aimaient. Ce fut une conversation à bâtons rompus où ils ne reprirent pas beaucoup leur souffle, et pas seulement parce qu'ils descendaient à fond de train la face nord du mont Madison. Ils étaient par ailleurs soulagés de s'apercevoir que ni l'un ni l'autre n'était snob en matière de littérature.

Les classiques et le canon étaient une chose, mais il arrivait aussi qu'une histoire un peu nulle qui se racontait sans prétention soit tout aussi bien. Ou en tout cas aussi appréciable. Ils pouvaient donc s'avouer qu'ils avaient englouti à peu près tous les westerns pulp de Louis L'amour, y compris ceux qui avaient continué de paraître mystérieusement des années après la mort de l'auteur. Wynn les lisait pour les forêts de trembles, les prairies d'armoise, les canyons de l'Ouest entre roche et sable qui étaient les choses les plus exotiques et fascinantes qu'il puisse imaginer. Et parce que les personnages chevauchaient à travers ces paysages, pataugeaient dans des ruisseaux bordés de glace, se retrouvaient au milieu de hardes d'élans et rassuraient leurs chevaux tremblants de peur quand ces derniers relevaient l'odeur d'un puma ou du sang de sa proie. Ces héros campaient dans les fougères, le long de ruisseaux dévalant des pics enneigés, brossaient leurs chevaux avec des poignées d'herbe de blé, et ne faisaient que de petits feux "sans fumée" pour ne pas alerter leurs ennemis. Jack les lisait parce que tout dans ces livres lui était familier, mais d'une familiarité scintillante, pas tout à fait comme la vie était, mais comme elle aurait dû être. Surtout quand il s'agissait de tuer tous les méchants et de conquérir le personnage féminin.

Ils avaient tellement parlé et avaient marché si vite en oubliant totalement le poids de leur sac qu'ils avaient pris quelques kilomètres d'avance sur le groupe. Quand ils arrivèrent à un cours d'eau, ils débouclèrent leur ceinture de portage, firent glisser les sacs de leurs épaules et les posèrent contre un sapin ciguë. Wynn ayant une bouteille filtrante, ils la remplirent dans le ruisseau glacé, burent et la remplirent de nouveau. "Regarde, dit Wynn, ça va nous rafraîchir." Il se pencha vers le pied d'un sapin baumier où de l'oseille des bois qui ressemblait à du trèfle couvrait les racines. Il en arracha une poignée, en tendit la moitié à Jack, puis fourra l'herbe dans sa bouche. Et fronça les sourcils. Jack hésita avant de finir par l'imiter.

"Amer", dit-il.
"Ça aide à étancher la soif."
"Manifestement."

Ils s'installèrent sur un rocher mousseux qui surplombait une petite cascade tombant dans une vasque noire saturée de bulles. Jack ne connaissait pas ces forêts de l'Est où se mêlaient les essences de feuillus, mais si elles ne lui étaient pas familières, il les trouvait confortables. La répartition des crêtes et des courants était différente, plus douce, avec moins de relief, pas de corniches et aussi plus d'abris – ces bois denses couvraient les vallées et montaient presque jusqu'au sommet des montagnes –, mais une fois qu'il fut habitué à cette cadence, cela lui plut. Un peu oppressant, mais il prendrait le pli.

"Il y a des truites mouchetées ici, non ?" dit Jack.
"Si on avait un hameçon on pourrait sans doute les attraper avec un bout de tissu. Ta chemise en tissu écossais, par exemple."
Jack rit. "Non mais, et pourquoi pas la tienne ?" Il ouvrit un sachet rempli de noix, de raisins secs et

de M&M'S qu'il tendit à Wynn qui dit : "Je déteste les gens qui mangent tous les M&M'S."
"Si c'est ce que tu veux faire, fais-toi plaisir." Ils se regardèrent et éclatèrent de rire.

Ils découvrirent donc qu'ils étaient tous les deux pêcheurs. Encore une case de cochée. Ils décidèrent de préparer un petit feu et de faire bouillir de l'eau pour du thé. Pourquoi pas ? Quand arriva le reste du groupe, ils étaient à moitié allongés près des braises, sirotant du Lipton brûlant dans des tasses en plastique. Le chef de l'expédition, un étudiant de deuxième année, se contenta de secouer la tête. Leur réputation était faite.

*

À cet instant, alors qu'ils fermaient leur gilet de sauvetage, repoussaient le canoë dans l'eau et sautaient dedans ; alors qu'ils pagayaient vers le milieu de la crique qui s'étrécissait vers le nord et formait un entonnoir en forme de large V, où le courant se faisait de plus en plus sentir, glissant entre les berges d'épicéas ; alors qu'ils regardaient droit devant eux, voyaient la ligne d'horizon du premier rapide, pagayaient puissamment vers la rive droite – alors qu'ils s'engageaient pour de bon sur la rivière, ils ne pensèrent à rien d'autre qu'à rejoindre le tourbillon le long de la rive droite pour pouvoir faire un repérage des chutes. Tous les récits de descente de rivière qu'ils avaient lus affleurèrent à la surface de leur imagination et durent leur fournir une dose supplémentaire d'énergie et de courage parce qu'au moins la moitié de ces récits se terminaient très mal.

QUATRE

Ils chevauchèrent le courant vers une série de vaguelettes, puis l'eau redevint calme et ils se retrouvèrent entre des berges basses de mélèzes et de pins, les troncs blancs des bouleaux les échelonnant tels des marqueurs ou des signaux d'on ne savait quoi. Une grosse branche tombée sur la rive était à moitié submergée et son extrémité noire oscillait dans le courant comme une tête de mort. Jack détourna le regard. Ils ne s'éloignèrent pas de la rive par surcroît de précaution. La rivière avait été descendue de nombreuses fois et était bien décrite, mais ces descentes n'avaient pas lieu tous les ans et d'après les gens interrogés à Pickle Lake, personne n'avait fait le trajet cet été-là. Le portage obligatoire était peut-être le passage le plus délicat qu'ils aient à gérer, ça et les rapides. Parfois, les points de débarquement étaient étroits et juste au bord des chutes. Les rivières pouvaient beaucoup changer d'une année sur l'autre, changer pour de bon, de sorte qu'un arbre tombé bloquant le tourbillon pour accéder à l'un de ces débarquements obligatoires ou l'érosion d'une berge creusée devaient être repérés le plus tôt possible. La vigilance préconisait d'avoir un plan B. Un jour, sur une rivière dans le Maine, Jack avait dû se jeter à l'eau avec le bout du câble de remorquage du canoë pour aller attraper de quoi l'amarrer sur la rive. Et leur éviter d'être emportés dans une chute. Une manœuvre idiote, un dernier recours qu'ils préféraient ne pas avoir à réitérer.

C'était déjà l'après-midi. Des rangées de nuages d'altitude étaient arrivées du nord et faisaient des taches de soleil sur l'eau et la forêt. Deux sarcelles aux ailes vertes obliquèrent rapidement vers la rivière et plongèrent d'un coup dans l'eau, puis se laissèrent dériver devant les garçons pendant un moment. Ils aperçurent un pygargue à tête blanche battre de ses ailes énormes pour se poser sur la cime d'un arbre mort. Wynn remarqua que les odeurs n'étaient plus les mêmes – ça sentait la rivière, l'eau qui coule, une odeur plus froide, plus propre, il en emplit ses poumons, de là où elle semblait irriguer chaque vaisseau de son corps, et il se sentit heureux. Pagayer sur le lac était une chose, mais c'était bon de se trouver sur un cours d'eau. Ça avait toujours fonctionné comme ça pour lui : il emmanchait les quatre brins de sa canne à pêche préférée, rentrait dans un ruisseau, sentait le courant se presser contre ses genoux et alors les rythmes, et même les lois naturelles de la vie pédestre, étaient suspendus et il éprouvait un sentiment d'élévation immédiate. C'était comme ça depuis qu'il était petit. Jack aussi éprouvait de l'excitation. Après la mort de sa mère sur l'Encampment, il s'était obligé à redevenir poisson et à nager dans le courant. Ce fut difficile au début, mais il le fit quand même, et au bout d'un moment, il put séparer la rivière sur laquelle il se trouvait de tout le reste.

Ils savaient que le bord des chutes et le portage étaient situés juste après un grand virage sur la droite et repérèrent facilement la plage de gravier plate et l'entrée ombragée de la sente qui se faufilait entre les saules, puis ils se laissèrent emporter sur le léger tourbillon qui les réorienta vers l'amont et ils arrivèrent directement sur la bande de cailloux lisses.

*

C'était déjà l'après-midi, ils pouvaient faire le portage à toute vitesse et avaler les kilomètres, mais pour une raison inconnue, ni l'un ni l'autre n'était prêt à tourner complètement le dos aux lacs. Ils bivouaqueraient sur place. Ils transportèrent chacun un baril bleu d'équipement de camping et de vêtements et un autre de nourriture et d'ustensiles de cuisine jusqu'à une clairière sur la falaise qui surmontait les chutes. Quatre petits barils. Une vieille cabane en rondins se dressait là, toute petite, sans doute construite par un Cree pour la chasse, quelqu'un qui venait en bateau à moteur depuis l'enchaînement de lacs. Un bon endroit où camper pour quelques semaines. À part le bruit. Les chutes étaient si puissantes que les garçons devaient presque hurler pour s'entendre.

"Yo ! appela Jack par-dessus le rugissement. Rien qu'à entendre ce bruit, ça me donne envie de pisser." Le tonnerre vibrait et battait, et en tendant l'oreille, on pouvait distinguer l'eau qui glissait par-dessus le bord, de l'eau qui dégringolait et de l'eau qui s'écrasait en contrebas. Un millier de bruits violents.

“Mais grave, dit Wynn. Je me demande comment on va dormir. Je le sens dans le sol.”
“Heureusement qu’on n’est pas obligés de descendre ce truc.”

Peut-être que quelqu’un en aurait été capable. De les descendre. Ce devait être des chutes de classe VI, une série de saillies rocheuses englouties sous un volume d’eau gigantesque. On aurait dit un orage en mer du Nord dévalant un escalier. Vingt et un mètres entre le sommet et le fond avec une pente qui s’étendait sur deux cents mètres. Au milieu, un îlot rocheux de la taille d’une barque portait un épicéa tordu et rabougri. Voir cet arbre trembler dans tout ce chaos ne rendait la cataracte que plus terrifiante.

Le soleil perça un récif de nuages et éclaira les chutes, dardant ses rayons sur les eaux vives et neigeuses, mettant étonnamment les sonorités encore plus en relief, et Wynn se dit que ça aussi, c’était magnifique. Que la roche brute des saillies ou les avalanches étaient magnifiques.

Il y avait des myrtilles. En passant sur la cabane, le soleil réchauffa le tapis végétal qui l’entourait et répandit le parfum des fruits et l’odeur forte du thé du Labrador. Les myrtilles recouvraient la clairière. Et elles étaient mûres. Un feu de forêt avait beau s’approcher et les gelées avaient beau être précoces, pour l’instant, le paysage semblait déchaîné et sauvage, abondant et plutôt inoffensif. L’angoisse et la pétoche ressenties dans la matinée s’étaient dissipées. Ils étaient à nouveau eux-mêmes.

Ils repartirent à travers les saules et les aulnes pour aller chercher les petits sacs étanches, les gilets de sauvetage, les cannes à pêche et le fusil. Cela représentait un court trajet d'environ quatre cents mètres autour des chutes. Ils tireraient le canoë sur la plage et le laisseraient là jusqu'au matin. L'embarcation en Kevlar était légère et il était tout aussi facile pour l'un comme pour l'autre de le retourner et de le porter sur ses épaules. Plus facile pour l'un que pour l'autre. Le banc de nage central était large et servait de palanche. Ils entassèrent les quatre barils et un sac étanche sur la falaise en surplomb des chutes. Puis ils s'assirent contre le sac et se laissèrent simplement baigner dans la lumière du soleil qui leur parvenait par-dessus les arbres depuis l'autre côté de la rivière. Il disparaîtrait dans une minute, des nuages étaient apparus. Ils remarquèrent que l'après-midi se refroidissait aussitôt qu'il y avait de l'ombre, mais pour l'instant, ils pouvaient rester là à ne rien faire, les yeux fermés et les paupières réchauffées par le soleil. Ce dernier ne passerait pas sous la ligne des arbres avant quatre ou cinq heures. Dans quelques minutes, ils installeraient le camp et ramasseraient assez de myrtilles pour faire une tarte. Leur version d'une tarte : mélanger les fruits dans une poêle avec des Bisquick et du sucre brun.

"Tu veux pêcher ? dit Wynn sans ouvrir les yeux. Il y a un gros ruisseau juste au-dessus de là où on s'est arrêtés."
"Ce serait bien d'avoir de la friture pour ce soir, non ? Myrtilles et truites mouchetées." Jack avait à peine prononcé ces mots qu'il les trouva idiots. "Pourquoi des trucs aussi délicieux sonnent si niais ?"

"Le professeur Paulson a dit que l'allitération peut être dangereuse quand on ne sait pas s'en servir."
"Je crois que c'est valable pour n'importe quoi. Qu'on parle d'une poêle ou d'un cric."
Wynn réfléchit. "Paulson a aussi dit qu'un principe régit l'esthétique : plus on enjolive quelque chose, plus on risque d'en diminuer la valeur. La valeur essentielle."
"Comprends pas." Jack jeta un caillou par-dessus la falaise. "On dirait une de ces sentences que les profs adorent sortir. J'imagine qu'il pense à ces plantes qui mettent toute leur énergie dans des fleurs magnifiques plutôt que dans leurs racines."
"J'imagine."
"Et si la valeur est déjà là ? Une femme puissante et belle se maquille. Ça fait quoi ?"
"Si elle en met trop, elle risque d'être vulgaire."
"Sauf qu'elle ne l'est pas. Elle est toujours elle-même."

Wynn regarda son pote. Jack avait l'habitude d'interroger les platitudes, le dogme, l'autorité. Pour Jack, la plupart de ses profs étaient des zombies.

Ils s'allongèrent sur le sac au soleil et se turent. Au bout d'une minute, Jack dit : "Et puis, qu'est-ce que ce type entend par danger ? Quand il dit que recourir à une allitération est dangereux."
"Ouais, t'as raison." Les yeux fermés, Wynn tâtonna jusqu'à ce que sa paume rencontre un petit lit de mousse chaude. "C'est comme quand ils disent que tel ou tel écrivain a pris un gros risque. De quel risque on parle ? D'appuyer sur la touche effacer par erreur ?"

“C’est ça, dit Jack. Certains de ces mecs auraient besoin de sortir un peu plus de chez eux.” Il se redressa, regarda par-dessus le bord de la falaise. “Descendre cette chute est un risque. Ou traverser ce putain de feu.” Il regretta aussitôt sa phrase. Le bord du récif nuageux cachait le soleil comme s’il compatissait et Jack eut les bras couverts de chair de poule. “Allons-nous chercher à manger”, dit Wynn.

Ils se levèrent. Ils sortirent de leur léthargie et prirent les étuis de cannes à pêche dans le tas d’affaires. Ils enfilèrent une polaire légère et fouillèrent dans leur matériel de pêche : de petits sacs bananes contenant une bobine de fil, deux boîtes de mouches – des sèches et des nymphes –, un gel pour faire flotter les mouches, des hameçons et des plombs anglais. Coupe fil et pince. Rien de plus. Ils avaient toujours un canif dans la poche du pantalon. Ils avaient des couteaux de sécurité à lame crantée, aussi, glissés dans des fourreaux en plastique sur leurs gilets de sauvetage, mais les canifs ne les quittaient jamais et il suffisait d’une fraction de seconde pour les ouvrir d’une main avec une pichenette du pouce. Ils s’entraînaient comme des tireurs s’entraînent à dégainer, et ils le faisaient si souvent autour d’un feu, pendant le repérage d’une sente que, la plupart du temps, ils ne se rendaient même pas compte qu’ils le faisaient. Une technique utile quand on se retrouve pris dans une corde ou un bout derrière un cheval ou un bateau. Le père de Jack lui avait appris ça quand il était encore un gamin ; Shane avait eu la vie sauve grâce à son canif un jour où il était tombé d’un cheval arabe pas encore débourré qui ruait et où son pied était resté coincé dans l’étrier. Le cheval l'entraînait à sa suite et le bourrait de coups de sabots, mais Shane avait réussi à se replier, à atteindre son pied et, d'une main, à couper la lanière de cuir.

Le fracas des chutes était moins menaçant à présent qu'ils l'entendaient depuis une demi-heure et ils savaient que le portage qui les contournait était facile, alors ils se frayèrent un chemin dans les buissons jusqu'à la plage.

Ils sortirent les cannes à quatre brins de leur tube en PVC, dénouèrent les rubans qui les maintenaient et déroulèrent les étuis en tissu doux. Ils en extirpèrent les sections de petit diamètre. Jack possédait une Sage (tissu vert), Wynn une Winston (tissu rouge). Wynn frotta l'extrémité de chaque brin effilé contre l'aile de son nez pour la lubrifier un peu avant de l'emmancher, un truc que sa mère lui avait appris pour éviter qu'ils ne se grippent au moment du démontage. Jack et lui assemblèrent leurs cannes, fixèrent le moulinet en plaçant son pied sur l'encoche du manche et serrèrent la bague de fermeture. Enfin, ils passèrent le fil dans les œillets et vérifièrent leurs bas de ligne.

Ils laissèrent les tubes dans le canoë, Jack garda le bas de ligne dans sa main contre la poignée en liège et remonta la ligne avec le moulinet jusqu'à ce qu'elle soit tendue contre la canne. Il se dirigea vers la rive. Le cours d'eau coulait en haut de la plage. Comme celui de leur bivouac précédent, il était lent et d'une couleur de thé à cause de la tourbe et des tanins. Et alors qu'ils se rapprochaient de la rive, ils virent filer des ombres. Des truites mouchetées. Parfait.

Ils se mirent à pêcher. Jack monta une Elk-Hair Caddis noire – il se disait que la mouche n'avait pas d'importance – et rabattit l'ardillon de l'hameçon contre la pointe avec sa pince. Il risquerait davantage de perdre un poisson sans ardillon et il pêchait pour avoir à manger, mais il le fit quand même. Il marcha vingt mètres vers l'amont, vers les premiers grands arbres qui sentaient les sachets parfumés à l'épicéa. Il se mit à lancer vers une vasque tranquille. Le trou d'eau était assombri par une poignée d'herbes fines et noires qui ondulaient le long du fond sablonneux comme des cheveux. Il effectua de longs lancers dans l'ombre profonde de la berge creusée et, au troisième, il eut une prise à l'instant même où la mouche toucha l'eau. Le bout de la canne se recourba violemment tandis que le poisson se débattait et Jack rit tout haut parce que, quand il le remonta, il s'aperçut qu'il n'était pas plus gros que la paume de sa main. Un sacré bagarreur pour sa taille. Il le tint délicatement dans l'eau peu profonde couleur thé à ses pieds, s'émerveilla devant le plissé complexe des motifs verts sur le sommet de sa tête et se demanda une fois de plus comment la sélection naturelle avait pu les dessiner. Il retira le petit hameçon facilement. La truite affolée gigota et fila retrouver sa liberté. "Allez, va !" murmura-t-il. Il observa le petit missile se perdre dans l'ombre des herbes. Il relâchait presque toujours le premier poisson du jour. Par respect.

Wynn pataugea dans les hauts-fonds à l'embouchure du ruisseau. La rivière alimentée par le lac charriait déjà beaucoup de vase arrachée aux berges et serait trop boueuse pour y pêcher à la mouche, mais le ruisseau était cristallin et sombre. À partir de maintenant, s'ils voulaient attraper du poisson, ce serait dans ces petits cours d'eau auxiliaires. Il effectua un lancer court vers le milieu du ruisseau qui bougeait à peine avec une minuscule mouche sèche dotée d'un montage parachute, et sentit immédiatement que ça mordait. Il tira et envoya la toute petite truite mouchetée dans les airs. Elle n'était pas beaucoup plus grosse qu'un vairon. Elle replongea à ses pieds et il la prit doucement en coupe dans ses mains, s'excusa, fit pivoter l'hameçon et le petit poisson s'ébroua comme s'il venait de se réveiller d'un mauvais rêve, puis s'enfuit.

Ils pêchèrent. Ils étaient tous les deux très doués, mais même de loin, n'importe qui aurait pu les différencier. Pas seulement parce que Wynn était plus grand et plus lourd ou allait dans l'eau dès qu'il le pouvait, mais aussi à cause de leur style : Jack lançait avec une grâce désinvolte, comme s'il regardait à peine la ligne, il la ramenait et avançait en couvrant un large cercle comprenant les berges et les bois, il lançait avec une quasi-indifférence ; la boucle était toujours nette, même quand il lançait bas en coup droit. S'il effectuait un faux lancer, il ne le faisait qu'une fois pour sécher la mouche, puis la ligne se posait directement et la mouche atterrissait toujours avec légèreté, aussi naturellement qu'un insecte. Si son poignet se repliait au dernier moment pour entraîner de force la ligne vers l'amont dans un vent fort, cela lui était égal. Il pêchait presque aussi inconsciemment qu'il marchait ou respirait. Wynn était différent. Il étudiait davantage son environnement et réfléchissait à tout. Il calculait la dérive et savait, avant de lancer, quel rythme imprimer pour la corriger, il divisait le courant en quarts de cercle et s'il prospectait, il étudiait ces sections les unes après les autres, s'il utilisait une nymphe, il commençait par la lâcher trente centimètres sous l'eau d'un côté, puis soixante centimètres plus loin dans le courant et revenait en arrière. Ses deux parents lui avaient tout appris et il avait lu des tonnes de livres. Sa mère, Hansie, était particulièrement douée pour la pêche qu'elle enseignait avec talent. Wynn gardait sa canne presque toujours haute, effectuant au bout un mouvement métronomique avec une amplitude variant de trente à quarante degrés ; un lancer classique. Ses lancers roulés étaient dignes d'un manuel, et quand le vent soufflait fort, il tirait deux fois de suite sur la soie à une cadence parfaite. Il arrivait que Jack regarde son ami pêcher et il trouvait drôle que ce soit lui l'ingénieur et pas Wynn. Ils attrapaient plus ou moins la même quantité de poisson.

À présent, ils s'amusaient et riaient avec les mouchetées voraces qu'ils libéraient chaque fois. Deux moucherolles phébis piaillaient à côté et semblaient jouer du pipeau pendant qu'ils sautillaient dans les arbres. Les truites étaient minuscules pour la plupart et d'une exubérance folle, comme des petits enfants. Elles fonçaient sur la mouche et la rataient, ou étaient si excitées qu'elles sautaient par-dessus ou se cognaient dedans et semblaient ensuite rebondir. Il arrivait souvent que deux truites se précipitent dessus en même temps. Jack finit par sortir son couteau Leatherman, retira l'hameçon de la mouche et essaya de ramener le poisson à terre dès qu'il y avait une prise. Il réussit à en faire sortir de l'eau une ou deux, mais ça ne dura pas. Il entendit siffler.

Il jeta un coup d'œil vers l'aval et vit Wynn qui remontait sa ligne et lui faisait signe de rappliquer. Ce n'était pas un poisson – il regardait vers la rivière. Jack remonta sa ligne à son tour et trotta vers la berge rocailleuse. Wynn était revenu sur la terre ferme et il avait les yeux fixés vers le haut de la rivière. Jack arriva à son niveau et regarda dans la même direction.

CINQ

Ils aperçurent un bateau. Un canoë, vert. Il prit le grand virage et apparut au milieu du courant. Pas bon. Encore cinquante mètres et ces gens n'auraient presque plus le temps de rejoindre la plage et le portage sur la rive droite. Ils seraient emportés dans les chutes.

"Merde, je me demande s'ils savent où ils sont", dit Wynn.
"Ils ne se laissent pas trop de marge de manœuvre, en tout cas."

Jack siffla, un sifflement retentissant comme dans les stades, et les deux garçons agitèrent les bras, signalant aux pagayeurs de rejoindre leur côté de la rivière. Les moucherolles phébis se turent. Plissant les yeux, Jack et Wynn virent qu'il n'y avait pas deux pagayeurs – avec la puissance de quatre bras pour orienter l'embarcation –, mais un seul. Un homme, la tête nue. Ils discernaient à peine la silhouette et l'éclat de la pagaie dans la lumière tachetée. Quelques coups de pagaie, puis repos, insouciant au milieu du courant.

Ils agitèrent les bras et sifflèrent, à deux, cette fois. Et ils virent la pagaie rester en suspens. Le temps d'un instant, puis de deux. En suspens comme figée, stoppée net par une idée soudaine.

"Allez, c'est bien, murmura Jack presque avec mépris, on change de cap. Faudrait penser à ne pas se suicider." Il siffla de nouveau et Wynn porta son avant-bras gauche contre son oreille. "Putain, le mec est tout seul."

Jack allait lâcher un autre sifflement et lever les bras quand ils virent la pagaie se remettre à bouger. Elle miroita dans le soleil qui disparut dans la foulée, englouti par les nuages, et le froid les saisit. Le type se mit à plonger sa pale dans l'eau. Dans un geste qui prouvait qu'ils avaient affaire à un céiste expérimenté, l'homme fit pivoter le bateau vers l'amont, pointa la proue vers la rive droite et entama la traversée. Bien. Mais putain, c'était quoi ce délire ? C'est ce que Jack pensa. Il aurait dû y avoir deux pagayeurs, un homme et une femme.

Wynn était surtout content de voir que l'homme avait un minimum de jugeote et la technique suffisante vu que lui aussi semblait vouloir descendre la rivière.

*

L'homme laissa la proue se faire entraîner vers l'aval et visa la berge. Il donna quelques coups de pagaie musclés pour prendre de la vitesse et passa en douceur le long des tourbillons. Il pagaya côté gauche pour ne pas remonter directement en amont et garda le cap jusqu'à ce que la proue s'enfonce dans les graviers. Bien. Les garçons, toujours armés de leur canne à pêche, s'avancèrent comme un seul homme sans dire un mot, se saisirent de la proue et tirèrent le canoë sur la plage, ne laissant que la poupe à l'eau. Ils observèrent le bateau. C'était un Old Town Penobscot vert, lourd mais résistant. Couvert d'éraflures et d'entailles. L'homme était agenouillé sur le banc de nage central en position de pagayeur solo, et ils comptèrent quatre sacs étanches, deux à l'avant, deux à l'arrière. Juste devant lui, sur un sac, tenu par une sangle mais sans étui, il y avait une Winchester Marine calibre 12 finition acier – un fusil à canon court. Jack le savait parce qu'il avait le même à la maison. Les garçons évaluèrent la situation dans son ensemble. Ils étaient plus intéressés par le visage de l'homme. Il était jeune, environ trente-cinq ans. Des cheveux sombres et bouclés, hirsutes, une barbe de quelques jours, des yeux bleus cerclés de rouge, un air ahuri, paniqué peut-être ou en état de choc. L'homme ne les remercia pas de l'avoir aidé à remorquer le canoë. Il ne dit rien. Il les regarda tour à tour.

"Maia", dit-il. Il avait la voix rauque. "Mai..." Comme s'il avait un hameçon dans la gorge. Le mot. Coincé comme une mouche à moitié avalée.
"Attendez, lui dit doucement Wynn. Vous ne voulez pas venir par là ? Vous pouvez vous lever. Vous êtes sur la plage."
L'homme ne semblait pas comprendre. Jack murmura : "Il est peut-être français. Ou suédois. Les Européens sont fans de rivières."

"Ouais, peut-être."
"Je ne suis pas suédois", dit l'homme à la voix rauque. C'était un demi-aboiement. Puis tout son visage se plissa. Il se mit à pleurer. Les garçons échangèrent un regard. "Ma femme, dit-il. Elle a disparu. Envolée."

*

Ils déposèrent leurs cannes à pêche dans leur propre canoë et aidèrent l'homme à descendre du sien. Il portait une chemise à carreaux en laine verte, des bottes en caoutchouc qui lui montaient aux genoux et il vacilla en essayant de tenir debout sur les galets. Jack le rattrapa. "Wow. Y a un problème ? Vous êtes blessé à la jambe ?"

Wynn baissa les yeux. Le pantalon de l'homme, la jambe droite, était déchiré et taché de sang. "C'est rien, dit l'homme. J'ai trébuché dans le brouillard, c'est rien."
"On ne dirait pas. Qu'est-ce qui vous est arrivé, vous vous êtes empalé sur la branche d'un arbre mort ?"
"C'est une égratignure." L'homme était presque véhément.
Jack laissa tomber. "Venez donc par là et asseyez-vous une seconde, d'accord ?"

L'homme les observa comme pour la première fois. C'était un regard sauvage, fou de chagrin ou de peur. Il se retourna vers le canoë, fit glisser son fusil hors de sa sangle et passa la bandoulière sur son épaule. Jack jeta un coup d'œil à Wynn et accompagna l'homme vers un rocher en retrait de la plage. Le granit formait un banc en hauteur et Jack appuya l'homme contre la roche. Wynn avait apporté sa bouteille filtrante et la tendit à l'homme qui but goulûment.

"Qu'est-ce que vous entendez par « envolée » ?" demanda Jack.
L'homme cligna des yeux. "Envolée, répéta-t-il. La nuit où le brouillard est tombé. Quand il s'est levé, j'ai vu un autre canoë. Au loin." Jack remarqua que la main droite de l'homme triturait la bandoulière du fusil en tremblant. "Il faut... il faut descendre la rivière. Il faut prévenir quelqu'un."

Même voûté, les mains dans les poches, Wynn dominait l'homme. C'était la posture qu'il adoptait quand il était inquiet et ne savait pas quoi faire. Comme s'il essayait d'offrir de la proximité et de l'ombre. Quand Jack le voyait comme ça, il le surnommait toujours Del Arbol. À cet instant, Del Arbol paraissait confus. Il ne comprenait pas. Jack prit la bouteille d'eau de la main de l'homme et la tendit à son ami. "Tu veux bien aller la remplir, s'teu plaît ?" Wynn la prit sans un mot et se tourna vers le ruisseau. L'eau y était plus claire et ne boucherait pas le filtre avec les sédiments.
"Respirez un grand coup, dit Jack. C'est ça, on respire. Allez, faut pas pleurer. On va trouver une solution." L'homme pressa son visage contre sa manche. Jack posa la main sur son épaule et dit : "J'ai besoin que vous vous concentriez." C'était un ordre.
L'homme releva la tête. Pendant un quart de seconde, son regard dans le vague fit le point. Puis ses yeux s'embuèrent de nouveau. "Quoi ?" dit-il.

“J’ai besoin que vous vous concentriez, dit Jack. Il y a un truc qui cloche. Alors, racontez-moi ce qui est arrivé.”

L’homme contempla Jack. Il l’évalua, plutôt, le jaugea ; Jack devina aussi de la peur. Il secoua la tête comme pour s’éclaircir les idées. Pourquoi se sentait-il si perdu ? L’homme ne pensait quand même pas qu’*ils* avaient kidnappé sa femme ? Il était clairement en état de choc – quelque chose de terrible venait de se passer.

Wynn revint, tendit la bouteille pleine à l’homme et reprit sa posture d’arbre gigantesque. Jack dit : “Il va nous raconter.”
“Peut-être qu’on devrait lui demander son nom, suggéra Wynn. Comment vous vous appelez ?”
“Pierre.”
“Tu vois ? Un Français”, murmura Jack.
“Pas français”, dit l’homme.
Wynn dévisagea son ami. L’homme avait besoin d’aide et de soutien – pourquoi jouait-il les durs à cuire ?
“Racontez-nous”, dit Jack.

L’homme sembla se refermer sur lui-même. Il les regardait comme s’ils lui avaient demandé son portefeuille. Par une espèce de courtoisie implicite, ils reculèrent tous les deux d’un pas. Pierre garda la main sur la bandoulière du fusil et expira longuement. “On bivouaquait sur la rive est, dit-il. Je sais plus trop où – à quelques kilomètres en descendant le lac. Il s’est mis à faire froid. Et puis le brouillard s’est levé tard. On n’avait jamais vu ça. Avant qu’il y

ait tout ce vent." Il se mit à parler rapidement, pris d'une espèce de panique. "Elle a dit qu'elle devait partir, vous savez…"
"On sait", dit Jack, et Wynn lui jeta un coup d'œil perplexe. Son ami n'était jamais si impatient.
L'homme prit une gorgée d'eau. Il s'essuya les yeux avec son avant-bras. "Elle a ouvert la tente et elle est partie dans le brouillard, et je ne l'ai plus revue."
Wynn fronça les sourcils. *"Quoi ?"*
"Je ne l'ai plus revue. Il y avait une butte à l'arrière du campement. J'ai pensé qu'elle était passée de l'autre côté. Elle avait emporté une lampe torche. J'ai retrouvé la lampe, mais elle, je ne l'ai vue nulle part. J'ai cherché pendant des heures, j'ai appelé et appelé, mais dans le noir, ça ne servait à rien." Les mots s'enchaînaient à toute vitesse, puis se bousculaient.
"Et ?" dit Jack.
"J'ai cherché toute la journée aujourd'hui, et rien." Il avait la tête baissée et regardait ses pieds, ses lèvres se mirent à trembler.
"Nom de Dieu, dit Wynn. Est-ce qu'il y avait des empreintes ? Des traces ?"
L'homme secoua la tête.
"Aucune trace d'ours ? Il y a plein d'ours noirs dans le coin."
L'homme secoua la tête. "Il y avait un autre canoë, dit-il. Deux hommes. On n'arrêtait pas de les voir de loin. Je ne sais pas…"
"Ouais, on les a croisés, dit Wynn. Deux poivrots. Ils étaient assez flippants."
Jack observait l'homme. Il repoussa sa casquette en arrière et se frotta le front. Il essayait de trouver un sens à tout ça. "La nuit où le brouillard est tombé,

dit-il. Vous parlez de la nuit qui a précédé le matin où il y a eu du brouillard ou de la nuit suivante ?"

L'homme releva la tête. Les larmes coulaient sur ses joues brûlées par le soleil et gouttèrent sur la légère barbe qui couvrait son menton. Elles tombèrent sur les pierres sombres et noircies comme de la pluie.

"Quelle importance ?" dit Wynn.
"C'est le flou dans ma tête, dit l'homme. Elle a disparu. Maia a *disparu* !" C'était presque un hurlement, de rage et de chagrin. Il s'éleva au-dessus du fracas des chutes et le mur d'arbres renvoya son écho. Il n'avait pas cette pure mélancolie du cri du huard, mais il était tout aussi puissant.
Wynn posa la main sur l'épaule de l'homme. "Restez là une seconde… on va réfléchir."
"Il n'y a pas à réfléchir", répondit l'homme du tac au tac. Il s'essuya le visage sur sa manche. "Il faut qu'on aille au village."
"Vous avez un téléphone satellite ?" dit Wynn.
"Non."
"Un hydravion était censé venir vous chercher sur le lac ?"
"Non."
"Vous aviez prévu de descendre jusqu'à Wapahk ?"
"C'est ça."
"Donc personne ne vient ?"
"Non."
"Même en fonçant… il nous faudrait dix jours pour gagner le village. Au moins."

Les yeux de l'homme se brouillèrent de nouveau. Il semblait retomber en état de choc. Wynn respira et étouffa un sentiment de désespoir croissant. Il se tourna vers Jack. Jack regardait l'homme, perplexe. Wynn trembla.

"On va partir à sa recherche", murmura Wynn. Pas assez doucement pour que l'homme ne l'entende pas, et Pierre eut un mouvement brusque vers l'avant comme s'il était brûlé.
"Quoi ?" dit-il.
"Jack et moi, on va faire le portage dans l'autre sens jusqu'au lac pour aller la chercher. Le courant est trop fort pour remonter ce bout de rivière, donc on portera le canoë."
"On va quoi ?" dit Jack. Il regarda son ami avec une admiration renouvelée.
Wynn se redressa. "Si on ne le fait pas, qui le fera ?"
"C'est clair", dit Jack. Il abaissa la visière de sa casquette. "C'est exactement ce qu'on va faire."
"Vous ne pouvez pas, dit l'homme. C'est en amont. À plusieurs kilomètres. Il n'y a pas de *sentier*."
"Peu importe, dit Jack. On est jeunes et forts." Il le dit comme un avertissement.

*

Jack tendit le bras droit devant lui et le leva vers le soleil en partie caché. Il compta les largeurs de main jusqu'aux arbres de l'autre côté de la rivière. Chaque doigt représentait quinze minutes, la main sans le pouce une heure. C'est son père qui lui avait appris ça. "On a un peu plus de quatre heures de lumière", dit-il. L'homme le dévisagea.

"À quoi est-ce qu'elle ressemble ?" demanda Jack.

L'homme cligna des yeux. Il n'en revenait pas de ce qui se passait. "À quoi elle ressemble ? répéta-t-il. Elle fait… je ne sais pas. Ma taille. Longs cheveux bruns. Des yeux qui tirent sur le vert. Mais bon sang, si vous croisez une femme seule…"
"Attendez, dit Jack. Ne bougez pas." Il jeta un coup d'œil à Wynn. "Tu peux lui tenir compagnie ?" Il partit sur le chemin de la cabane à petites foulées. Il revint cinq minutes plus tard avec leurs polaires et leurs vestes imperméables, le kit de survie et un sac à dos étanche à moitié rempli. Leurs deux gilets de sauvetage et un troisième de secours. En bandoulière, il avait la Savage .308.

*

"Prends les cannes à pêche et ta bouteille d'eau", dit Jack à Wynn.
"Les cannes à pêche ? On va pêcher ?"
Jack jeta un regard à son ami. "Et si on se retrouve coincés ?"
"OK, dit Wynn. Bien vu." Il alla au canoë et prit les cannes. Jack se mit à remplir le sac étanche avec le kit de survie, les vêtements et le gilet en plus. Il roula le sommet du sac et le ferma. "Tu prends ça, dit-il à Wynn en lui tendant le sac. Je prends le canoë en premier."

Wynn avait déjà vu son ami se mettre en mode chef d'escadron, mais cela avait toujours été dans des cas d'extrême urgence – quand un groupe de jeunes qu'ils guidaient avait été surpris par un orage sur une ligne de crête ; quand une météo de fin d'hiver avait déferlé sur la Dolores River et qu'un raft s'était retourné juste avant la nuit. Avait-on affaire à une urgence ? Sans aucun doute. L'homme avait perdu sa femme. Si Jack se comportait avec brusquerie, c'est qu'il avait ses raisons.

L'homme, Pierre, les observait. À croire qu'il n'arrivait pas à suivre le cours des événements. Wynn mettait ça sur le compte du choc. L'homme se releva péniblement du bord du rocher. "Hé !" dit-il. Il grimaça quand son poids se porta sur sa jambe droite. "Vous feriez mieux de prendre ça." Il boita jusqu'à son bateau et ouvrit un sac étanche transparent attaché à un des bancs de nage. Il en sortit deux talkies-walkies. C'étaient des Midland avec une portée d'un peu moins de soixante kilomètres et arborant un motif camouflage. Jack les reconnut ; son père et lui utilisaient le même modèle quand ils partaient à cheval ou à la chasse. Dans un paysage accidenté, ils ne portaient pas à soixante kilomètres, mais fonctionnaient bien jusqu'à vingt-cinq. L'homme en tendit un à Wynn. Il dit : "Peut-être que vous pourrez... me dire..." Wynn grimaça. L'homme semblait à nouveau sur le point de s'effondrer. Mais non. "Peut-être que vous pourrez me tenir au courant, ajouta-t-il. Normalement, ils sont chargés."

"Oui, bien sûr." Wynn le clipsa à sa ceinture. Il hissa le sac, prit les cannes, Jack attacha les gilets de sauvetage autour des bancs. Du moment qu'il y en avait un à chaque extrémité, ils ne déséquilibreraient pas le canoë. Il enfila le troisième pour plus de rembourrage. Jack s'agenouilla et souleva le canoë retourné sur ses épaules. Du gâteau. L'embarcation de six mètres était en Kevlar ultraléger et ne pesait que vingt et un kilos. Il aurait pu le porter toute la journée. Il adressa un signe de tête à Wynn, *On y va*, et ne regarda pas en arrière vers l'homme, mais se dirigea sans difficulté vers le haut de la plage.

*

Ils avancèrent rapidement. Ce fut plus facile que prévu. Jack avait pensé à attacher la carte à la proue et il avait vérifié deux fois la distance : moins de deux kilomètres et demi. Aucun relief en dehors de la moraine. Ils forcèrent le pas.

À cette allure, ils seraient au lac en moins d'une heure. Ils avancèrent facilement au début, sur le terrain dégagé dans la forêt aux multiples essences le long de la rivière, le sous-bois clairsemé à l'ombre des vieux arbres, à l'exception de quelques endroits où Jack dut poser le canoë et le tirer à travers un fourré de branches de saules ou d'épicéas. Il se fit des égratignures, mais il s'en moquait. Dès que possible, ils se rabattaient vers la berge pour être à l'air libre. Les saules et les aulnes préféraient clairement le bord de la rivière. Une belle sente animale les traversait en grande partie. Ils virent des laissées d'ours en décomposition et piquées de graines de baies ainsi que des empreintes d'élans dans de la mousse plus épaisse. Wynn trouvait le sac plus lourd que nécessaire, mais comparé à beaucoup de sacs qu'il avait portés dans sa vie, il était léger comme tout. Puis ils parvinrent à la moraine et il leur fallut passer par-dessus. La pente était raide, érodée par endroits, laissant apparaître la roche, et Jack grimpa lentement, balançant la proue entre les branches, l'entrelacs d'arbres, ne ménageant pas sa peine pour faire passer le canoë retourné entre les sapins. Wynn l'entendait respirer, mais ils ne parlèrent pas. Wynn se demanda si c'était ce que devaient affronter les gros élans tous les jours, essayer de manœuvrer leurs grands bois dans ce fouillis végétal. Dans les parties les plus raides, Wynn mettait une main sur la poupe qui tanguait pour réorienter le canoë et l'aider à avancer, mais à la troisième ou quatrième fois, cela fit perdre l'équilibre à Jack qui, après avoir marché sur une racine, faillit partir à la renverse et lança une bordée d'injures.

"Arrête, Wynn, bordel ! Je gère."
"Désolé."
Jack ne lui parlait jamais aussi durement.

De l'autre côté, la pente était plus douce et là où la mousse et les pierres étaient humides, Jack descendait de biais, enfin ils atteignirent une plage herbeuse sur la rive du lac. Les flottes de nuages avaient resserré les rangs et bouchaient presque entièrement le ciel au-dessus de l'horizon. C'était un lac tout en longueur d'environ quinze kilomètres. L'eau était gris ardoise sous un vent du nord et les vagues s'échouaient sur la rive la plus éloignée. Rien sur l'eau, rien ne bougeait le long du mur implacable de forêt. Pas le moindre signe d'oiseaux. Désolation et chape de plomb.

Pagayer vers le sud serait facile avec le vent dans le dos. S'il ne tournait pas et s'ils étaient obligés d'aller plus loin, le retour serait sacrément galère. Chaque vague viendrait leur éclabousser le visage et lécherait les plats-bords. Jack s'accroupit et Wynn l'aida à retourner le canoë sur la plage. Ils enlevèrent leur pull et Jack s'étira. Ils avaient l'impression d'avoir couru. Ils auraient dû : le soleil n'était plus qu'à un tiers de distance des arbres.

Wynn tendit la bouteille d'eau à son ami qui la pressa et la vida. "Merci."

Wynn alla remplir sa bouteille et se désaltéra. Il remarqua qu'à cet endroit, à l'abri des arbres, l'eau faisait presque une nappe tant elle était calme, les vagues ne commençant à se former que cent mètres plus loin. Jack semblait tendu et d'humeur désagréable. Bon. Il y avait des raisons d'être tendu, se dit-il. Il remplit à nouveau la bouteille et revint sur la plage.

"Il s'est passé quelque chose de grave", dit Jack.
"Qu'est-ce que tu veux dire ?"
"Je ne sais pas exactement."
"Déjà, une femme a disparu. Là-haut. Ça sent pas bon. Pas bon du tout." Wynn tendit à nouveau la bouteille à Jack qui refusa d'une main levée. "Il est secoué, ça fait pas de doute, dit Wynn. Il a perdu sa femme. Et puis il est blessé. J'aurais dû jeter un coup d'œil à la blessure." Pourquoi ne l'avait-il pas fait ? "Quand est-ce qu'on allait le prévenir, pour le feu ? Bon sang. File-moi le tabac." Jack lui donna la boîte. "Et j'ai repensé aux deux têtes de cons sur l'île", fit Wynn.
"Moi aussi."
"Le moteur de pêche à la traîne était lourd. Ils peuvent aller à toute blinde avec ça. Beaucoup plus vite qu'en pagayant. J'imagine qu'ils ont pu les rattraper."
"Ouais", dit Jack, mais il n'était pas si sûr de bien comprendre. Il n'était sûr de rien. Il se tourna vers Wynn.

"Cassons-nous d'ici avant de se faire rattraper." Il parlait de la nuit. Ils mirent le canoë à l'eau, saisirent les pagaies et longèrent la rive est.

*

Ils filèrent et, grâce au vent, regagnèrent leur bivouac précédent en moins d'une heure. Ils virent les traces de leur feu de camp. Jack était à la poupe et dirigeait le canoë. Il les fit s'approcher. Ils surfèrent sur les vaguelettes sous le vent. Une vague les soulevait, les portait, ils prenaient de la vitesse et passaient par-dessus ; entre deux, ils étaient ballottés et avaient l'impression d'être à l'arrêt, mais ce n'était pas le cas. Ils pagayèrent encore le long de sept cents mètres de forêt jusqu'à un affluent ; ils voyaient qu'il coulait dans un goulot peu profond sur les bancs de sable formés par ses propres alluvions et les galets de la plage. Une butte pareille à une dune et couverte d'épilobes s'élevait derrière.

"C'était dans ce coin, dit Jack. Là où on les a entendus. À mon avis, ça pourrait être leur campement."

Wynn haussa les épaules. "OK." Jack les orienta vers la rive, Wynn bondit dans les hauts-fonds et hissa la proue sur les graviers. Ils se dirigèrent vers l'intérieur des terres. En haut de la plage se trouvait un autre feu de camp, des restes de charbons qui étaient là depuis Dieu sait quand. Ils échangèrent un rapide coup d'œil. Jack leva le menton et appela : *"Il y a quelqu'un ? Hé ho !"*

Wynn se pencha sur le sable entre les galets et ramassa une pince à cheveux, une barrette en métal bleu. Il la brandit. “Ça ne dit pas quand, pas vrai ?”

Jack ne répondit pas. Il appela de nouveau. Rien. Ils marchèrent vers le sud sur les galets jusqu'à ce qu'ils tombent sur le ruisseau Aucune autre trace. Wynn lança un appel à son tour, suivi de Jack, et le vent emporta leurs cris. Ils pataugèrent dans le cours d'eau et haussèrent la voix, mais quand ils arrivèrent à un éperon de forêt bien dense, leurs appels se heurtèrent au mur d'arbres et retombèrent. La forêt les absorba. Personne n'irait bivouaquer dans les bois quand il y avait une plage et un ruisseau à côté. Ils firent demi-tour.

Après avoir retraversé le ruisseau, ils restèrent là, perdus, le regard porté vers les eaux agitées. Quoi qu'ils décident à présent, ils feraient mieux de s'y mettre : avec le soleil déclinant, les embruns scintillaient d'autant plus dans la longue lumière rasante et l'air s'était refroidi. Par instinct, ils retournèrent à l'intérieur des terres en direction des arbres en haut de la plage et se séparèrent, chacun empruntant un chemin différent. Ils allaient quadriller cet endroit où quelqu'un avait effectivement campé, puis ils remonteraient rapidement dans le canoë et longeraient la rive.

“Jack !” hurla Wynn en s'élançant. Wynn avait été une star de hockey à Putney. Pour un grand arbre dans son genre, il courait drôlement vite. Il remonta la plage à fond de train, escaladant la butte de biais, et Jack vit vers quoi il se dirigeait. Les grands épilobes au sommet remuaient. Ils remuaient et se figeaient et remuaient de nouveau.

SIX

Quelqu'un rampait dans les herbes. Une femme sur le flanc droit, qui s'étirait et se recroquevillait comme une chenille blessée. Elle avait perdu du sang. Sa tempe gauche suintait. Son visage était un masque. Le sang avait séché et s'était craquelé. Elle rampait au milieu des grandes fleurs roses, sa veste imperméable était ouverte et sa doudoune était imbibée de sang séché, couverte de mottes de terre et de mousse. Le sang était presque noir, avec lequel les fleurs d'épilobes offraient un vibrant contraste. Elle avait les paupières à moitié fermées et gonflées, ses lèvres remuaient, mais elle n'émettait aucun son. La première pensée de Wynn fut : *Bon sang, un ours. Elle a surpris un ours dans le brouillard.* Il arriva à ses côtés le premier et tendit aussitôt les mains pour lui palper le crâne. Elle se contracta et eut un mouvement de recul. Une plainte monta de sa gorge et elle essaya de se mettre en boule. D'un bras, elle se protégea le visage.

Wynn avait une main sur son épaule et parlait vite : "Wow, calme ! Ça va, ça va ! On est avec vous maintenant, tout va bien, ne bougez pas, ne… restez tranquille, ne bougez pas." Elle cessa de s'agiter et se recroquevilla. “Je suis Wynn, lui c’est Jack. On est venus vous chercher.” Wynn posa les mains avec précaution sur sa tête et son cou sans s’arrêter de parler et il fallut une minute pour que les mots lui parviennent, mais elle commença à produire des sons qui ressemblaient à des sanglots et son bras se détendit. Wynn jeta un coup d’œil à Jack. Il dit doucement : “Bon, on va vous faire rouler, faites attention à votre dos. On va vous sortir d’ici.” Il lui sembla qu’elle écoutait. Son corps se relâcha. Wynn acquiesça en direction de Jack qui se plaça au niveau des hanches et Wynn lui fit à nouveau signe. “Prêt ?” “Ouais.” “OK, trois, deux, un…” Et ils la firent rouler. Avec beaucoup de délicatesse, ils la mirent sur le dos et l’allongèrent sur le terreau sablonneux de la dune.

Elle était couverte de taches laissées par la terre et les lichens. Ses lèvres remuaient toujours. “OK, ne bougez pas.” Jack retira son pull et Wynn en fit un oreiller qu’il glissa sous la nuque de la femme. “La bouteille d’eau”, dit-il à Jack. Jack partit en courant. Wynn pressa deux doigts légèrement sur le côté de sa gorge. Pouls filiforme et rapide. État de choc. Hypothermie. Elle avait de la chance d’avoir passé la nuit. Il sortit son canif et découpa sa manche gauche au niveau du coude. Il déchira le tissu du mieux qu’il put et lui libéra le bras. Quand Jack revint avec la bouteille, Wynn humidifia la manche et commença à nettoyer le sang qui suintait à la tempe de la femme. Elle se mit à gémir. Les garçons échangèrent un coup d’œil et Wynn dit : “Nettoie ça en faisant hyper attention.”

Wynn prit le talkie-walkie accroché à sa ceinture, l'alluma et dit : "*Pierre ? Pierre ?* On l'a trouvée ! Elle est vivante, mais…", alors elle bougea, s'écarta brusquement sous eux, Jack lâcha un *"Putain !"*, Wynn sentit une piqûre sur le dos de la main et le talkie-walkie atterrit sur les cailloux en contrebas.

*

Abasourdi. Il se tourna vers Jack qui avait toujours une main sur la tête de la femme, essayant de la calmer. Mais il regardait aussi le talkie-walkie fracassé sur les rochers. Comme si lui-même n'arrivait pas à croire qu'il l'avait jeté par terre.

"Désolé, murmura Jack. Putain."
"Quoi ? dit Wynn en clignant des yeux. Qu'est-ce qui t'a pris ? Je lui disais juste…"
Jack leva une main. Il secouait la tête comme pour y voir plus clair. "On ne sait pas, mais *lui* si."
"On ne sait pas *quoi* ?" dit Wynn.
"Et si c'était lui qui avait fait ça, Big ? Et si c'était lui qui avait essayé de la tuer ?" Jack essayait de parler tout bas. Wynn le dévisagea. Jack reprit : "J'y ai réfléchi pendant tout le trajet pour revenir ici. Pendant le portage et sur le lac. Pierre dit qu'elle a disparu la nuit où est tombé le brouillard. C'est des conneries."
Wynn regarda par-dessus son épaule vers les bois comme si quelqu'un pouvait écouter. "Quoi ?"
Jack murmura rapidement. "On les a entendus sur la plage. S'engueuler, tu te souviens ? Ils se hurlaient dessus. Dans le *brouillard*. Tu as entendu."

Wynn n'avait jamais vu Jack si agité. "Il a dit qu'elle avait disparu la nuit du brouillard. Peut-être qu'il voulait dire la nuit suivante."
"Ce n'est pas ce qu'il a dit. Je lui ai posé la question, tu te rappelles ? Pour bien comprendre et il a laissé tomber."
"Bon."
"Je te le dis, ce mec nous ment depuis le début. Je l'ai senti, j'aurais dû faire plus gaffe." Jack regarda le bout de tissu imbibé de sang, cligna des yeux. Il souffla. "C'est clair qu'on ne peut être sûrs de rien, mais si c'est lui qui a fait ça, maintenant il *sait* qu'on l'a trouvée et qu'elle est vivante."

*

Tout ça n'avait aucun sens. Wynn ne dit plus un mot. Pendant que Jack nettoyait la blessure, Wynn examina la femme de la tête aux pieds comme un secouriste. Elle avait des bleus sur l'abdomen. Son épaule semblait démise. Il faudrait s'en occuper. Elle sentait ses doigts et ses pieds et pouvait les bouger. Son dos, Dieu merci, n'avait rien. Il y avait du vomi séché sur sa veste imperméable, sans doute dû à des convulsions et à la nausée causée par la commotion. Elle perdait régulièrement connaissance. Ils devaient la stabiliser. Elle était surtout trempée et si gelée qu'elle ne tremblait même plus. Elle avait besoin de chaleur, d'hydratation et de repos, tout de suite.

Maintenant Wynn comprenait mieux pourquoi Jack avait été si irritable, pourquoi il avait tant insisté pour prendre les cannes à pêche, la trousse de survie, la carabine. Au cas où. Au cas où ils découvriraient exactement ce qu'ils avaient découvert. Mais quand même. Manifestement, l'homme lui aussi était blessé et secoué, presque en état de choc. Un accident était arrivé, Wynn ne savait pas exactement quoi, et ce Pierre avait perdu sa femme dans le brouillard. Il y avait des dizaines d'explications. Une attaque d'ours. Une mère élan. La femme pouvait s'être perdue dans la forêt prise par le brouillard, avoir grimpé dans un arbre pour tenter de repérer le lac et être tombée, s'être fracturé le crâne sur un rocher. Ou bien : les deux poivrots. Pas les types les plus recommandables qui soient. Ils avaient peut-être repéré le canoë du couple de loin et les avaient suivis. Avaient aperçu leur campement avant l'arrivée du brouillard. Flippant. Il repoussa cette idée.

Il lui nettoya le visage. Elle se mit à trembler violemment. C'était presque bon signe. Leur kit pharmacie était réduit. Ils voyageaient léger dans ce domaine – c'étaient des garçons. Quand ils faisaient de l'escalade, ils emportaient parfois un flacon d'iode, des pansements seconde peau et un rouleau entamé de sparadrap. Là, ils avaient deux sachets de compresses, un pansement, de l'iode, du sparadrap et un tube de Neosporin. Ils lui nettoyèrent la tête du mieux qu'ils purent ; elle avait une estafilade peu profonde d'environ huit centimètres qui lui courait en travers du crâne.

Il fallait la réchauffer immédiatement.

"Prépare un feu", dit Wynn. Jack acquiesça. Ils devaient la réchauffer jusqu'à la moelle. Il y avait des bouillons cubes dans le kit et quelques sachets de ramens. Ils l'installeraient tout près du feu et l'envelopperaient dans les couvertures de survie et tout ce qu'ils auraient à portée de main et lui feraient boire le liquide chaud jusqu'à ce que les tremblements cessent.

Jack écarta les hautes herbes et Wynn aspergea la coupure d'iode. La femme était à moitié consciente. Il nettoya le sang sur son visage. Pas d'autres coupures, tant mieux. Elle le regardait peut-être, mais ses yeux n'étaient plus que des fentes, ils clignaient et elle gémissait. Dans la boîte, il trouva une aiguille et un fil résistant, il les avait emportés pour raccommoder des affaires, conscient qu'ils lui serviraient aussi au cas où des points de suture seraient nécessaires, et il recousit la plaie de la femme sans la faire changer de position. Elle trembla par intermittence et grogna, mais il savait qu'entre la luxation et la blessure au crâne, cette autre douleur serait à peu près masquée. Anesthésie relative. Il frémit. "C'est fait", dit-il. Il tamponna la plaie avec une compresse qu'il maintint à l'aide d'un bandage dont il lui entoura la tête. Wynn jeta un coup d'œil au ciel : très chargé, qui filait vers le sud. Putain. Il pria pour qu'il ne pleuve pas. Bon, parce que s'il ne pleuvait pas, les nuages les aideraient et empêcheraient qu'il gèle. Il ne s'imaginait par repartir dans la soirée – la femme n'était pas en état, il leur faudrait bivouaquer sur place. Les deux couvertures de survie, qui étaient étanches, la protégeraient, et Jack et lui alimenteraient le feu, se débrouilleraient. Il lui tint la tête alors qu'elle tremblait et ne se tourna pas, mais entendit le crépitement du feu. Pour la première fois, Wynn la regarda. Non pas comme la somme de ses blessures, mais comme une personne allongée dans les herbes à côté de lui. Elle devait avoir une petite trentaine, les cheveux sombres tressés, des yeux noisette à ce qu'il pouvait en voir. Elle était mince et avait une dentition régulière, rien de cassé. Une mâchoire forte, elle aussi intacte, d'épais sourcils noirs. Elle avait l'air solide. Il le fallait pour avoir survécu deux jours dans le froid. S'ils arrivaient à la maintenir en vie dans les heures à venir et si elle ne souffrait d'aucune blessure interne grave, elle survivrait. C'est ce que pensa Wynn. Une fois passé les dangers de l'hypothermie, il lui remettrait l'épaule en place.

Le feu crépita, siffla, et quand le vent tourbillonna de nouveau vers la forêt, il sentit la fumée qui avait une odeur de vie. C'était bien la première fois qu'il pensait un truc pareil. Jack à côté de lui, Wynn dit : "Je crois que tout roule au niveau de sa colonne vertébrale. Mais au cas où, on va la porter tous les deux." Il n'avait pas besoin de lui dire qu'il soulèverait la tête et les épaules pendant que Jack la prendrait par la taille. "À trois." Ils la déplacèrent. Ils sentirent les frissons qui la parcouraient et la déposèrent sur un matelas lui-même posé sur une étendue de sable que Jack avait aplanie et nettoyée près du feu.

Un matelas ? Il était vert, c'était celui de Jack. Wynn jeta un coup d'œil à son ami.

"J'ai aussi le tien. Et la tente."
"La vache." Wynn faillit rire, mais on aurait plutôt dit une quinte de toux. "Tu m'étonnes que le sac était lourd."

Jack enfonça le bras dans le sac bleu et en sortit un cylindre en nylon. Un sac de couchage.

"Putain, dit Wynn. T'as embarqué tout l'équipement." Dans le fond, sa main tomba sur les répulsifs anti-ours. Wow. Gros soulagement. Bien qu'en duvet, leurs sacs de couchage étaient légers, mais ils étaient intégralement imperméables. Il faisait très chaud près du feu, aussi avaient-ils installé la femme à bonne distance. Ils lui enlevèrent son pantalon trempé, ses sous-vêtements, sa veste, son pull, mais son sous-pull en laine avait absorbé et séché la sueur tandis que sa température retombait, alors ils le lui laissèrent. Ils l'enveloppèrent dans les sacs de couchage qu'ils gardèrent ouverts pour que la chaleur s'immisce à l'intérieur. Jack avait mis sur les braises rougeoyantes des galets qu'il ferait ensuite refroidir jusqu'à ce qu'ils soient à la bonne température pour servir de coussins chauffants. Le sac contenait également une vieille casserole et Jack courut vers le lac pour la remplir d'eau et la poser sur les pierres à côté des flammes.

Ils s'accroupirent à côté d'elle et attendirent que l'eau bouille.

"Tu savais que tout ça arriverait", murmura Wynn.
"Je n'en savais rien. Je ne sais toujours rien. De ce qui est arrivé. Mais je sais que le mec mentait. Et en y réfléchissant, je me dis qu'il ne voulait *pas* qu'on vienne ici. S'il nous a donné le talkie, c'était juste pour savoir si on l'avait trouvée." Il ratissa les braises sous la casserole. "Désolé, d'ailleurs", dit-il une fois de plus. Il parlait du talkie qu'il lui avait

arraché de la main. Il n'avait jamais rien fait de tel.
"T'inquiète."

Ils sentirent la chaleur sur leurs genoux, leur pantalon presque brûlant au toucher, et ils se reculèrent. Wynn tâta le dessus du sac de couchage en nylon pour s'assurer qu'il n'était pas trop chaud.

"Elle a l'épaule luxée, dit Wynn. Je vais devoir la lui remettre. Quand elle sera réchauffée."
"T'as déjà fait ça ?"
"Non. Mais je connais la théorie."
"Je l'ai fait. Une fois, pour papa. Je vais m'en charger."
"OK."
"Je n'ai jamais entendu papa chouiner, mais cette fois-là, il a pleuré."
"Aïe. Bon, je lui expliquerai."

*

Quand le soleil tomba sous l'horizon, le vent tomba lui aussi. Ils éloignèrent les galets du feu et les laissèrent un peu refroidir, puis les enveloppèrent dans leurs chemises et les glissèrent dans les sacs de couchage à côté de la femme. La casserole, une cuiller, leurs deux tasses. Ce que Jack avait apporté. Il avait eu l'intuition qu'ils seraient peut-être obligés de passer une ou deux nuits dehors. Quand elle s'arrêta de trembler, ils jetèrent un bouillon cube dans une demi-tasse d'eau et soufflèrent dessus jusqu'à obtenir la bonne température, redressèrent la femme et lui firent siroter le liquide salé. Elle semblait assez lucide pour comprendre. Wynn craignait qu'elle souffre d'une grave commotion.

Il leur faudrait surveiller ça. Ils la laissèrent boire le bouillon clair lentement, puis Jack prépara une tasse d'eau sucrée, sans thé – pas de caféine en cas de commotion. Elle la but aussi. Elle geignit un peu en sirotant, mais dans l'ensemble, elle restait plutôt silencieuse.

Quand elle eut fini, Wynn dit tout doucement : "On va devoir vous remettre l'épaule en place. Elle est luxée. Une fois que ça sera fait, vous vous sentirez beaucoup mieux." Elle cligna des yeux. "Ça va être très douloureux, la prévint Wynn, mais on fera vite."

Sa tête sembla acquiescer. Jack lui avait mis leurs bonnets de laine pour faire bonne mesure, et Wynn prit son bonnet de ski tricoté main par Ivy Darrow à Putney et le glissa aussi sur la tête de la femme par-dessus le bandage. "Prête ?"

Elle ferma les yeux. Peut-être était-ce un signe affirmatif. Wynn avait déjà vu ça : des blessés qui avaient juste assez d'énergie pour bouger un peu, pour manger, mais pas pour parler. Comme c'était étrange que les mots brûlent autant d'énergie vitale. Elle était à moitié assise contre lui. Jack passa les mains sur toute la longueur de son bras gauche sous son sous-pull en laine fine. Il lui palpa l'épaule, fit délicatement pivoter le bras vers l'intérieur pour le remettre dans sa position normale et puis il tira. Doucement au début, puis plus fermement et enfin, très fort. Elle poussa un cri, un éclat de douleur plus puissant et plus bruyant qu'ils n'auraient imaginé, et elle se mit à haleter, les larmes coulèrent sur ses joues tuméfiées et elle s'évanouit. Ils l'allongèrent de nouveau, refermèrent les sacs de couchage et la laissèrent dormir.

SEPT

Ils alimentèrent le feu toute la nuit. Il y avait beaucoup de bois flotté entassé sur la berge. Il ne plut pas, la couverture nuageuse maintint la température et il ne gela pas. Jack monta la tente ultralégère, un tube effilé avec un arceau à chaque extrémité qui se dépliait à l'avant et à l'arrière. Il fixa dessus la couverture imperméable, ne serait-ce que pour créer un peu plus de chaleur, et ils se relayèrent pour dormir à l'intérieur sur le matelas de Wynn. Emmitouflés dans un pull, une veste et l'une des couvertures de survie, ils avaient froid, mais c'était faisable.

Il ne plut pas. Les nuages bas formaient un couvercle sur le ciel et le vent retomba. En dehors des flammes du feu qui envoyaient leurs étincelles vers le mur d'arbres avant de tourner et de souffler vers l'eau, il n'y avait pas de lumière. Wynn regarda à l'ouest de l'autre côté du lac et eut quelques fois l'impression d'avoir aperçu une lueur infime reflétée dans les nuages, mais quand il clignait des yeux, elle disparaissait. Il se dit que l'incendie au loin était comme une zone en guerre, le front d'une bataille trop éloignée pour être entendue mais qui pouvait en quelques jours à peine bouleverser une vie à jamais. C'était l'effet que ça faisait. La nuit avait beau être noire, Wynn sentait le ciel se déplacer au-dessus de lui, gratter la cime des arbres.

Elle avait dû dormir. Ils lui avaient fait avaler des ramens après la tombée de la nuit et eux aussi avaient mangé. Wynn transporta un gros caillou vers le feu et s'assit près de la tête de la femme. Il la couvrit du mieux qu'il put avec la capuche d'un des sacs de couchage, mais il voyait toujours à la lumière vacillante le sommet de son bonnet de ski, le bleu avec une large bande rouge. Tricoté par la grand-mère de son ami Pete. Les Darrow possédaient le verger de l'autre côté de la crête par rapport à chez lui. Il connaissait les collines comme sa poche à force de les parcourir à toute saison, d'aller nager dans l'étang en contrebas. Sa période préférée était début mai, quand les coteaux n'étaient plus qu'une mer de fleurs de pommier blanches embaumant l'air d'un parfum si suave et délicat qu'il se disait qu'il n'y en avait sans doute pas de plus enchanteur sur terre. Il aimait aussi l'automne, dans les champs et les bois, la mi-octobre, les odeurs de la terre où sont tombées les feuilles brillantes de pluie, les odeurs des hautes herbes et des sentiers rocailleux humides sous la pluie froide, les odeurs de pierre froide des ruisseaux qui gonflaient après des nuits d'averse. Ces dernières battaient toutes les autres.

Pourquoi pensait-il à chez lui ? Parce qu'à cet instant il aurait aimé y être. Cette expédition qu'ils avaient attendue avec tant d'impatience toute l'année avait pris un drôle de tour. Pourquoi pas. C'était ça, l'aventure : affronter des dangers qu'on n'avait pas envisagés. Et quand on voyageait avec un ami aussi fiable que Jack, que demander de plus ? Mais là, c'était différent. Il s'assit dans la chaleur tremblotante et sentit le ciel bas passer ses doigts juste au-dessus de la lumière du feu, sentit la pluie. Il espérait qu'elle attendrait. Il espérait que ce pressentiment d'un désastre imminent se dissiperait comme les nuages.

À cet instant, il aurait voulu être chez lui. Jack et lui auraient pu y passer deux semaines, à la fin de l'été, à aider son père à faire des réserves de bois de chauffe. Ce soir, à cette heure-ci, Jess et ses parents dormaient sûrement. Un vent de nord-est annonçant l'arrivée de l'automne serait venu taper contre les fenêtres, Jack et lui se seraient assis près du poêle, éclairés par une unique lampe, et ils auraient discuté de l'expédition en canoë qu'ils allaient faire. Ils seraient sortis prendre l'air et si le vent avait soufflé dans la bonne direction, ils auraient senti l'odeur des pommes en train de mûrir sur les arbres dans le noir au pied de la crête. C'était drôle de penser à ça maintenant, à l'instant où ils vivaient l'expédition qu'ils avaient désirée plus que tout.

Celle-ci en particulier. Le début avait été magique. Temps calme et clair, nuits fraîches, des étoiles, pas encore d'aurores boréales, mais ils n'étaient partis que depuis une semaine. Prendre du poisson était si facile que c'était presque de la triche. Ils avaient pagayé le long d'un lac, aux limites d'un marais ou sur un petit cours d'eau, ils avaient lancé des mouches sèches et attrapé des truites grises comme dans un rêve. Ils avaient lancé des grosses mouches

Stimulator et Black Gnats. Ça ne semblait pas très important. Ils avaient à peine touché à leurs repas lyophilisés et ils commençaient presque à se lasser du poisson. Le long des berges, ils ramassaient des myrtilles, des framboises et des mûres dont ils se gavaient. Leurs lèvres devenaient bleues et pourpres, et ils riaient de voir qu'au bout d'une heure de ramassage ils n'avaient même pas rempli une casserole ni même une casquette de baseball. Ils mangeaient au fur et à mesure de la cueillette. Ils avaient beaucoup de force dans les bras pour pagayer et traversaient les lacs facilement, se mettaient au défi d'effectuer les plus longs portages en un seul voyage et n'y parvenaient jamais. Pas avec la carabine, les petits barils de nourriture et l'équipement.

La carabine. Wynn poussa un soupir. Ce qui avait été la plus belle expédition du monde s'était transformé… en quoi ? Il avait encore l'impression de vivre dans un rêve, mais qui tournait mal. Il ne croyait pas à une attaque d'ours, même si ça n'était pas impossible.

Il aurait aimé avoir sa pipe. C'était anachronique, mais quand il partait en pleine nature, c'était ce qu'il préférait – la bourrer d'un mélange d'arôme Burley Blend à la vanille et fumer tard près du feu. Mais il l'avait laissée au campement. Elle avait appartenu à son grand-père paternel. Qu'il adorait parce que ce dernier prenait des risques et que c'était un pitre. Le vieil homme, Charlie, avait fait des études pour devenir avocat, épousé une héritière de la haute bourgeoisie bostonienne et avait travaillé à Wall Street pendant quelques années, mais avait détesté ça ; il s'était ensuite installé dans le sud du Vermont et était devenu un peintre amateur respecté, un des premiers jardiniers bios et un historien local. Il peignait des granges et des champs, mais aussi des nus, et la légende racontait que deux de ses modèles étaient ses maîtresses, l'une veuve, l'autre candidate au veuvage qui avait dit à son alcoolique de mari que s'il protestait, elle l'égorgerait pendant son prochain coma éthylique qui ne manquerait pas d'arriver dès le lendemain. Le dernier-né de Charlie, le père de Wynn, avait hérité sa ligne fluide et pure de son père ainsi que son sens de la couleur, mais avait refusé de suivre une carrière artistique pour s'engager dans quelque chose de plus concret, l'architecture. Après la fac, il avait passé un an au Japon à étudier ces paysages dont il ne s'était jamais vraiment remis, et désormais, il construisait des maisons aux inspirations japonisantes dans tout le sud du Vermont. Le gène de l'humour, des arts et de la prise de risque avait sauté une génération et c'était Wynn qui l'avait récupéré. Wynn, lui, se sentait tout à fait prêt à travailler la moitié de l'année comme guide nature s'il pouvait passer l'autre moitié dans une grange à créer des installations et des sculptures.

Il poussa les bouts de bois qui ne s'étaient pas encore consumés sur les braises et tendit la main droite pour se réchauffer la paume. Puis il glissa la main dans le sac de couchage autour de la tête de la femme, dans la poche de chaleur. Elle avait bien chaud, tant mieux. Sa température était remontée peu à peu, elle avait cessé de gémir et de trembler, et les garçons remplaçaient régulièrement les pierres refroidies par de nouvelles, plus chaudes. Elle avait avalé une tasse entière de ramens, mangé une barre de chocolat et maintenant, elle générait sa propre chaleur. Il posa les doigts sur son cou et sentit son pouls, stable et fort. Bien. Le pire, à savoir le choc, était passé. Le défi allait être de la maintenir dans cet état.

Il détourna le regard du feu et observa le lac. Le cercle de lumière vacillait au-dessus des galets de la plage. Il gonflait dans le vent et retombait une fois la bourrasque passée. La nuit était dense. La lumière du feu de camp ne parvenait pas à pénétrer l'eau. Là, dans l'obscurité feutrée, il n'y avait que du son. Celui des vaguelettes qui venaient laper la berge, le friselis de l'eau sur l'eau. Il crut entendre un claquement, c'était possible – la queue d'un castor ? Il jeta un coup d'œil à côté de lui : la Savage .308 était là, sortie de son étui, équipée de sa lunette et chargée. Quand ils étaient arrivés au bout du portage, Jack avait posé le canoë et prit la carabine de l'épaule de Wynn. Il avait appuyé sur le cran de sûreté avec le pouce, avait actionné le levier et fouillé dans sa poche à la recherche d'une cartouche qu'il avait chambré au sommet du chargeur pour avoir six coups, avant de remonter le levier. Dans la soirée, à voix basse, ils avaient décidé que celui qui serait de garde aurait l'arme. Impossible de dire de quoi les deux tarés de l'île étaient capables.

Peut-être qu'ils en faisaient trop, se dit Wynn. Peut-être qu'elle avait vraiment été attaquée par un ours. C'était sa première impression. Mais plus il pensait à ses blessures, plus cela semblait tiré par les cheveux. Un ours donnait un coup de griffe, mordait et déchiquetait, il ne donnait pas un coup de matraque et un coup de poing avant de luxer une épaule. Une chute avait pu faire ça. Si, comme eux, elle avait tenté de grimper dans un arbre et était tombée. Wynn frissonna. Le vent avait ramené les flammes vers lui et la fumée lui piquait les yeux, la chaleur tourbillonnait autour de ses genoux et de son visage ; ce n'était pas le froid qui le faisait trembler. Il s'aperçut que, pendant qu'il réfléchissait, il avait attrapé un bout de bois et qu'il l'avait toujours à la main. Bon sang, il devait commencer à avoir sommeil. Il jeta le bout de bois dans les flammes.

*

Il se leva, s'étira et alla au tas de bois flotté dont il prit une brassée qu'il jeta dans le feu. Ils avaient ratissé la berge et le bois lui arrivait à la taille. Autant rester au chaud. Vu l'ampleur de l'incendie et la vitesse à laquelle il se propageait, il ne resterait sans doute plus rien de tout ça dans une semaine. Il se rassit. Il n'arrivait pas à garder les yeux ouverts. La journée semblait interminable, défiait les lois de la nature, aucune journée ne pouvait durer aussi longtemps. Il s'obligea à rester alerte et, au bout d'un temps qu'il estima à vingt minutes, il réveilla Jack et s'endormit comme une masse dans la tente.

HUIT

Ils avaient des flocons d'avoine dans la boîte, du sucre brun et du thé. Ils firent bouillir l'avoine qu'ils sucrèrent et nourrirent la femme à la cuiller. Quant à eux, ils se préparèrent du thé, mangèrent un peu après elle, et la laissèrent boire de l'eau chaude sucrée. Elle s'assit, toujours emmitouflée dans les sacs de couchage. Elle ne disait rien, mais quand Wynn tendait la cuiller, elle ouvrait la bouche, lentement – à moitié ; sa mâchoire semblait douloureuse, sans doute à cause des coups qui lui avaient aussi tuméfié les yeux. Elle clignait des paupières quand c'était trop chaud ou qu'elle en avait assez. Elle ne pouvait se servir que d'une main, qu'elle avait même à peine la force de lever. L'autre bras était dans une écharpe faite de deux bandanas noués. Quand elle eut presque fini la tasse d'eau chaude, elle ouvrit la bouche et émit un son rauque.

"Comment ? demanda Wynn en approchant l'oreille. Qu'est-ce que vous dites ? *Pipe* ?"
"Elle veut faire pipi", dit Jack.
"Oh."
Elle acquiesça, à peine.
"Ah, OK."

Ils prirent la position devenue habituelle, Wynn lui maintenant la tête et les épaules tandis que Jack soulevait les hanches et les genoux, et ils la transportèrent à quatre, cinq mètres du feu pour la déposer sur une plus grande pierre où elle resta à moitié assise. Ils la tenaient encore par le torse. Elle était très faible.

"Est-ce que vous pouvez faire pipi comme ça ?" demanda Wynn. Elle ne portait rien en dessous de la taille puisqu'ils lui avaient retiré ses vêtements trempés. Elle acquiesça. Elle pouvait. Ils furent soulagés en entendant le jet d'urine heurter les galets, quasiment comme si c'était eux qui se vidaient la vessie. Quand elle eut fini, il y eut un moment de gêne.

"Suis", murmura-t-elle.
"Essuyer ? Oh, vous essuyer ! Tout de suite !" dit Wynn un peu trop fort. Il était en territoire inconnu. Pour Jack, qui avait grandi sur un ranch, les fonctions corporelles n'avaient rien de tabou et il n'aimait pas qu'on fasse le délicat sur ces questions. "Une seconde", dit-il, il remonta la dune en courant, arracha des poignées d'herbe séchées et les rapporta. Il les tendit à la femme qui voulut s'en saisir, sans y parvenir. Ses yeux se remplirent alors de larmes. Elles coulèrent sans retenue sur ses joues tuméfiées et jusqu'au menton.

"C'est pas grave, dit Jack doucement. Je m'en occupe. D'accord ?"

Elle acquiesça doucement. Il l'essuya avec une partie de l'herbe et ils la ramenèrent près du feu. Elle était très faible. Ses sous-vêtements et son pantalon ayant séché, les garçons les lui enfilèrent, remontèrent la braguette et lui attachèrent sa ceinture sangle. Ils passèrent son bras droit dans la manche de sa polaire et dans celle de sa veste imperméable et rabattirent les pans gauches sur son bras en écharpe. Le vent était retombé, Dieu merci. Sous l'effet d'une légère brise du nord-ouest, le ciel couvert s'était morcelé. Il n'y avait plus que des nuages d'altitude qui avançaient lentement et, en dessous, la lumière vieux rose du soleil levant qui n'avait pas encore atteint la cime des arbres. Pas de gelée. Ils lui mirent ses chaussettes en laine, sèches elles aussi, et ses chaussures de randonnée Gore-Tex dont ils nouèrent les lacets. Ils versèrent de l'eau du lac sur les braises. Après le premier sifflement, le panache de vapeur et de cendre, et la puanteur âcre du charbon, ils s'éloignèrent et commencèrent à sentir la fumée. Pour la première fois depuis deux jours, ils surent qu'ils étaient à proximité du feu de forêt.

*

Ils enveloppèrent la femme dans les sacs de couchage, plièrent les couvertures de survie, démontèrent la tente, roulèrent les matelas et embarquèrent leurs maigres provisions dans le canoë. Il y aurait de la place pour elle. Ils ne connaissaient même pas son nom. Pierre avait dit quelque chose comme Maia, non ? Ils l'installèrent au milieu, adossée au sac étanche. Wynn remonta la plage pour ramasser les morceaux du talkie-walkie, sans trop savoir pourquoi. Peut-être que les pièces à l'intérieur fonctionnaient encore, peut-être qu'une autre expédition devant eux sur la rivière en aurait un, même si les chances étaient minces. Mais quand il arriva au boîtier en plastique, il vit qu'il était salement amoché. Il essaya le bouton du volume et le poussoir pour parler, en vain – l'appareil était mort. Il le récupéra pour le mettre dans leur poubelle restée avec la majeure partie de leur équipement. Ils s'en allèrent. Wynn s'installa à l'arrière pour donner le cap. Jack imprima le rythme des coups de pagaie à l'avant. Il s'assit sur le siège en sangle et garda le fusil appuyé à l'avant du canoë.

Wynn eut l'impression d'avoir longé cette rive au moins cent fois. À croire qu'ils avaient passé la moitié de leur vie à la parcourir. Dans un mauvais rêve ou en enfer, ils resteraient bloqués là pendant cent ans. Ce n'était pas le pire des endroits où revivre tout le temps la même chose, avec les bouleaux en train de jaunir, le lever du jour noyant le lac de bleu, les hautes herbes et les épilobes aux infinies nuances de rose. Un endroit où revenir, auquel se nourrir, comme Cézanne à sa montagne. Non.

Jack se dit que s'il ne revoyait plus jamais cette rive, ou une autre lui ressemblant, il ne s'en porterait pas plus mal. Elle était une espèce de vortex qui n'arrêtait pas de les rappeler, ou plutôt, c'étaient les voix, le vortex, celles du couple. S'ils ne les avaient pas entendues dans le brouillard étrange, ils seraient déjà loin. Il aurait bien aimé que ce soit le cas. Il leur fallait quitter ce satané lac une bonne fois pour toutes, descendre la rivière, gagner le village et trouver un téléphone, se casser de ce coin du monde qui commençait à sentir la poisse.

Jack croyait à la chance. La carte qu'on retourne et qui oriente une vie dans une direction ou une autre. Le glissement d'un sabot de cheval sur la pierre, le bruit de deux voix dans le brouillard. Il y croyait autant qu'à d'autres choses, comme à la loyauté ou au travail. Et parfois, le hasard nous poussait dans une mauvaise direction de manière aussi implacable et inéluctable que si nous étions sur des rails. Et parfois, l'unique façon de quitter ces rails était de provoquer une catastrophe. À cet instant précis, ils avaient besoin de prendre de la vitesse. Jack était un peu rassuré de sentir l'arme à ses pieds ; d'elle aussi ils auraient peut-être besoin.

*

Ils dévièrent dans un vent léger et avancèrent vite. Ils pagayèrent jusqu'à l'entrée du déversoir et sentir le courant accélérer. Ils s'engagèrent dans le virage qui partait sur la droite et restèrent le long de la rive droite. Puis ils contournèrent une saillie rocheuse et virent la ligne d'horizon des chutes et, au-delà, la cime des arbres qui poussaient en contrebas, la plage de débarquement, l'espace entre les saules qui indiquait le portage, et il ne leur restait plus qu'à pagayer. Jack se tourna et dit : "Tu gères ?"

Le courant n'était pas trop rapide et Wynn répondit : "Sans problème", et Jack reposa sa pagaie derrière lui pour saisir le fusil.

*

Plus trace de canoë. Ni sur la plage ni dans l'ombre de la sente. Ils arrivèrent, tirèrent l'embarcation sur la rive et Jack dit à la femme qu'ils en avaient pour une minute, qu'ils allaient jeter un coup d'œil, tout allait bien, et elle cligna des yeux. On aurait dit un sémaphore : OK. Jack reprit le fusil et ils remontèrent le sentier au trot.

Ils virent que l'homme avait tiré son canoë dans la boue. Peut-être qu'il l'avait remonté jusqu'au bivouac devant la cabane sur la falaise. C'était une embarcation en polyéthylène, un matériau lourd qui ressemblait au plastique des canoës Old Town synthétiques ; le tirer dans la boue et sur des rochers lisses ne l'abîmerait pas.

Ils descendirent le sentier qui n'était plus vierge et surgirent dans la clairière. Ils s'arrêtèrent net. Il leur fallut une seconde pour comprendre : l'équipement entreposé au bord de la falaise n'était plus qu'un tas de déchets éparpillés, les paquets de nourriture lyophilisée déchiquetés et déversés sur l'herbe, deux des barils en plastique ouverts et vidés, les deux autres barils… disparus. Ceux qui renfermaient leurs vêtements et leurs ustensiles de cuisine, les bâches, les poêles, les pantalons et les vestes chaudes et sèches, les combinaisons – disparus.

Jack jura. Wynn dit : “Un ours. Putain.”

Jack resta muet. Il marcha vers les barils de nourriture explosés, donna un coup de pied dans un couvercle du bout de sa chaussure. Il était endommagé, entaillé. Il s'accroupit, retourna le baril : vide. Même chose avec l'autre. Des macaronis jonchaient l'herbe, le sachet déchiré. Leur équipement était à moins de deux mètres du bord du rocher qui surplombait les chutes. Trop près, peut-être. La personne ou l'animal qui était passé par là avait manifestement envoyé les deux barils non alimentaires à l'eau. L'un des couvercles reposait au soleil. Lui aussi était abîmé et balafré.

Aucun d'eux ne parla. Ils commencèrent à entrevoir ce que la situation impliquait : ils avaient encore au moins dix jours de rivière devant eux et rien à manger à l'exception de deux jours de rations dans leur trousse d'urgence ; ils voyageaient avec une personne en plus, blessée et sans vêtements de rechange. Même les combinaisons et la jupe de protection pour empêcher l'eau de rentrer dans le canoë avaient disparu. Wynn siffla, un sifflement grave. Au bout d'une minute, il dit : "J'imagine qu'on ne devrait pas laisser de nourriture sans surveillance au pays des ours."

Jack se redressa et parcourut la clairière du regard, puis il se mit à marcher, zigzagant entre les déchets.

"À quoi tu penses, mec ?" dit Wynn.
"Une minute, s'il te plaît."
Wynn se tut. Il regarda Jack retourner la scène dans sa tête. Finalement, celui-ci déclara : "Je n'ai vu aucune trace d'ours."
"C'est sec ici, au soleil. Il n'y a que de la roche et des broussailles."
"Ouais, mais, même sans empreintes, on devrait voir des coups de griffes là où ils prennent appui. Je ne sais pas." Jack prit un couvercle. "Tu as déjà vu une glacière ouverte déchiquetée par un ours ?"
"Non."
"Moi si."

Wynn s'approcha. Il se sentait comme un funambule. Tout ça n'avait aucun sens. "Regarde, dit Jack en s'agenouillant, et Wynn s'agenouilla à côté de lui. Quand un ours ouvre un conteneur, pour lui, ce n'est pas différent d'un arbre. Il a déchiqueté des arbres pendant un million d'années. Une glacière en plastique, la voiture d'un abruti qui a laissé du beurre de cacahuète dans le coffre – c'est pareil. Ses griffes s'enfoncent quelque part et déchirent tout, comme quand il arrache une racine, défonce une termitière ou une ruche. La marque des griffes fait une ligne continue. Et là, regarde." Jack tenait les deux couvercles de plastique à la main. Il mit le premier sur le baril abîmé et le vissa lentement. "Si c'étaient des marques de griffes, elles se rejoindraient."
"Tu penses que c'est autre chose ?"
"Ou quelqu'un."
"Wow." Wynn inspira. Cela lui avait pris un long moment, plus longtemps que d'habitude, pour suivre le fil de la pensée de Jack. "Tu penses que Pierre a essayé de tuer sa femme, dit-il. Comme tu l'as déjà suggéré. Et qu'il a balancé toutes nos affaires dans la rivière parce qu'on a le talkie et qu'on lui a dit qu'on l'avait retrouvée en vie."
Jack haussa les épaules.
"C'est dingue, putain. Bordel. Dans un endroit pareil, c'est comme de tuer quelqu'un. De balancer ses provisions, je veux dire."

Jack se tourna. Wynn ne l'avait jamais vu si agité. Pas même quand il avait frappé l'homme dans ce bar ; pas même quand l'un de leurs profs d'anglais avait dit que les ranchers de l'Ouest se la jouaient durs à cuire et indépendants alors qu'ils prenaient le gouvernement pour une vache à lait en profitant de toutes sortes de subventions.

"C'est une condamnation à mort, dit Jack. Ou ça voulait l'être."
Wynn ne dit rien. Il tritura quelques sachets de nourriture vides et dit : "Je crois qu'il a peur de *nous*. Il avait l'air paniqué. Il gardait la main scotchée sur son arme. Il a cru que c'était *nous* qui avions kidnappé et tué sa femme dans le brouillard. Dans un délire à la *Délivrance*. Il est pas sûr qu'on l'ait pas fait, en tout cas. Ou bien, quand il ne nous a pas vus revenir hier, il a flippé et est parti chercher de l'aide, comme il voulait le faire au début." Wynn frissonna. "C'est un ours. Quand j'imagine un campement attaqué par un ours, ça ressemble exactement à ça." Il se leva et soupira. "Mec, combien de récits d'expédition est-ce qu'on a lus où un ours déboule dans un campement ? C'est logique. Pierre a fait le portage, casé toutes ses affaires dans son canoë et nous a attendus. Et quand l'ours a tout défoncé, il a pris la fuite. En se disant qu'on le suivrait." Il se frotta les yeux. "Je n'arrête pas de me dire que les Texans, ou je sais pas d'où ils sont, ont pu attaquer la femme. Enfin, j'en sais rien."
"D'accord", dit Jack. Une des choses qu'il appréciait chez son ami était qu'il laissait toujours des tas de chances aux gens. "On a plus qu'à lui poser la question à *elle*. Lui demander ce qui a bien pu se passer. Mais si c'est Pierre qui s'en est pris à elle, puis à nous, je crois qu'on devrait être super contents qu'il ait un fusil et nous une carabine."

Wynn y réfléchit. Si l'homme voulait leur mort, avec un fusil et de la chevrotine, il lui faudrait être au maximum à cinquante ou soixante mètres. Pour être sûr. Avec une carabine équipée d'une lunette, s'il était bon, il pouvait les abattre à quatre cents mètres.

*

Ils revinrent rapidement à la plage et au canoë. Impossible d'interroger la femme parce qu'elle avait les yeux fermés, que son pouls à nouveau était filiforme et qu'elle était retombée en état de choc.

NEUF

Ils firent un feu près du canoë, sur les galets de la plage. Une fois de plus, ils emmitouflèrent la femme dans les sacs de couchage et utilisèrent des pierres pour la réchauffer. Ils lui surélevèrent les jambes et quand elle remua, ils lui firent avaler de l'eau chaude sucrée. Elle était entre la vie et la mort ; voilà ce que Wynn pensait. Si elle survivait aux prochains jours ce serait… quoi ? Un miracle ? Non, mais le pronostic n'était pas bon. Les prochains jours allaient être critiques. Elle avait besoin de liquide et de calories, et surtout, elle avait besoin de se reposer. C'était ça, le dilemme.

Ils pouvaient forcer la porte de la petite cabane dans la clairière et y rester quelques jours, la laisser reprendre des forces. Ils pouvaient cueillir des baies et pêcher. Mais. Si le feu les rattrapait, ils seraient cuits. Là ou ailleurs dans le coin. D'après les cartes, la rivière semblait assez étroite sur les soixante à quatre-vingts prochains kilomètres. Carbonisation instantanée. Ce qu'ils préféraient éviter. Et chaque journée qu'ils passaient à traîner près des lacs était une journée qui les rapprochait des risques de grosses gelées et de neige. Elle avait besoin de repos et ils devaient absolument descendre la rivière jusqu'à l'embouchure de la baie.

"On devrait essayer d'avaler un max de kilomètres aujourd'hui", dit Jack.
"C'est ce que je pensais. Sauf que…"
"Si j'ai raison, le Roi des Connards nous attendra au prochain portage. Il ne peut pas se permettre de nous laisser passer."
"OK…"
"Des eaux calmes jusqu'aux Godawful Falls. Quarante-cinq bornes. Elle peut se reposer dans le bateau. Le portage pour contourner ces chutes est court, et la plage de débarquement facile d'accès. C'est ce que disent les guides. S'il est responsable de tout ça, c'est là qu'il sera."
"Peut-être qu'on devrait ramasser des myrtilles avant de partir."
"C'est aussi ce que je me disais. Elle est au chaud dans les sacs de couchage, on peut la laisser dormir."
"Je ne pense pas que ça soit du sommeil."
"Sans doute pas."

Ils sortirent l'unique casserole en inox et retournèrent à la clairière. L'ombre des nuages courait dessus et sur les copeaux argentés de la cabane en rondins, sur la tôle de sa toiture et, par-delà les buissons, sur les parcelles sombres chargées de myrtilles qui dessinaient des aspérités sur la prairie en contrebas.

Ces ombres fugaces striaient les lieux, filaient sans accroc et rafraîchissaient d'un coup l'air avant d'être à nouveau chassées vers l'amont par le retour du soleil. Wynn s'arrêta pour observer le passage des nuages et pensa qu'il y avait quelque chose de magnifique dans cette cabane, dans cette clairière, dans ce soleil mouvant. Le fracas des chutes s'était transformé en bruit blanc et, bizarrement, en regardant autour de lui, il se dit qu'il régnait là un rare silence.

Il aurait presque aimé rester. Aurait aimé que la cabane possède un stock de conserves de porc et de haricots, des barils de farine, de sucre, de riz, de sel, des paquets de viande séchée. Qu'il y ait une scie, deux scies, des haches, pour ne pas avoir à partir et pour se reposer, ramasser du bois de chauffage, chasser un élan, faire mariner la viande dans la saumure et la sécher sur des étendoirs. Qu'ils y passent tous les trois l'hiver, qu'elle ait la possibilité de se remettre, et qu'ils laissent ce Pierre, ou quel que soit son nom, dérouler la tragédie jusqu'à son terme, le deuil ou l'étouffement d'un crime. Wynn se posta au bord de la petite falaise et contempla le chaos des chutes.

Dix jours jusqu'au village. Peut-être huit, s'ils pagayaient comme des fous, sauf que la femme les ralentirait – sur les portages pour contourner les gros rapides, dans leur capacité à installer et remballer le bivouac vite et à rallonger leurs journées, par son besoin de repos. Sans doute plus de dix, donc. Jack devait partager son avis et penser aux maigres quantités de nourriture dans leur trousse de survie parce qu'il se tint à côté de lui et dit : "Peut-être qu'on devrait en ramasser plus d'une casserole."
"Bonne idée", dit Wynn.
"Je pensais au prochain portage. Le truc, c'est que, d'après le guide, il se situe juste après une petite île

rocheuse avec deux petits arbres. Ça dit qu'il est facile à atteindre, mais pas à quoi ressemble la berge."

Le guide en question se résumait à des entrées de blogs de voyage imprimées, agrafées et rangées avec les cartes. Wynn et Jack en avaient chacun un exemplaire au cas où. Le plus utile était de loin le blog rédigé par deux moniteurs de canoë originaires de Pickle Lake qui avaient descendu la rivière deux étés plus tôt. Ils avaient un sens de l'humour basique ; ils écrivaient des choses comme : "Il suffit de débarquer au prochain élan à gauche." Ce genre de remarques rendaient Jack dingue et il prenait ces types pour des imbéciles, mais Wynn enviait les gens capables de trouver du plaisir dans de toutes petites choses. Dans l'ensemble, ces descriptions d'expéditions et la carte topographique esquissaient assez précisément ce qui les attendait : deux cent quarante kilomètres d'une grosse rivière qui coulait vers le nord et gagnait en puissance au fur et à mesure que les affluents grands et petits se jetaient dedans. Deux portages obligatoires contournaient de grosses chutes : environ quarante-cinq kilomètres jusqu'aux prochaines, les Godawful Falls. Suivies de cent quarante kilomètres d'une eau à gros débit jusqu'au portage des gigantesques cataractes appelées Last Chance Falls, avec un ou deux rapides entre, dangereux mais manœuvrables. Ensuite, ça serpentait beaucoup entre le nord-ouest et le nord-est avant que la rivière ne s'oriente une dernière fois vers le nord et se jette dans la baie d'Hudson comme si elle était pressée de rentrer à la maison. Après les Last Chance, il restait moins de soixante-dix kilomètres à parcourir sur une eau rapide mais calme, jusqu'au village et à la baie.

"Le truc, dit Jack, c'est qu'aux Godawful on ne sait pas s'il y a de quoi se mettre à l'abri. Des rochers, des arbres, peut-être une saillie en hauteur sur laquelle le Roi des Connards pourrait se poster pour nous tirer comme des lapins. On n'en sait rien."
"Il a juste paniqué. Peut-être qu'on le rattrapera cet après-midi. On peut lui parler."
Jack ne répondit pas.

Ils observèrent les rapides. La moitié de la rivière sur le côté le plus proche se déversait sur la première saillie dans une cascade déchaînée, blanchissait après la collision, puis continuait sa course pour aller marteler sans relâche la vasque écumante en contrebas dans une explosion tourbillonnante. Le creux de vague fit remonter un énorme tronc noir. Il flotta puis fut aspiré et englouti dans l'écume, revint s'agiter à l'air libre, avant d'être renvoyé en arrière, maintenu contre les chutes par l'eau rejetée vers l'amont. Jack eut la nausée. Il détourna le regard. Il s'était longtemps entraîné à ne pas penser aux chevaux ni à quoi que ce soit d'autre, mais parfois, cela le rattrapait.

"On lui demandera ce qui s'est passé dès qu'elle sera réveillée, dit Jack. Pour l'instant, on ramasse un max de myrtilles et on s'en va."

*

Jusque-là, la cueillette de fruits avait été leur meilleur moment de détente. Sans doute le truc le plus amusant qu'ils faisaient. Parce que, contrairement à la pêche, cette activité n'impliquait aucun ego, aucune ambition. Ils n'avaient pas grandi en se disant : *Je serai le meilleur cueilleur du monde*, alors qu'en matière de pêche, et même de canoë, si. Cueillir des fruits, c'était comme jouer au frisbee, emprunter le chemin du verger ou plonger dans un lac et puis s'allonger sur les rochers réchauffés par le soleil. C'était une zone où l'exploit n'avait pas sa place et Wynn commençait à comprendre que c'était dans ces moments qu'il était le plus heureux. Même chose quand il faisait ses constructions sur les berges.

La cueillette permettait de revenir en enfance, de s'accroupir au soleil et de faire rouler les baies du bout des doigts jusqu'à la paume et d'en manger la plupart avant qu'elles ne tombent dans le baquet. Ils l'avaient souvent fait en traversant les lacs, et chaque fois, Wynn s'était perdu, rêvassant comme un ours téléguidé par les abeilles. D'ailleurs, ils en avaient croisé un, d'ours, à Cedar Lake. Wynn ramassait, ou plutôt mangeait, des framboises noires, accroupi près d'un fourré, le lac derrière lui, et il s'était relevé en même temps qu'un ours noir de l'autre côté du buisson. Tous les deux avaient tangué, à moins de quatre mètres l'un de l'autre. Mesurant à peu près la même taille, ils se regardèrent dans les yeux, l'ours remuant le museau, essayant d'identifier l'odeur inconnue et dangereuse. Il y avait des chances pour que cette femelle n'ait jamais croisé d'humain. Wynn n'avait jamais vu d'ours d'aussi près. Ils furent tous les deux surpris. Il savait que c'était une femelle parce qu'une seconde plus tard deux têtes surgirent d'entre les branchages, des petites têtes qui l'observèrent avec la curiosité de ratons laveurs. Sauf que ce n'étaient pas des ratons laveurs, mais bien la nouvelle portée d'oursons, et le cœur de Wynn bondit quand il comprit soudain le danger qu'il courait. Quelles que soient l'odeur de Wynn et son apparence peut-être étrange, la maman n'aimait pas ça. Elle huma l'air et retomba à quatre pattes, hors de vue. Il voulut brandir son répulsif, mais ne le trouva pas puisque son pantalon et sa ceinture avaient été mis à sécher sur le bord du canoë et qu'il était donc en caleçon long, bordel, et il palpa le vide. Il savait à la posture de l'ourse qu'elle s'apprêtait à charger et bondirait des ronces pour le mettre à terre. Il n'eut que le temps de pousser un cri pour alerter Jack, où qu'il soit, et de prier pour que son pote ait le temps de stopper le combat. Il gueula, se contracta, trébucha en faisant un pas en arrière et puis… rien.

L'air et le soleil. Il vit les grands saules derrière les buissons de framboises et il sut que les ours étaient partis. Peut-être à cause de son cri. Il savait qu'il avait eu de la chance et, après ça, il ne se sépara plus jamais de son répulsif.

Ce qui expliquait qu'il n'ait pas de raison de mettre en doute l'histoire de l'homme concernant la disparition de sa femme – il savait combien croiser un ours était vite arrivé, y compris à proximité du campement. Surprendre un ours, se faire lacérer et être emporté. D'autant plus dans le brouillard. Ou même grimper dans un arbre pour échapper à un ours, glisser et tomber. Il avait lu que ces animaux enterraient parfois une carcasse pour plus tard, comme un crocodile peut coincer une proie au fond d'une rivière sous un tronc d'arbre immergé. En voyant la blessure à la tête de la femme et les traces de terre, il avait pensé à une attaque surprise et avait ensuite imaginé l'ours l'enterrer à moitié. Les ours noirs font-ils cela ? Il n'avait entendu cette histoire qu'à propos de grizzlis. Et l'homme avait eu beau dire qu'il avait cherché, s'il était sous le choc et apeuré, aveuglé par le chagrin, il n'avait peut-être pas si bien cherché que ça et avait pu ne pas la voir. La forêt était très dense par endroits. De fait, il était en état de choc. Pourquoi avait-il regardé droit devant lui vers les chutes et failli manquer le portage ? Il avait été comme pétrifié. Par le danger, peut-être. Il était traumatisé. Que serait-il arrivé si Jack et lui n'avaient pas hurlé pour le sortir de son hébétude ? Cela aurait fait une victime supplémentaire, irrécupérable celle-ci. Et donc… mais.

L'esprit de Wynn s'emballa tandis que son ami et lui contournaient la cabane et ramassaient des myrtilles. Ils s'agenouillèrent pour remplir la casserole et leurs tee-shirts ; ils travaillaient avec une volonté et une rapidité dignes des ouvriers immigrés payés à la pièce, une sorte de cueillette qui n'avait plus rien d'un divertissement. La femme n'avait pas dit plus d'un mot pour l'instant, de sorte qu'ils ne savaient rien. Jack ne savait rien non plus, mais il élaborait une théorie. Il rassemblait les preuves, porterait une accusation et condamnerait l'homme avant qu'ils ne le recroisent. Pas Wynn. L'histoire était plausible. Vraiment. Il y avait tout un faisceau de probabilités. Les Texans, aidés de leur moteur silencieux, pouvaient avoir traqué le couple dans le brouillard. Le pauvre Pierre, pris de terreur, avait perdu la trace de sa femme et fui cet ours tout près des chutes, ou bien les avait fuis, *eux*. Croyant qu'ils avaient enlevé sa femme dans la brume et qu'ils étaient désormais probablement à sa poursuite.

Wynn continua son ramassage. Les énormes baies pullulaient et comme, pour une fois, il ne les mangeait pas, il fut surpris de la vitesse à laquelle leur volume augmentait. Il les cueillait par poignées. Il écartait les doigts qu'il passait à travers les brindilles, les feuilles minuscules, et ratissait les fruits comme s'il avait des serres. Les myrtilles étaient énormes, presque bleues là où la peau était poudreuse et presque d'un noir brillant là où la poussière avait été essuyée. Son esprit turbinait. Il faillit se lever et dire à Jack qu'ils devaient ralentir, se montrer raisonnables, que tout allait trop vite. Mais à quoi bon ? Cela ne changerait rien à ce qu'ils allaient faire ensuite : descendre la rivière aussi rapidement que possible. Donc. Il ramassa.

*

En une heure, ils avaient rempli leurs casquettes, les tee-shirts. Puis l'unique casserole qui restait et leurs deux tasses. Bien. Jack n'était pas un imbécile. Il ne se faisait pas d'illusions, imaginant que tout se passerait forcément bien, qu'ils trouveraient un moyen de s'en sortir dans huit ou dix jours, qu'ils ne s'affaibliraient pas à cause de la faim et du froid. Ils avaient besoin d'un maximum de calories et ne pouvaient pas se permettre d'en manquer. Jack avait lu ce genre d'histoires. Celles d'expéditions qui avaient mal tourné, les gens qui mouraient de faim, pratiquaient le cannibalisme, perdaient la vie à cause du froid et de la faim. Du jeune type qui partait dans la nature et qui, incapable de trouver assez à manger, sombrait dans une léthargie croissante et avalait ce qui était sûrement des baies empoisonnées. Elles étaient innombrables – ces tragédies. Et il avait aussi lu les récits de ceux qui s'en sortaient, parfois miraculeusement : Shackleton qui, contre toute attente, ne perdit pas un seul homme ; Hugh Glass, le montagnard salement blessé par un ours, qui traversa les Rocheuses en rampant en plein hiver. Ils n'étaient pas à des milliers de kilomètres du premier village, mais à moins de deux cent cinquante des secours, même s'ils devaient pour ça affronter des eaux vives, un froid précoce, qu'ils n'avaient plus ni vêtements chauds ni nourriture, et qu'ils avaient une blessée avec eux. Deux sacs de couchage, une petite tente. Bon. Ils ne pouvaient pas dormir tous les trois en même temps parce qu'il y avait peut-être une autre menace, ce qui voulait dire que soit Wynn, soit Jack devrait faire le guet la nuit avec la carabine.

Jack y réfléchit. Dieu sait qu'il avait pu se tromper par le passé. Et pas qu'une fois, bon sang. Peut-être qu'un ours avait fait ça, oui. Mais si ça n'en était pas un, alors quoi ? Et si sa sonnette d'alarme avait raison et que l'homme était un meurtrier ? La seule façon de rester en sécurité était d'imaginer le pire. Ce qui signifiait qu'il leur faudrait le guet pour le campement et qu'ils ne pourraient rester tous les deux éveillés. Ils devraient se relayer. La sentinelle serait assise près du feu pour rester au chaud, ce qui limiterait son champ de vision au cercle de lumière produit par le feu. Elle serait assise près d'un feu, donc éclairée mais incapable de voir dans l'obscurité à plus de quoi ? Quinze mètres ? Vingt mètres ? Ce qui signifiait…

Son esprit se détournait de toute conclusion, il se força à y revenir. Ce qui signifiait que celui qui serait de garde serait une cible facile. Il pourrait se faire dézinguer depuis l'obscurité. Surtout quand le feu baisserait et qu'il serait gagné par la fatigue. Quant à la tente. Ses bras se couvrirent de chair de poule. L'attaquant pourrait s'approcher discrètement par l'arrière, par le côté éloigné du feu, et abattre les dormeurs à bout portant. Après quoi, il n'aurait plus qu'à régler son compte à la sentinelle surprise qui s'efforcerait de mettre sa carabine en joue et de trouver sa cible à travers la lunette. Ce qui, dans la précipitation et à une distance aussi courte, était presque impossible.

Putain. Putainputaintputainputain. Ils étaient faits comme des rats. Comme des rats déjà morts et enterrés.

Ils ne pouvaient pas voyager dans ces conditions. Attendre de se faire tuer par un mari cinglé. Il n'y avait pas un mot pour désigner les meurtres de femmes ? Il chercherait dans le dictionnaire. Quand… quand ils rentreraient. Il s'interdit de penser : Si.

Sans compter que Wynn refusait toujours d'ouvrir les yeux sur la situation. Il était vraiment temps qu'il se réveille et se fasse un shoot de café ou bien ils étaient morts.

Il leur fallait un meilleur plan que ça. Il savait d'instinct qu'ils ne pourraient pas se mettre en position de défense, pas comme ils l'avaient fait la nuit précédente sur le lac. Ils devaient attaquer.

*

Jack regarda le soleil. Presque midi. Beaucoup de lumière. Le soleil ne se couchait pas avant vingt et une heures. Bien. Ils en profiteraient. Pas de gros rapides jusqu'aux Godawful Falls. Si l'autre voulait leur tendre une embuscade, ce serait là. La carte indiquait quarante-cinq kilomètres. Normalement, en prenant leur temps, en s'arrêtant pour déjeuner, en parcourant une moyenne de vingt-cinq kilomètres par jour, ils y seraient le lendemain après-midi. Mais ce n'était pas une descente ordinaire. Jack pensa au courant dans le virage qui précédait les chutes ici. Il serait à peu près le même si la rivière gardait la même déclivité. À ce niveau d'eau – il était bas cette année-là à cause de la sécheresse, ce qui entraînait aussi un ralentissement – et de débit, il estima que, dans les endroits qui n'étaient pas accidentés, la rivière se déplaçait à environ trois kilomètres-heure. Elle accélérerait dès que le lit se resserrerait et serait plus pentu. Il savait que Wynn et lui pouvaient pagayer à sept kilomètres-heure avec un canoë chargé et sans vent. Ils avaient perdu leur nourriture et leur équipement, mais il y avait la femme.

Le canoë serait ralenti s'ils devaient affronter un vent de face, ce qui arrivait souvent dans l'après-midi. Alors, disons qu'ils pagayeraient à une moyenne de cinq kilomètres-heure. Plus le courant : à une vitesse totale de huit kilomètres-heure, ils pourraient gagner le portage dans six heures. S'ils chargeaient et partaient sur-le-champ, ils seraient là-bas avant la tombée de la nuit. Plus vite ils engageraient les hostilités avec cet homme, mieux ce serait, à son goût. Il fallait juste trouver de quelle manière.

L'attaque. La stratégie de la surprise. Quelque chose à quoi le Roi des Connards ne s'attendrait pas. Voilà ce qu'ils devaient faire. Et il faudrait décider des détails dans les six prochaines heures.

*

Ils laissèrent la femme sous le soleil intermittent, les yeux fermés, allongée devant le feu, poussant des gémissements. C'était nouveau et ça effrayait Wynn. Pouvait-elle avoir perdu connaissance et gémir ? Il n'en savait rien. Le problème venait-il de son épaule, de sa tête, ou était-ce une blessure interne ? Il n'en savait rien et cela lui faisait peur.

Jack souleva le canoë sur son épaule, courut à petites foulées vers la clairière et redescendit le chemin escarpé de l'autre côté. La sente longeait la saillie rocheuse et se transformait en marches raides et inégales de granit et de racines jusqu'à une plage de galets en contrebas des chutes. Wynn enfila le sac à dos étanche, prit les cannes à pêche, la boîte Pelican, la carabine. Ils revinrent chercher la femme ainsi que les chemises remplies de myrtilles. Une civière aurait été idéale. Ils n'en avaient pas et n'avaient pas le temps d'en fabriquer une. Le trajet était trop long pour la prendre dans ses bras, alors Wynn s'accroupit et la souleva pour la porter sur son épaule, comme le font les pompiers. Il pria pour qu'elle ne fît pas d'hémorragie interne au niveau des tissus mous du ventre. Elle gémit et il marcha aussi vite et précautionneusement que possible.

DIX

Voilà ce qu'ils avaient amassé sur les galets à côté du canoë que Jack repoussa à moitié dans l'eau :

1 grand sac à dos étanche NRS sommet roulé
À l'intérieur du sac se trouvaient :
2 sacs de couchage en duvet Sierra Designs imperméables, confort jusqu'à – 6 °C
2 matelas de randonnée standards
1 tente pour deux personnes Sierra Designs
1 boîte de 20 cartouches pour Winchester .308 180 grains, moins 6 dans la carabine
2 polaires, poids moyen
2 vestes imperméables Gore-Tex
2 sacs à bandoulière d'équipement de pêche comprenant des boîtes de mouches, gel pour faire flotter les mouches, une bobine de fil, etc.

À côté du sac, il y avait :
2 cannes à pêche 9 pieds, soie de 5, une Sage (Jack), une Winston (Wynn)
1 Savage 99 .308 à levier avec lunette Leupold 4-12X
1 boîte Pelican

À l'intérieur de la boîte :
2 couvertures de survie
1 miroir de signalisation
1 briquet
1 boîte d'allumettes étanches
1 loupe
1 tube de pâte allume-feu
6 repas lyophilisés pour une personne, un assortiment – pouvaient être préparés avec de l'eau froide si nécessaire
1 sachet de flocons d'avoine
1 bocal de bouillons cubes
1 boîte de thé Lipton
1 livre de sucre brun
6 barres Mars
6 barres Clif
1 trousse à pharmacie, petite (compresses, iode, pansements seconde peau, morphine ayant appartenu à l'oncle de Wynn)
1 casserole avec un couvercle, 3 l
2 tasses estampillées du pin de Dartmouth et de la devise de l'école : *Vox Clamantis in Deserto*

Également sur les rochers :
2 pagaies à manche ergonomique
3 gilets de sauvetage à fermeture éclair
1 bouteille filtrante 1 l

Sur eux, ils portaient :
1 répulsif ours
1 couteau Leatherman
1 canif

Et ils devaient approcher les dix kilos de myrtilles. Ils vidèrent le contenu de leurs casquettes et la casserole dans les chemises transformées en baluchons.

C'était tout. Reculer et voir sur les rochers le sac marin bleu, une boîte en plastique de la taille de l'étui d'une grosse camera, deux cannes à pêche et une carabine. Et deux chemises pleines de baies pareilles à deux oreillers moelleux. Ça ne faisait pas des masses.

Ils n'auraient rien de tout ça si Jack n'avait pas anticipé.

Voilà comment ils chargèrent le canoë d'expédition Wenonah Itasca de six mètres : ils installèrent le sac étanche à l'arrière du banc de nage central. Ils l'arrimèrent au mieux en s'aidant des deux bretelles au dos.

Ils déposèrent la femme au fond de l'embarcation sur le gilet de sauvetage de Jack, appuyée contre le sac comme si c'était un dossier. Elle était tournée vers l'arrière. Cela faisait porter un peu trop de poids sur l'avant, mais ils devraient s'en satisfaire. Ils décidèrent de la tourner vers l'arrière pour que l'un d'eux puisse la surveiller. Et après ce qu'elle avait traversé, ils pensaient que si elle se réveillait, il valait mieux qu'elle voie quelqu'un à qui elle puisse facilement parler au lieu d'être obligée de se retourner. Ils défirent l'écharpe à son bras gauche le temps de lui enfiler son gilet de sauvetage dont ils remontèrent la fermeture éclair. Aucun rapide sur les quarante-cinq prochains kilomètres, mais si, pour une raison ou une autre, ils chaviraient, ils n'étaient pas sûrs qu'elle serait en mesure de nager.

Heureusement, la boîte Pelican avait encore sa petite sangle autour de la poignée, si bien qu'ils purent l'attacher au banc de nage, juste derrière le premier pagayeur. Ils glissèrent les cannes à pêche à côté de la femme à tribord, leur extrémité inclinée vers le haut et l'avant. Elles ne gêneraient pas les mouvements du pagayeur avant – Jack, à partir de maintenant, décidèrent-ils. Il était meilleur tireur et s'ils avaient besoin d'en arriver là, Wynn barrerait depuis l'arrière. La carabine était bien sûr à l'avant, contre le banc, la bretelle en cuir était maintenue par un mousqueton à la poignée de transport du canoë. Jack réfléchit, revint au sac étanche qu'il ouvrit contre le dos de la femme, en sortit la boîte de munitions, extirpa six autres cartouches de leur socle de plastique et les fourra dans la poche avant de son pantalon Carhartt.

Ils posèrent les chemises pleines de myrtilles entre les bancs de nage avant et central où elles ressemblèrent à de tristes sacs de contrebande. Ils les mirent sur le gilet de sauvetage de Wynn pour les protéger du fond du bateau et les garder aussi sèches que possible. Ils auraient besoin de ces chemises dans la soirée. La brise forcissait et sentait fort la fumée, les nuages filaient, mais s'espaçaient de plus en plus, comme une flotte de navires dispersés par l'orage. Une éclaircie. La soirée serait dégagée et si cela se confirmait, le froid reviendrait et entraînerait de fortes gelées. Ils auraient besoin de toutes les couches de vêtements à disposition. Pour l'instant, ils étaient en maillots un peu trop légers pour la fraîcheur de la brise, mais savaient qu'ils se réchaufferaient en pagayant.

Ce fut le cas. Ils échangèrent un coup d'œil et Wynn poussa la proue dans l'eau et stabilisa l'embarcation pendant que Jack montait dedans ; puis, au cas où la femme l'entendrait, il lui dit : "On s'en va, OK ? La section qu'on va descendre aujourd'hui est facile." Il vit ses paupières papillonner, et il vit que le gonflement sur son visage diminuait et que le sang sur son oreille droite avait séché. Il poussa un bon coup et sauta dans le canoë, un saut expert, et le bateau vogua comme soulagé, flottant librement sur la vasque d'eau. Ils se calèrent sur la tangente du tourbillon, le courant les fit pivoter dans un grand arc vers l'aval, ils plongèrent leurs pagaies dans l'eau et mirent cap au nord.

ONZE

Ils se mirent à avoir chaud. Ils pagayèrent ferme. Plus de quarante kilomètres sur un cours d'eau tranquille, cela représentait une sacrée distance, même pour eux. Parce que la rivière ralentissait et s'élargissait dans des criques inattendues. D'où les huards appelaient à leur passage – leur cri fissurait l'après-midi d'un désir irrépressible et semblait obscurcir le ciel. Suivait le rire hululant. Triste, sans joie. Et depuis une autre rive ou de plus loin en aval, la réponse.

Et les aigles. Ils semblaient baliser l'avancée du canoë depuis les flèches grises des épicéas morts, espacés le long de la rivière comme les sentinelles d'une frontière perdue, parfois la seule silhouette caractéristique du prédateur, parfois un membre difforme et un énorme nid de brindilles.

Ils se dépêchaient. Leurs bras puissants imprimaient un rythme régulier et ils restaient au milieu de la rivière, là où la balle d'un fusil serait moins susceptible de les tuer. Ils n'en bougèrent pas, même quand le courant accélérait sur l'extérieur d'un virage. À cet endroit, la rivière était encore large. Il faudrait que le type soit très bon tireur ou très chanceux pour les atteindre. Wynn les y maintenait aussi parce que Jack les faisait dévier chaque fois qu'ils s'approchaient trop d'une berge. Wynn n'avait pas l'énergie de se disputer. Il continuait de penser que c'était du grand n'importe quoi ; selon toute vraisemblance, l'homme avait plus besoin d'aide que d'adversaires.

Il y avait eu les chutes, mais la rivière ne quittait pas le bouclier canadien – le vaste plateau de roche très ancienne recouvrant une grande partie du Nord canadien – avant quatre-vingts kilomètres, et quand cela arriverait, elle accélérerait et se rétrécirait avant de s'élargir de nouveau pour rejoindre la baie. Pour l'instant, ils pouvaient rester à trente mètres de chacune des berges. Ce qui était assez, ou peut-être pas.

Ils pagayèrent. Ils s'appliquèrent. Ils auraient pu améliorer leur sprint s'ils avaient été à genoux, mais ils avaient encore une grosse distance à parcourir, alors ils restèrent assis, ce qui était plus confortable, et choisirent d'allonger leurs mouvements. Ils utilisaient des pagaies en aulne et tilleul fabriquées dans le New Hampshire par le maître Mitchell et les pales se recourbaient à partir du manche pour garder un mouvement droit à l'avant, là où il était le plus puissant. Les gestes les plus efficaces partaient de devant le pagayeur et ne soulevaient l'eau qu'au moment où la pagaie arrivait au niveau de la hanche.

Le rythme de Jack était vif et les garçons pagayaient de manière parfaitement synchronisée. Sur les lacs, ils avaient pu prendre tout leur temps et avaient donc pagayé en mode expédition où le pagayeur arrière termine le mouvement par une légère torsion du manche pour faire pivoter la partie puissante de la pale vers l'extérieur, le coup en J. Ainsi, le canoë avançait droit. Ce geste avait été inventé longtemps auparavant parce que les lois de la physique dictaient qu'un coup donné à la poupe agissait bien mieux sur la direction qu'un coup à la proue, de sorte que si la personne à l'arrière pagayait, disons sur la droite, à tribord, le bateau tournait toujours à gauche, à bâbord. Une petite torsion vers l'extérieur transformait la pagaie en gouvernail et redressait la direction. Mais le coup en J ralentissait la progression. Et ce sentiment de loisir, de prendre leur temps paraissait loin. Avancer à leur rythme. Dériver la moitié de l'après-midi le long de l'ombre portée d'une saillie rocheuse ou pêcher des truites grises. Ça, c'était avant qu'ils grimpent sur la colline de l'île et voient le rougeoiement. Avant qu'ils entendent le couple se disputer dans le brouillard. C'était une autre vie.

À présent, ils devaient déguerpir, alors ils pagayaient comme pour un marathon. Environ tous les huit coups, Wynn criait : *"Hut !"*, et ils changeaient de côté. Ils progressaient donc en zigzaguant légèrement, sauf que le nombre de coups était beaucoup plus élevé. Et ils avançaient beaucoup plus vite. Cela exigeait une très grande concentration. Ce qui n'empêchait pas Jack de scruter les environs aussi loin que possible, d'observer les berges. C'était un chasseur et il avait passé une grande partie de sa vie à s'entraîner à discerner le moindre mouvement et les silhouettes anormales. Il n'avait même pas à y penser. Dans le nord de la Nouvelle-Angleterre, il pouvait repérer un cerf mâle broutant à l'ombre d'une rivière bien avant Wynn qui, lui, avait besoin de patientes indications pour l'apercevoir. ("Wow, regarde-moi le bestiau. On dirait un douze cors. Tu le vois, sous le hêtre ?" "Non." "À deux heures, tu vois ?" "Non." "Il vient de bouger, là, dans l'ombre juste à droite du grand arbre argenté." "C'est bon… je sais reconnaître un hêtre !" "Mais t'es miro ou quoi ?" "Je crois que je le vois." "Manifestement non. À trois heures !"… Ce genre-là.) Si Jack avait la vue aiguisée d'un chasseur, Wynn avait beaucoup plus d'expérience en eaux vives et remarquait les lignes et les trous dans les rapides, là où Jack ne voyait que le chaos, ce qui, d'après Wynn, les mettait à égalité. Jack essayait de repérer Pierre.

Wynn commençait à avoir chaud à force de pagayer, il éprouvait dans les muscles de son dos et de ses bras cette brûlure qu'il savait malgré tout pouvoir supporter toute la journée. Il soufflait avec la régularité d'une locomotive et lui aussi gardait l'œil ouvert comme Jack le lui avait demandé. À la recherche de l'homme ou de son canoë vert. Il laissait son regard aller et venir sur les berges, les rives des baies plus larges. Pourquoi le bateau n'était-il pas rouge ou jaune vif ? Il savait qu'il existait des Old Town dans ces couleurs. Non, il fallait qu'il soit vert, couleur forêt, comme si le type avait prévu de rester discret.

La rivière s'élargit. Les occasionnels eskers et leurs crêtes allongées se faisaient de plus en plus rares, le paysage s'aplanissait. Fou qu'il puisse changer autant en quinze kilomètres. Peut-être que c'était une caractéristique locale, cette topographie. Il ne voulait surtout pas de hautes berges, d'un resserrement d'où l'homme pourrait les atteindre depuis un coin bien protégé, et la rivière se plia à ses désirs en offrant des étendues pareilles à de petits lacs. Mais quand même. Les murs d'arbres aux essences variées, pins, épicéas, sapins, mélèzes, bouleaux, formaient des remparts de silence lugubre qui pouvaient abriter n'importe quelle mauvaise intention. Il pensa une fois de plus à Conrad, l'un de ses auteurs préférés, à cette histoire incroyable, au *Cœur des ténèbres,* et à ce que ce masque de forêt signifiait pour le bateau qui crachotait de la vapeur. Uniquement du danger.

La femme dormait. Avait l'air de. Elle était adossée au sac, les yeux fermés, appuyée contre un coin du sac et le plat-bord. Elle était assise sur le gilet de sauvetage, mais ses jambes reposaient sur la coque où un fond d'eau clapotait toujours et Wynn remarqua que son pantalon était mouillé. Ils n'avaient plus la grosse éponge qu'ils utilisaient pour absorber ce qu'ils appelaient l'eau de cale – il y en avait toujours à cause de l'eau qui gouttait des pagaies quand ils changeaient de côté –, il faudrait couper des branches de sapin pour lui faire un lit au sec. Ils s'en occuperaient au prochain arrêt.

Le prochain arrêt. Aucune importance, il était encore loin. À pagayer en rythme ainsi, à une cadence rapide, Wynn remarqua qu'au bout d'un moment il n'avait quasiment plus besoin de crier : *"Hut !"* pour que Jack change de côté, pour que les pagaies s'élèvent dans les airs et se projettent en avant dans une synchronisation parfaite, leurs quatre mains qui changeaient de position sur le manche et les pales qui heurtaient l'eau exactement au même moment :

il sentait le canoë propulsé sans accroc avec le coup de pagaie suivant. Sans heurts.

Ils pagayaient en parfaite harmonie, et Wynn remarqua qu'il entendait la respiration de Jack portée par la brise de face et que la sienne avait ralenti sur les premiers kilomètres pour finalement se caler sur celle de Jack, ils respiraient donc aussi à l'unisson. Il remarqua également que, dans cet effort partagé, il s'oubliait. Lui et sa douleur. Cette douleur qui aurait focalisé ses pensées sur le moment où ça s'arrêterait, où ils se reposeraient ou ralentiraient – Jack et lui propulsaient le canoë presque comme le ferait un moteur et d'une certaine façon, cela le libérait. Son esprit s'émancipait, son attention dérivait. Il remarqua qu'elle ne dormait pas. Elle respirait avec régularité, il voyait le gilet de sauvetage se soulever et retomber, mais de temps en temps, elle frémissait, haletait, et sa main droite posée sur sa cuisse se crispait. Elle battait des paupières et Wynn croisait parfois son regard. Des yeux noisette qui tiraient sur le vert, il s'en rendait compte à présent. Et il semblait y lire quelque chose : de la gratitude, peut-être. Une frustration de ne pas pouvoir parler ni aider. De la tristesse. Mais elle n'émit aucun autre bruit. C'était ça, le plus troublant. Le halètement s'étira jusqu'à n'être plus qu'un souffle ténu et ce fut tout. Ni cri ni gémissement. Mauvais signe. Wynn se demanda une fois de plus si elle souffrait d'une hémorragie interne et à quel point c'était grave.

Il remarqua aussi que, malgré le gonflement qui s'était un peu résorbé depuis la veille, et malgré les bleus sur son visage et son cou, elle avait de beaux traits. De hautes pommettes et un nez droit. Des cheveux tressés d'un noir brillant aux reflets brun-roux. Il se dit qu'elle était peut-être jolie ; elle l'était, c'était sûr. Ou pas. Ou quelque chose de plus fort. Elle était forte. Il le décelait à travers tous ses mouvements et ses réactions, une volonté de vivre tenace et le désir de ne pas être un fardeau, aussi. Il pagaya, perdu dans un état second créé par l'effort, et fut surpris quand elle se remit à convulser, gémit, ce qui le fit grimacer lui aussi, la chaleur lui envahissant le cou. Quand elle ouvrit les yeux et qu'elle parvint à les poser sur lui, il dit : "Maia ? Je suis Wynn. On va continuer d'avancer. On va se sortir de là tous les trois." Il crut la voir acquiescer avant que ses yeux ne se referment.

*

Ils avaient pagayé pendant près de quatre heures. L'odeur de fumée semblait s'accentuer, plus âcre à chaque kilomètre parcouru. Mauvais signe. Le soleil était à mi-course par rapport aux arbres de la berge ouest. En dehors de la promesse faite par Wynn, personne n'avait parlé. Jack acheva un cinquième coup de pagaie à bâbord et posa celle-ci en travers des plats-bords, et ils dérivèrent. Wynn poussa un soupir de soulagement et appuya sa pagaie contre le siège. Ils glissèrent sur l'eau. Le bateau semblait y prendre du plaisir, pousser lui aussi un long soupir tandis que le vent de face virait doucement vers l'ouest. Ils se trouvaient sur une grande étendue d'eau. Une berge rocheuse sur leur gauche et une large crique densément arborée sur leur droite. Jack se tourna sur son siège. "Comment va-t-elle ?"

demanda-t-il tout bas. Wynn haussa les épaules. Jack comprit : *Pas trop bien.*

“Elle se réveille ?”
“Je sais pas. Un peu. Elle gémit.”
“On devrait s’arrêter. On devrait l’examiner et la faire manger un peu. On en a besoin nous aussi. Et elle a peut-être envie de faire pipi. Moi oui, en tout cas.” Quand ils n’étaient que tous les deux, ils s’agenouillaient sur le siège et urinaient par-dessus bord. La timidité les gagnait à présent, même si leur passagère était inconsciente la plupart du temps.
“Combien de kilomètres on a faits ?”
Jack regarda le soleil. Il parcourut la rive du regard et évalua la vitesse du courant. Entre le vent de face et la dérive, ils bougeaient à peine. “Autour de trente.”
“Putain.”
“Je sais.”
“Il nous en reste autour de quinze à faire.”
Wynn but à la bouteille filtrante, dévissa le bouchon, la remplit. Il la lança à Jack. “Tu penses qu’on devrait s’arrêter ici ?”
Jack but. Avec la bouteille inclinée, il contempla la berge la plus proche, la gauche, la saillie rocheuse et la forêt. Il se tourna vers la droite, regarda au-delà de l’anse vers la rangée serrée d’arbres survolée rapidement par une demi-douzaine de canards qui venaient vers la rivière. “Comme j’ai dit, il ne prendra pas le risque qu’on le dépasse.”
Wynn attendit.
“Je pense qu’ici c’est bien. Il ne se planquera pas au hasard, pas vrai ?” dit Jack.
“Sûrement. Mais à mon avis, on n’est pas non plus obligés de jouer les commandos d’élite.”

Jack porta la bouteille à sa bouche. Il baissa la main. Son regard était vide.
“Tu crois qu’on joue ?”
“Je ne sais pas trop, pour tout te dire.”

Ils dérivèrent. Jack ne quitta pas Wynn du regard et ce dernier n’arrivait pas à deviner ses pensées, mais le *Une minute, s’il te plaît* était implicite.

Jack prit donc une minute et dit : “Ton problème, c’est que tu as la foi. Tu crois tout et tout le monde. Tu as foi dans l’univers. Tout le monde est gentil jusqu’à preuve du contraire. Tu es une espèce de chiot, en fait.”
Ça faisait mal.
“Le truc, Wynn, c’est que ce connard a peut-être essayé de tuer sa femme.” Il renvoya la bouteille à moitié vide à Wynn. Elle l’atteignit à la poitrine avant qu’il ne la rattrape. “Et si j’ai raison, t’es le prochain sur la liste.”
Wynn ne savait pas quoi dire. Le Jack assis à la proue ressemblait au Jack qu’il connaissait, mais. S’il l’avait déjà vu dans cet état, il n’avait jamais été l’objet de son énervement. “Mais si tu as raison, pourquoi est-ce qu’il ne lui a pas tiré dessus tout simplement ? demanda-t-il. Pourquoi est-ce qu’il ne nous a pas tiré dessus, d’ailleurs ? Dès qu’il a accosté ?”
Jack grimaça ; il n’avait aucune envie d’approcher cet homme et encore moins d’être dans sa tête. Il répondit : “Il ne lui a pas tiré dessus parce que c’est une grosse merde. Il a cru qu’en l’assommant avec une pierre et en l’enterrant dans la mousse, le froid, l’humidité et les animaux s’occuperaient du reste. Trop lâche pour lui faire sauter la cervelle. Ça a failli

marcher, d'ailleurs. Et puis, s'il lui avait tiré dessus et que quelqu'un avait découvert le corps, il y aurait eu un impact de balle et peut-être une balle, la sienne. Il ne nous a pas tiré dessus parce qu'on l'a pris par surprise. Il ne s'attendait pas à nous voir. On a une carabine, lui un fusil, on est deux, et de toute façon il doit réfléchir. Il ne veut pas qu'on s'en sorte, aucun de nous. Mais il préfère balancer nos affaires et laisser la rivière, la météo et la faim régler le problème. Ce n'est pas un tueur-né. Et si jamais il doit nous affronter, il veut trouver le bon endroit pour le faire. Le faire proprement."

"Le bon endroit", murmura Wynn.

"Une embuscade. Il ne nous a pas tendu d'embuscade là-bas parce qu'il aurait été trop à découvert et qu'à nous deux, nous l'aurions dispersé. Il n'a pas les couilles pour une fusillade. Il laissera la rivière nous achever, mais s'il n'a pas le choix, il essaiera de nous choper de plus près, quand on sera coincés."

Wynn secoua la tête. "Il y a eu un accident. Grave. Ensuite, il y a eu un ours. Et maintenant, on a un type qui essaye de descendre la rivière tout seul et qui est à côté de la plaque tellement il est traumatisé. Il a besoin d'aide autant que nous. Merde."

"Écoute, Big, il y a peut-être eu un ours. Ça m'est déjà arrivé de me planter complètement. Peut-être que l'ours a filé un coup de patte dans nos barils de provisions et les a envoyés à l'eau. Peut-être que cette femme est tombée d'un arbre. Mais si c'était un accident et si c'était un ours, où est passé ce putain de Pierre ?"

"C'est de la folie."

Jack cracha dans le courant. Il dit : "Notre copine nous le dira. Elle ne parle pas, mais ça viendra. On peut s'accrocher à la théorie de l'ours ou à celle de la chute autant qu'on voudra, toujours est-il qu'il a pris notre bouffe, s'est débarrassé de nos affaires dans la rivière et que, maintenant, il essaye aussi de nous buter. Et ce salopard est armé." Jack toucha la carabine devant lui, un geste presque inconscient. Il scruta la rive la plus éloignée. "Heureusement qu'il n'a pas de fusil de précision ou on serait déjà morts à l'heure qu'il est, je te le garantis", murmura-t-il. Il se retourna vers Wynn. "Imaginons que tu aies raison. Pierre a arrêté de prendre ses médocs. Pierre est paniqué. Pierre a peur qu'on soit les tueurs, donc il s'est tiré vite fait. Pierre a juste besoin qu'on le calme, qu'on gagne sa confiance. Ah oui, et puis c'est encore un *deuxième* ours qui a éparpillé notre bouffe et tout envoyé dans les chutes. Les ours pullulent – *dingue*. Mais OK. Très bien. Génial. Va comprendre pourquoi tout le monde est hyper gentil et honnête. Mais…" Il sortit le tabac à chiquer de sa poche de pantalon, ouvrit le couvercle, prit une chique. "On n'a vraiment pas envie de s'apercevoir qu'on avait tort une fois qu'on aura la poitrine criblée de chevrotine."

"Je ne dis pas qu'on est tous des anges. Ça pourrait être les deux poivrots."

"Pour moi, ces deux types ne seraient même pas capables de traquer un pin parasol. Mais bref, c'est toi le toubib – elle se réveille, non ? Pourquoi tu ne lui poses pas la question ?"

"Pas vraiment."

"Pas vraiment comme dans « Elle ne se réveille pas » ou comme dans « Je ne veux pas la stresser en lui demandant si on va se faire buter d'une minute à l'autre » ?"

Wynn grimaça. “Pourquoi tu me fais passer pour le méchant ?”
“C’est pas toi le méchant. Jamais. Le méchant, il a sa catégorie à lui. Je ne sais juste pas dans quelle catégorie mettre quelqu’un que je considère être mon ami et qui essaye de me faire tuer.” Jack reprit sa pagaie. “Débarquons et mangeons quelque chose.”

*

Après ça, plus personne ne parla. Ils trouvèrent un point bas dans l’avancée en granit et tirèrent l’embarcation dessus. Le canoë était en Kevlar, mais doublé d’une contre-étrave prévue à cet effet. Ils ne le traitaient jamais comme un canoë à coque ultrafine ou en toile. Il était fait pour prendre des coups, et eux aussi se voyaient un peu comme ça. Ça allait de se faire bousculer, mais pas l’un par l’autre. Voilà ce que se dit Wynn en courant attacher l’amarre à un aulne. Ils s’étaient toujours soutenus.

Quand ils furent revenus au canoë pour en sortir la femme, Jack dit : “Désolé. Je suis à cran, je veux juste qu’on arrive au bout de cette rivière en un seul morceau. Nous trois.” Jack détourna le regard et Wynn pensa soudain à la mère de son ami. À l’autre rivière dont elle n’était pas revenue vivante. Jack avait attendu un an pour lui raconter l’histoire. Jack ajouta : “Je pense simplement qu’on doit se préparer.”
“C’est bon. Je comprends.”

Ils la portèrent jusqu’à un banc d’herbe et d’humus. Le bas de son pantalon était mouillé là où il avait pris l’eau, et ses fesses aussi. Une forte odeur d’urine flottait. Jack soupira. Sans un mot, il se mit à lui retirer son pantalon et Wynn enleva le sien. Il portait toujours de longs caleçons en laine légère – Jack l'avait taquiné en disant que ses poils finiraient par pousser à travers, qu'il faudrait des ciseaux pour le lui enlever. Ils laissèrent Maia au soleil et Jack alla à la rivière rincer le pantalon et les sous-vêtements, étala le pantalon sur des branches de saule. Il plongea la culotte dans l'eau et la tordit comme si c'était un chiffon, puis revint s'accroupir à côté d'elle et murmura : "Je vais vous nettoyer." Ce qu'il fit. Après, il retourna laver la culotte à la rivière et la déposa sur les branches. Wynn retira son caleçon en laine, remit son pantalon et fit passer les pieds et les jambes de la femme dans le caleçon qu'il remonta jusqu'à ses hanches. Il fallait que ça change, pensa-t-il. Elle avait besoin d'être suffisamment consciente pour boire de l'eau, manger quelque chose. Sinon, elle retomberait en état de choc et mourrait d'hypothermie.

Jack alla au canoë dont il sortit les chemises-baluchons. Elles devaient peser largement plus de cinq kilos. Il les apporta à Wynn et à Maia. Puis il retourna chercher une tasse, une cuiller et la bouteille d'eau.

"On va les écraser", dit-il. Wynn acquiesça. "Tu crois que tu peux la faire boire encore un peu ?"
"Je ne sais pas. Je ne sais pas si c'est une bonne chose de la réveiller."
"Est-ce que c'est une bonne chose de ne rien avaler pendant des jours ?"
"Non."
Les myrtilles s'étaient réchauffées dans le tissu, au soleil. Le parfum les fit saliver. Jack en versa une

poignée dans la tasse et les écrasa avec la cuiller. Ajouta un peu d'eau, remua la pâte. "Tu peux voir si elle arrive à boire, d'abord ?"

"OK." Wynn plaça une main sous sa tête au niveau de la bande du bonnet et signala à Jack du regard de venir lui maintenir le dos de l'autre côté. Ils l'assirent et elle gémit, tout bas : "Tu la tiens ?" demanda Wynn. Il courut au canoë et détacha le sac étanche qu'il rapporta pour qu'elle s'appuie contre. Elle prit de petites inspirations rapides et émit un léger geignement. Elle semblait terrifiée ou en souffrance. Wynn se rappela Leo, son labrador noir, quand il faisait un cauchemar. Ses paupières battaient pendant une seconde et se calmaient. Merde. Il fallait absolument l'emmener à l'hôpital, elle avait sans doute besoin de soins intensifs, d'une opération. Comment savoir ce qu'elle avait ? Bon, un peu de nourriture ne pouvait pas faire de mal. Il se pencha à son oreille et dit : "Maia. Maia ? Vous m'entendez ?" Un accroc dans le gémissement, comme s'il avait attrapé un fil de compréhension. Puis elle eut un geignement hésitant, une question. "On va vous donner un peu à manger et à boire, d'accord ? C'est important." Était-ce important ? Sans savoir si elle avait une blessure interne, impossible de deviner si la nourrir ne causerait pas plus de dégâts. Vraiment ? Il n'était pas médecin. Il sentit la panique le gagner. Wynn avait suivi un cours de secourisme un printemps dans les montagnes de l'ouest de la Caroline du Nord. Il avait appris à stopper des saignements et à poser une attelle, à descendre quelqu'un d'une falaise sur une civière. Rien ne l'avait préparé à ça.

Jack tenait la bouteille d'eau et son attitude n'avait pas changé. Il avait arraché des veaux à des utérus sanguinolents à l'aide d'une chaîne et abattu une vache mugissant dans la neige d'une balle dans le front quand les soins prodigués avaient échoué. Ça n'était pas drôle, et ça n'était ni bien ni mal.

Elle prit une longue inspiration volcanique et cria, un bruit perçant de douleur, et ses yeux s'ouvrirent. "Essayez", dit-elle. Son premier mot intelligible depuis qu'ils l'avaient trouvée. Wynn pencha la bouteille, fit couler l'eau dans sa bouche à moitié ouverte et elle cligna des yeux quand elle voulut faire une pause, et ils recommencèrent jusqu'à vider la bouteille. Ensuite, Jack lui fit ingurgiter la purée de myrtilles. Elle en mangea une demi-tasse, bien. L'effort sembla l'épuiser. Avant que Jack ait le temps de lui poser ses questions, sa tête avait roulé et elle avait fermé les yeux.

Ils mangèrent des myrtilles à leur tour jusqu'à se sentir ballonnés. Ils savaient qu'ils auraient la courante, mais n'avaient pas le choix. Ils burent autant que possible, Wynn réinstalla Maia dans le canoë et ils repartirent.

*

Même programme que dans la matinée. Progression régulière. Si ce n'est qu'à présent leurs muscles étaient endoloris et fatigués, que le vent soufflait du nord-ouest par grandes bourrasques de face ou de biais et que l'odeur de fumée avait l'intensité de celle d'un feu de camp qui vous arrive en plein visage.

Plus âcre et dense, toutefois ; plus charbonnée. Ça sentait la dévastation. Puis, en fin d'après-midi, ils virent les premières nuées d'oiseaux.

Des escadrons désordonnés d'oiseaux chanteurs, d'oiseaux des forêts, en formations incolores, chaotiques et silencieuses pour la plupart, qui filaient vers l'est au-dessus de la rivière. Il y avait des mésanges à tête noire et de minuscules passereaux, des parulines des ruisseaux, des moucherolles phébis olive, des roitelets et des corbeaux. Les troglodytes et les passereaux criaient et piaillaient en volant dans un chœur répétant sans cesse la même question, paniqués peut-être, et leurs couinements aigus s'abattaient comme des rafales de grêle en apesanteur. Puis vinrent les jaseurs, les piverts, les pics et leurs éclaboussures de jaune. Et les oiseaux des lacs, plus gros, le rare héron couleur brouillard battant la mesure lente du temps lunaire, les grues, les huards par deux et trois, filant comme des flèches singulières. Aucun rapace pour l'instant, ce que les garçons trouvèrent curieux. Ils les regardèrent avec une fascination muette et se retrouvèrent paralysés à plusieurs reprises, incapables de pagayer, laissant le canoë dériver contre le vent, bouche bée face au ciel. Ce n'était pas bon signe. Ni l'un ni l'autre ne dit mot.

Quand ils pagayaient, ils y mettaient toutes leurs forces, plus que jamais. Jack ne voulait pas se retrouver dans le noir sans autre solution que de passer la nuit dans le froid glacial et sans feu – il voulait mettre au point une stratégie, il ne savait pas laquelle, et avoir assez de lumière pour la mettre en application. Le soleil descendit jusqu'au sommet des épicéas les plus grands et mit leur toupet en fusion ; il les grilla, les embrocha comme s'ils avaient déjà brûlé. La température chuta. Wynn sortit les sacs de couchage pour couvrir Maia, et ils continuèrent d'avancer dans la lumière fragile, la surface de la rivière devint couleur ardoise, puis comme un moule d'argent poli plat qui s'inclinait dans l'obscurité inégale du crépuscule.

Ils dépassèrent l'île au rocher avec ses deux arbres et furent emportés dans un coude serré sur la gauche, et ils entendirent le fracas des rapides à huit cents mètres de là, pareil au bruit du vent. La rivière redevint droite et ils surent que bientôt, à tribord, ils apercevraient dans la tombée du jour une petite plage de schiste pâle. Leur portage. C'est ce que disait le guide. Jack se retourna d'un coup et cria : "Barre vers la berge à tribord. On sort. Maintenant."

"Quoi ?"
"Fais-le, Wynn. Vire à droite. Dépêche-toi, putain."
"La berge est raide." C'était le cas. Il n'y avait que des arbres. "Il faut qu'on fasse sortir Maia le plus facilement possible dans un endroit où on pourra l'allonger. La réchauffer. Le guide dit qu'il y a une plage accessible."
"Fais ce que je te dis. Là."
"*Non.* Putain, qu'est-ce qui te prend ? Elle va retomber en état de ch…"

Le mot mourut dans sa bouche. Jack avait posé sa pagaie contre le siège. Il avait saisi le fusil et le braquait sur Wynn.

DOUZE

“Je déconne pas. Frère, tu nous diriges vers la berge qui est là.” Jack eut un mouvement de tête vers une crique peu profonde creusée dans la roche où une sente animale rejoignait peut-être la forêt épaisse. “Amène-nous là-bas. *Maintenant.*”

Le temps d’une seconde, Wynn fut abasourdi. Il se dit : *Il a pété un câble, putain ?* Mais il obéit. Il orienta le canoë, plongea sa pagaie dans l’eau et tira, donna un bon coup pour qu’ils avancent en travers du courant jusqu’à ce qu’ils heurtent la rive, et Jack bondit en tenant l’amarre, fusil à l’épaule. Il noua la corde à un jeune sapin et tourna la tête vers les bois et l’obscurité grandissante. “Descends. Laisse-la. Ça ira vite. Dépêche. Je m’occupe du bateau.” La poupe se rapprocha de la rive et Jack s’accroupit pour stabiliser le canoë pendant que Wynn se débrouillait pour contourner Maia et descendre d’un bond. Il dominait Jack de toute sa hauteur et aurait pu le pousser à l’eau, mais il n’en fit rien. Jack semblait capable de lui tirer dessus, qui sait. Qu’est-ce qui se passait, putain ? La fin du jour – dorée dans les dernières lueurs réticentes – semblait se tordre, se gauchir et vibrer comme la lame d’une scie recourbée.

Wynn se tint au-dessus de Jack. “C’est quoi ce bordel ?” murmura-t-il.

Jack lui jeta un coup d’œil. “Je sais, Big. Contente-toi de me suivre. Tu me remercieras.” Le ton s’était adouci. Il avait retrouvé sa voix d’ami. “Allons-y.”

Wynn s’exécuta, le suivit. Avait-il le choix ? Dans la vraie nuit sous les arbres, vers l’aval, et vers la bordure de broussailles le long de la berge où ils découvrirent une autre sente animale, celle d’un élan, sans doute. Ils avancèrent aussi vite que possible et voyaient assez bien pour discerner la silhouette des cailloux dans la terre, les touffes d’herbe et de mousse, l’écorce orange des épicéas plus grands, rougeoyant à peine dans le crépuscule. Ils parvinrent à un autre écran d’arbres et le ciel s’ouvrit, s’éclaira au-dessus d’eux, et ils comprirent qu’ils arrivaient à l’espace de débarquement, à ce qui devait être une plage, un campement, un point d’observation. Ils entendaient les rapides à présent, tel un grondement proche de tonnerre.

Jack posa le doigt sur ses lèvres, saisit la carabine et ils avancèrent lentement. Accroupis dans le crépuscule, pareils à deux prédateurs, ils traversèrent un tapis de hautes herbes et observèrent un banc de sable où ils trouvèrent les traces de deux feux de camp. Ce banc était situé à presque cinq mètres au-dessus de l’eau et au-delà, ils apercevaient l’écume des gros rapides aussi fluorescente que de la neige. Un chemin sinuait du campement pour contourner le belvédère rocheux et rejoindre une petite plage de gravier qu’ils voyaient en partie. La plage était le point de sortie obligatoire pour éviter les chutes. Et au bord de la saillie rocheuse surplombant la bande de gravier, un homme était étendu à plat ventre. Un homme avec un chapeau safari à large bord.

"Qu'est-ce qu'il fait, putain ?" murmura Wynn à l'oreille de Jack.
"Il braque son fusil calibre 12, voilà ce qu'il fait. Il nous attend. Ça se voit à ses mains. Elles tremblent sacrément – on le voit d'ici."
Wynn souffla. Un soupir de surprise, de choc, de déception profonde, comme s'il avait regardé sa boussole et que l'aiguille s'était mise à tournoyer. Pierre ne tournoyait pas, ne bougeait pas, il était d'une immobilité surnaturelle. "Où sont ses affaires ? murmura Wynn. Son bivouac ?"
"Dans le canoë en bas. Embuscade et fuite. C'est son plan. Pas terrible, comme plan. Une équipe de secours viendra sûrement. Il doit croire qu'il va pouvoir nous débiter en morceaux avec sa hache et tout jeter dans la rivière. Pousser notre canoë dans les chutes pour que, quoi qu'on retrouve, ça ressemble à un chavirement. Les gros titres diront : « Accident sur la rivière »."

Wynn n'avait rien à répondre. Il avait déjà eu le souffle coupé à l'époque où il pratiquait le hockey et il lui fallait généralement quelques secondes de panique pour se remettre. C'était la même sensation.

Jack était appuyé sur un genou. Il prit la carabine, enroula son bras gauche autour de la bretelle en cuir et visa.

"Qu'est-ce que tu veux faire ? dit Wynn plus fort. Lui tirer dans le dos ?"
Jack avait l'œil sur la lunette et la bretelle était tendue autour de son bras. "Qu'est-ce que *toi*, tu veux faire ? Le ligoter et l'emmener sur la rivière, dos à dos avec la femme qu'il a essayé de tuer ?"
Jack sentit la main de Wynn lui prendre le bras droit. L'index de Jack était sur le pontet. Wynn le secoua. "Wow ! murmura Wynn, insistant. On doit lui parler. On doit savoir. Il pense peut-être encore que c'est nous qui l'avons tuée, peut-être qu'il a peur de nous. Ou des Texans." Il ne savait pas. "*Jack !* Putain." Wynn le secoua de nouveau. "Tu ne peux pas le tuer comme ça ! On doit lui parler face à face."

Jack leva l'œil de la lunette et observa son ami. Le crépuscule s'épaississait. S'ils devaient tirer sur quelqu'un à travers une lunette 4-12X, il faudrait le faire vite. Bon, Wynn avait besoin de comprendre, de clarté, d'il ne savait quoi encore, d'accord. "Et puis merde, Wynn. OK. Comme tu veux. Ça suffit. À trois, on descend lentement. Je le surveille. On s'avance le plus près possible pour qu'il sache qu'il est cuit."

Wynn acquiesça.

"Un, deux, trois." Ils se levèrent. Ils sortirent du couvert des arbres et des hautes herbes et s'engagèrent sur la pente. Jack gardait le fusil devant lui. Il y avait de l'herbe, de la mousse, des pierres. Pierre était à moins de vingt mètres. Wynn se prit le pied droit dans une racine qui affleurait et fit rouler un caillou. Qui heurta ceux d'en bas. Pierre sursauta. Il se retourna, s'accroupit, et Jack vit une lumière jaillir du canon du fusil. Cracher une flamme. Et la déflagration tout près. Les branches et les feuilles déchiquetées derrière eux sur la gauche. Jack mit la carabine en joue et visa. Il le tenait ; Pierre se précipita vers la sente. Jack pivota, le suivit et tira. Il aurait pu, aurait dû l'avoir. Mais Pierre avait bondi derrière un affleurement. Le tir était parfait. Jack courait. Dévalait la pente et cherchait sa proie, comme il l'aurait fait avec un élan. La sente disparaissait derrière l'espèce de parapet d'une saillie. Il courut. Il découvrirait l'homme affalé derrière. Il n'aurait aucun remords. Il se tourna à moitié pour voir si Wynn était touché. Bien, Wynn le suivait. Jack laissa ses jambes descendre la pente à toute vitesse, sauta sur le banc de sable et braqua de nouveau son arme, les deux yeux ouverts, contourna la saillie et…

Rien. Si l'homme avait été touché, ça n'avait pas été fatal. Jack cligna des yeux. Saloperie. Le chapeau de l'homme était posé sur le chemin sablonneux tel un énorme champignon. Jack courut. Il descendit rapidement les marches dans la roche et le sentier étroit. Celui-ci déboulait sur la rivière et Jack bondit sur le schiste effrité de la plage d'où il vit le canoë. Il voguait sur le cours d'eau noir, l'homme réduit à l'état d'ombre, et l'embarcation dépassa une pointe de granit dans le coude étroit qui partait sur la droite. Jack braqua sa carabine, les deux yeux ouverts au niveau de la lunette obscurcie, visa l'ombre qui glissait au loin et fit feu, la déflagration retentit, mais l'homme et le canoë disparurent derrière le rocher. Dans la nuit noire comme la suie.

*

Parce que c'était ça qui empestait l'air. La suie de bois. Ils ne voyaient pas le brasier, aucun panache ne couvrait les étoiles, aucune lueur comme dans les villes ne couronnait les arbres, mais ça empestait la forêt brûlée et le sol calciné, et toute la nuit ils entendirent les battements d'ailes et les pépiements des oiseaux qui passaient au-dessus d'eux.

TREIZE

Jack ne parla pas. Quel qu'ait pu être le danger jusque-là, c'était plus grave encore. Pierre saurait exactement où ils campaient – ici – et il pourrait les prendre en embuscade pendant leur sommeil ou quand ils seraient autour du feu. Mais ils avaient besoin d'un feu. Maia tremblait de nouveau. Il lui fallait boire quelque chose de chaud, ils lui feraient avaler un des plats lyophilisés ; elle avait besoin de nourriture et de repos. Donc. Jack laisserait Wynn s'occuper d'elle pendant qu'il délimiterait un périmètre de sécurité.

La nuit était dégagée. Pas de nuages ce soir-là, pas de lune, pas de nuée d'étoiles pareilles à des étincelles sur lesquelles volaient les ombres hautes des oiseaux portés par le vent. Un vent du nord régulier. Les étoiles éclairaient suffisamment la nuit. Bien. Si l'homme n'était parti que pour faire demi-tour et revenir les attaquer, il ne pourrait arriver que par la corniche ou par la rangée d'arbres à l'est. Ces arbres étaient assez loin pour l'empêcher de tirer depuis un abri. Bien.

Ils firent un feu parce qu'ils n'avaient pas le choix. Ils enveloppèrent Maia dans les sacs de couchage une fois de plus, y glissèrent des pierres chauffées et quand elle reprit plus ou moins connaissance, ils lui firent avaler des cuillerées d'eau chaude sucrée et le plat qu'ils avaient cuit dans son sachet d'aluminium. Puis ils l'allongèrent et elle dormit. Eux mangèrent des myrtilles et sentirent l'épuisement emprisonner leur corps comme un brouillard bas et ils comprirent qu'ils devaient absolument attraper du poisson ou tout autre animal. Wynn avait chassé dans le Vermont, mais Jack ne lui faisait pas confiance pour protéger le campement d'une attaque de l'homme : Wynn pourrait le repérer en train de sortir furtivement des bois et peut-être même le mettre en joue, mais pas sûr qu'il lui tirerait dessus. Il voudrait lui demander pourquoi il avait si peur ; peut-être arriveraient-ils à régler le problème, à montrer que tout ceci n'était pas aussi vil et affreux que ça en avait l'air. Jack regarda Wynn installer la tente et lui dit de dormir en premier, il resterait assis à côté d'elle près du feu, mais il n'avait pas l'intention de le réveiller. Il se prépara à monter la garde toute la nuit.

Elle dormit. Ils lui avaient enfoncé le bonnet de laine jusqu'aux oreilles et bricolé un oreiller avec un tas d'aiguilles de pin recouvert par la capuche des sacs de couchage. Plus moelleux que le bloc formé par le gilet de sauvetage. Ils s'étaient demandé s'ils devaient la mettre sur le côté pour éviter qu'elle ne s'étouffe, mais ils n'avaient remarqué aucun problème au niveau de sa respiration, elle n'avait pas vomi ni craché dans son sommeil, son coma ou l'état indéfini où dérivait sa conscience, de sorte qu'ils la pensèrent plus à l'aise sur le dos. Mais ils la surveilleraient. Jack s'assit sur son propre gilet de sauvetage posé sur une pierre pour avoir de la chaleur car la nuit était froide. Il alimenta le feu avec quelques grosses branches et observa le visage de la femme. La tuméfaction continuait de se résorber et il voyait ses joues pour la première fois, la contusion réduite à une tache rose cerclée de violet et de noir comme si elle se consumait lentement. Peut-être cette image lui venait-elle parce qu'il sentait l'odeur du feu de forêt, puissante quand le vent venait de l'ouest. C'était réconfortant, d'une certaine façon, pas si effrayant, avec tous ces oiseaux qui les survolaient. Ils émettaient des sons aigus désordonnés par-dessus le fracas des rapides, et les ombres étaient plus mouvantes que concrètes sur les étoiles ; ils fuyaient Dieu sait quel chaudron et Jack se disait que ses deux compagnons et lui n'étaient donc pas seuls. L'un de ses camarades du lycée à Granby devenu un soldat du feu dans l'Idaho était mort lors de l'incendie tristement célèbre du White River Complex où sept pompiers avaient été acculés contre une crête dans un soudain retournement du vent. Le garçon avait déployé son pare-feu par terre et Jack l'imaginait en train de prier, recroquevillé à l'intérieur, tandis que les arbres explosaient autour de lui. Il avait dix-neuf ans.

Shane et lui avaient perdu du bétail deux fois dans des incendies. Plus jamais il ne voulait croiser la route d'un incendie pendant qu'à cheval son père et lui essayaient d'éloigner des veaux de la montagne. Pour l'instant, ils n'avaient à se préoccuper que d'eux-mêmes. D'eux-mêmes. Il commençait à divaguer, alors il s'obligea à observer la lisière des arbres au fond de la clairière qu'il voyait assez bien à la lueur des étoiles. Ainsi que le départ du sentier à moins de dix mètres de là.

Il scruta les lieux, mais continuait de se demander ce qui s'était vraiment passé. L'homme en rage ou dans un état d'aveuglement plus calculé avait-il vraiment frappé sa femme à la tête avec une pierre avant d'avoir peur de l'achever en l'étranglant ou en lui faisant sauter la cervelle, et de décider finalement de la recouvrir de mousse et d'humus là où elle était tombée ? Ils avaient sûrement organisé l'expédition ensemble – cela devait faire déjà quelques jours qu'ils remontaient les lacs parce que Wynn et lui n'avaient entendu aucun avion. Le couple était donc à peu près fonctionnel pour ce qui était de la logistique la plus basique, manœuvrer le canoë, monter le campement. Ils avaient organisé l'expédition ensemble, préparé leurs sacs ensemble, avaient dû chercher ensemble la bonne route à prendre, ils étaient sur un territoire béni des dieux, au milieu des élans et des huards, avaient dormi sous des constellations bienveillantes – qu'est-ce qui avait bien pu les conduire à ces coups, au meurtre ? Vraiment impossible à dire. Il n'y avait que des bois, puis la taïga, puis la toundra et les laisses de vase, puis la mer, il n'y avait que les cris des oiseaux et peut-être des coyotes, des loups, les rideaux de pluie, les murmures du vent sur des centaines, voire des milliers, de kilomètres où que l'on se tourne. Quelle que soit la nature de l'animosité qui les avait enflammés, ils l'avaient emportée avec eux. Ce qui le laissait perplexe. Pourquoi partir si loin quand on va si mal ? Entre êtres humains, entre mari et femme ? Pourquoi venir s'enterrer ici ?

Putain : est-ce qu'il n'y avait pas du mouvement devant les arbres ? Non ? Non. Il devait rester en alerte, il commençait à tomber de sommeil. Les muscles épuisés et le manque de nourriture n'aidaient pas. Il pensa au windigo pâle et affamé qui rôdait dans la région : il apparaissait furtivement à la limite du champ de vision sans qu'on puisse jamais le voir pour de bon ; peu importait le nombre de gens qu'il dévorait, il n'était jamais rassasié, restait maigre et vorace. Jack tendit la main vers le sac de myrtilles et en avala une poignée. Combien de temps pouvait-on tenir avec ça ? Combien de temps pouvait-on tenir en se vidant les tripes chaque jour ? Ils avaient besoin de viande.

Il se leva, étira les bras, prit le fusil et s'éloigna de quatre, cinq mètres pour uriner. Il était face à la rivière, sentait l'odeur de l'eau qui se brisait plus loin, ce qu'elle contenait de sédiments et d'embruns, et il voyait ce que cette écluse turbulente faisait à l'obscurité. Elle déchiquetait la nuit et peut-être sa tranquillité d'esprit à lui. Au moins cette violence le gardait-elle éveillé.

Ses pensées dérivèrent vers l'autre rivière violente et magnifique. Il s'était obligé à remonter le canyon de l'Encampment River une seule et unique fois sur Duke, son quarter horse. C'était l'été qui précédait son entrée à la fac, sept ans après la mort de sa mère à cet endroit, et il avait pris le pick-up de son père, avait fixé le van deux places à la boule d'attelage, chargé Duke et roulé vers le nord en passant par Steamboat jusqu'à Walden, puis avait tourné à North Platte et bifurqué vers l'Encampment, avait emprunté la Highline Road à travers les collines escarpées de pins tordus et d'épicéas en direction du Horseshoe Park et du sommet du canyon. Il n'avait pas pris de cheval de bât et n'avait pas dit à son père où il allait, et Shane ne posa aucune question. Duke et lui campèrent dans le parc comme ils l'avaient fait en famille sept ans plus tôt et il attacha le hongre à un poteau – il n'avait pas peur qu'il s'emmêle dans la corde, c'était un campeur facile à vivre –, et Jack s'endormit dans son sac de couchage à l'arrière du pick-up au son d'un ou deux criquets et de Duke mâchonnant de l'herbe à blé et s'ébrouant de temps en temps. L'écoulement discret de la rivière. Il se força à ne penser à rien. Au matin, il fit un feu, du café et mangea une barre énergétique, sella son cheval et ils se mirent en route. C'était la mi-août et la petite rivière était basse et verte sur les myriades de couleurs des pierres. Elle coulait tranquillement dans les plats et dans les petits rapides, elle s'échappait avec la liberté capricieuse d'un homme à cheval en train de siffloter. Si différente des eaux gonflées et palpitantes de juin, et de cette autre fois. Ils cheminaient à travers l'armoise et les clairières herbeuses le long de la berge, au milieu des pinceaux indiens, des lupins et des grands arbres, puis quand ils atteignirent la gorge proprement dite et que la rivière s'éloigna du chemin qui la surplombait, il fit avancer Duke avec précaution, mais ne s'arrêta pas et quand il arriva à la roche plate et inclinée qu'il fut certain de reconnaître, il regarda le lit de la rivière au fond du canyon qui n'était qu'un amas de grosses roches – pas de torrent écumeux à cette période –, et il claqua la langue deux fois pour exhorter Duke à continuer et ils sortirent du canyon. Ce fut tout. Il n'effectua pas lui-même le trajet de retour. Il parla à une dame à Encampment qui avait deux chevaux dans sa cour et à qui il laissa Duke, puis il se fit prendre en stop par deux pêcheurs qui le reconduisirent au pick-up. Il regarda une dernière fois la rivière basse et claire, puis retourna en ville récupérer son cheval. Il avait du foin ainsi que de l'avoine dans le van, aussi il nourrit Duke et le fit boire, puis il le chargea et ils rentrèrent à la maison. En chemin, Jack pleura. Une ou deux fois, peut-être plus. Arrivé à Hot Sulphur Springs, il pleurait tellement que la route se brouilla devant ses yeux. Il ne savait pas pourquoi, pourquoi à ce moment-là. Il n'en parla jamais à son père.

Il poussa un long soupir, frissonna et remonta sa braguette. Il s'étira, leva les yeux vers le ciel. De l'autre côté de la rivière et en aval, très haut, là où devait se trouver le feu, il vit un nuage pâle flotter, s'allonger et faire l'accordéon jusqu'à former un grand rideau de lumière, la plus douce qui soit, et tandis que Jack l'observait, il se répandit silencieusement sur le ciel du Nord. Il palpitait d'une lueur intérieure comme s'il était vivant, se déversa en cascade vers l'horizon et scintilla de vert. Cataracte vert pâle d'une chose étincelante qui s'étirait sur un quart de cercle et qui chantait en retombant dans une absence totale : de bruit, de substance, d'eau ou d'air. La semaine précédente, il leur était arrivé de voir ce qui semblait les nuages les plus vaporeux qui soient, mais rien de tel. À cet instant, un arc de lumière plus verte surgit du sommet des chutes, sauta par-dessus la Voie lactée et embrasa un tourbillon de rose au sud-ouest, qui grossit et dessina une crête pareille à une vague. Jack frissonna. Les aurores boréales venaient juste de lui montrer ce que la fournaise et les étincelles feraient quand elles bondiraient par-dessus la rivière. C'était comme un présage – ou plutôt : une bande-annonce – et c'était comme si chaque fragment, chaque respiration de la nuit était emplie de chant – et de silence. C'était terrifiant et d'une beauté inqualifiable.

Wynn lui avait raconté qu'aux yeux des Cree et d'autres populations du Nord, ces lumières étaient les esprits des morts qui venaient juger les vivants, de sorte que, quand apparaissaient les aurores, les gens laissaient les enfants les moins sages à l'intérieur des maisons pour ne pas offenser les ancêtres. Jack trouvait ça drôle. Il se disait qu'une personne enfant ou adulte qui se comportait mal n'était pas moins mauvaise à l'intérieur qu'à l'extérieur, et que si les ancêtres étaient capables d'offrir un tel spectacle, alors ils devaient bien posséder des espèces de capteurs thermiques ou autres qui leur révéleraient les méchants gamins se cachant dans l'igloo, la tente ou la cabane. Ce qui lui fit penser à Pierre.

Lui était mauvais. À deux reprises, il avait voulu les tuer. La première fois en les privant de leurs provisions et de leur matériel, la seconde dans une embuscade culottée. Il n'en revenait pas que Wynn se refuse encore à le juger coupable. Qu'est-ce qu'il attendait ? De se faire buter ? Même après tout ça, il était capable de plaider l'argument de la terreur, de clamer que ce type était convaincu que c'était *eux*, Wynn et Jack, qui avaient enlevé sa femme.

Mais là-haut, les ancêtres savaient. Ce soir, ils l'observaient lui aussi, Jack en était sûr, et s'ils voulaient infliger une punition et que Jack était l'instrument de leur vengeance, il s'y plierait volontiers. Pierre pouvait aller se faire foutre. Il lui rendrait joyeusement la pareille en lui collant une balle dans le corps, et s'il ne le tuait pas, ce serait avec joie qu'il le ligoterait comme un veau au marquage et le remorquerait sur un raft en rondins noyé sous les vagues. Il le présenterait avec joie aux anciens, aux administrés, au conseil municipal, ou peu importe comment ça s'appelait à Wapahk où il semblait qu'ils pourraient appeler la police montée canadienne, ou pas. La justice de la toundra. Un mec qui tue sa femme. C'était quoi le mot, pour ce genre d'acte ? Wynn le savait forcément, il lui poserait la question.

Jack retira la bretelle de fusil de son épaule pour avoir l'arme entre les mains et inspecta le campement. Le feu : un noyau de vulnérabilité, une cible aussi évidente que celle d'un jeu de fléchettes. La femme endormie. De là où il se trouvait, il voyait le sommet du bonnet de laine, le pompon rouge, le sac de couchage externe qui se soulevait quand elle respirait. Bien. Non loin, dans la lumière fluctuante des flammes, la tente bleue. Au moins, elle n'était pas jaune. Wynn à l'intérieur. Il savait que son pote dormait d'un sommeil profond comme la mort. Non, pas comme la mort, Jack se mordit la langue : il dormait comme un loir, comme une souche. Jack se sentit sourire. Del Arbol avait quelque chose de la souche, oui. En général, il s'endormait à la seconde où sa tête touchait la veste en boule qui lui servait d'oreiller, et Jack imaginait qu'il dormait paisiblement et profondément parce qu'il avait la conscience tranquille, qu'il avait foi dans la bonté essentielle de l'univers et se sentait donc bercé par lui.

Imaginez ça. C'était ce que Jack se disait. Imaginez, se sentir comme ça. Comme si Dieu vous tenait au creux de sa paume, ou quelque chose dans le genre. Wynn pouvait prendre tous les cours de philo qu'il voulait, et il en avait pris quelques-uns, il pouvait bien lire les arguments de Kant, les traités de Schopenhauer et de Nietzsche, et il l'avait fait et avait adoré ça au point d'avoir tenté de les expliquer à Jack, mais au final, même s'il ne se voyait pas du tout comme quelqu'un de croyant, il pariait toujours sur la bonté. Était-ce seulement un pari ? Ça n'avait rien d'une véritable décision. Plutôt comme le poisson qui ne sait pas ce qu'est l'eau : Wynn nageait dedans. L'univers le berçait comme il berçait tous les êtres, tout finirait donc par s'arranger. Des êtres souffraient et c'était nul ; *lui-même* souffrait et c'était super nul, mais il suffisait de prendre assez de recul pour avoir une vue d'ensemble et tout rentrerait dans l'ordre.

Cette attitude fascinait Jack. Parfois, ou plutôt, en général, ça le rendait dingue.

Il se souvenait d'avoir rendu visite à la famille de Wynn à Putney, un jour. Un an plus tôt, à l'automne de leur deuxième année. La petite sœur de Wynn, Jess – naissance qui avait manifestement surpris tout le monde, elle avait dix ans –, les avait suivis partout. S'ils s'asseyaient près du poêle, elle aussi. Si Jack chiquait du tabac, elle voulait essayer et le demandait sur un ton si catégorique que Jack avait ouvert la boîte et dit tout bas : "Comme tu veux. Mais pour une première, mieux vaut prendre l'équivalent de la taille d'une fourmi." Elle ne l'écouta pas. Elle regarda ce qu'il prit, plongea à son tour les doigts dans la boîte et fourra la chique sous sa lèvre comme il le lui avait montré, la recracha aussitôt et faillit tourner de l'œil. Si les garçons se racontaient des blagues, elle leur demandait ce que le zéro dit au huit : "Jolie ceinture !" Elle était tellement chiante que Jack ne put s'empêcher de l'adorer. Elle était aussi extrêmement intelligente. Elle avait lu *Le Hobbit* en trois jours. Elle était née avec une paralysie cérébrale, avait subi une douzaine d'opérations pour se faire allonger les tendons, et à présent, les seuls effets visibles étaient sa main droite repliée, la canne à quatre pieds qu'elle utilisait pour marcher et sa claudication. Par un samedi venteux et ensoleillé, alors que les feuilles d'érable mortes tombaient sur les sentiers, après un gros déjeuner, Jack et Wynn annoncèrent qu'ils allaient courir jusqu'en haut de Putney Mountain. Jess annonça qu'elle aussi, et Wynn n'hésita pas. Jack fut fasciné. Wynn dit : "Saute dans tes chaussures de course, on y va." Il courut les trois kilomètres et quelques du sentier pentu en portant Jess sur son dos, et cette dernière rit et papota tout du long. Quand ils arrivèrent au sommet que le cousin de Wynn, Geordie, avait dégagé pour que les gens puissent se tenir sur le granit et profiter de la vue sur Monadnock Mountain et, au-delà d'une petite falaise, sur Brookline Road – et après avoir repris leur souffle –, Wynn déclara qu'ils devaient faire un sacrifice au volcan et dit à Jack de prendre Jess par les jambes. Wynn la saisit par les bras, et les garçons se mirent à la balancer sur ce pas de lancement improvisé pendant qu'elle criait et hurlait de rire.

Ils la reposèrent. Jack n'avait jamais rencontré quelqu'un d'aussi heureux. Wynn partagea une barre de Dairy Milk entre eux et dit à Jess qu'elle n'avait pas à s'inquiéter parce qu'en fait ils ne pourraient pas la sacrifier avant ses douze ans.

Jack regarda la tente éclairée par le flamboiement du feu et se dit que si Wynn envisageait et ressentait le monde de cette façon, alors il avait beaucoup de chance. Qui était-il pour lui souhaiter autre chose ?

Il retourna au feu, posa le fusil et prit le pouls de la femme, les doigts sur sa gorge, comme Wynn le lui avait appris. Calme, lent, mais pas faible. Bien. Nourriture et repos pouvaient faire des miracles.

*

Il s'assoupit. Il redressa la tête brusquement en se maudissant et se demanda combien de temps ça avait duré, vit la Voie lactée et constata qu'il avait dormi deux heures, peut-être plus. Les aurores boréales étaient suspendues sur l'horizon au nord et pulsaient, se dilataient comme la lave d'un volcan, s'étiraient en teintes roses et violettes ; il n'avait jamais entendu dire qu'elles pouvaient avoir ces couleurs. Toujours infiniment lointaines et silencieuses, comme une chose qui voudrait être oubliée et ne le serait jamais. C'était l'impression que ça donnait. Il pensa réveiller Wynn et dormir pour de bon. Si l'autre avait voulu les attaquer, il l'aurait déjà fait. Sûrement. Il devait être deux heures, deux heures et demie ; l'homme attendait peut-être l'heure magique pour une embuscade, quatre heures du matin, celle de la police, des assassins et des généraux de par le monde, l'heure au cœur de la nuit, le fléau des insomniaques, le Portail. Il y avait toujours cru : la réalité était jalonnée de portails spatiotemporels, géographiques et saisonniers où les morts et autres personnes éloignées venaient se frotter aux vivants. Chez lui, c'était à cette heure, peu avant l'aube, quand le ruban de lune rougeoyante sombrait tel un bateau-phare sur la mesa, qu'il entendait sa mère chanter. À cette heure qu'il l'appelait et qu'elle lui répondait d'une voix aussi tranquille que ces lumières.

C'était un bon moment pour attaquer parce que, à cette heure, si la personne n'était pas en train de dormir, elle était sans doute transportée ailleurs par la nostalgie comme Jack l'était et demandait à l'être à cet instant. Il ne serait pas cette personne. Il ne laisserait pas Wynn l'être non plus. Il aurait voulu plus que tout ou presque avoir du café, mais ils n'en avaient pas. Un froissement et un battement d'ailes dans l'obscurité le réveillèrent brutalement, mais ce n'était qu'une petite volée d'oiseaux qui passait comme emportée par le vent. Juste au-dessus des cimes des arbres vivants.

QUATORZE

À l'aube, avant que le soleil ne se lève, Jack réveilla Wynn et ils remballèrent ce qui constituait leur campement, c'est-à-dire pas grand-chose, et portèrent le canoë vers la petite plage du schiste sous les gros rapides où Jack avait aperçu l'homme pour la dernière fois. Ils prirent leur temps et firent attention à bien éteindre les braises avec la casserole remplie d'eau, même s'ils pensaient sans le dire que cela revenait un peu à entasser des sacs de sable à l'approche d'un tsunami. Bon. Quand tout semble partir en vrille, c'est bien de pouvoir se raccrocher aux bonnes habitudes.

Wynn demanda à Jack si lui aussi avait mal au ventre et Jack répondit que oui. Trop de myrtilles avec rien d'autre. Il ne leur restait que cinq repas lyophilisés et ils les gardaient pour elle. La carte indiquait un ruisseau qui se jetait dans la rivière juste après le tournant. Ils s'y poseraient pour le déjeuner et pêcheraient. Cette fois, Wynn porta Maia dans ses bras et ils l'installèrent sans l'arracher à ce sommeil qui pouvait être bon comme mauvais, et partirent.

Pas un signe de l'homme. Bien. Il n'avait pas campé à l'endroit le plus attendu sous les rapides, près du premier ruisseau, avait préféré s'éloigner de l'eau claire, du lit sablonneux et plat. Tant mieux. Ils avaient fait un lit pour la femme au fond du canoë avec des branches de sapin. Ils la soulevèrent pour la mettre sur le matelas posé sur le sable. Elle respirait régulièrement, l'intérieur des sacs de couchage était chaud, alors ils la laissèrent tranquille. Avant de la déplacer à nouveau, ils essaieraient de la faire boire un peu, peut-être de l'eau sucrée.

Ils sortirent les brins des étuis, les assemblèrent et se mirent à pêcher. C'était un petit ruisseau au lit sablonneux et peu profond au niveau de l'embouchure et qui s'étrécissait en un canal couleur thé noir à l'endroit d'où il émergeait des arbres. Ils ne sentaient l'odeur de fumée que par moments, mais quand le vent soufflait dans le bon sens, alors elle était forte et nauséabonde. Ils pêchaient désormais sans joie. La faim commençait à les tenailler. Ils n'apercevaient aucune couvée d'insectes, ce qui était bizarre pour une matinée réchauffée par le soleil, et aucune chrysalide sur les cailloux du fond. L'eau était peut-être trop acide, ils n'en savaient rien, mais ils choisirent leur mouche avec plus d'attention ; ils n'en parlèrent pas, mais chacun alla puiser dans ses archives personnelles de matins d'été passés sur les ruisseaux lents à l'eau noire. Un unique criquet transi de froid avait tenu compagnie à Jack durant la nuit et il l'attacha à une petite Hopper. Il toucha les feuilles, les tiges d'herbe et les asters sur la berge, laissa la Hopper rebondir dessus comme un insecte capricieux. Wynn utilisait une petite Wooly Bugger qu'il envoya en amont pour faire croire à un têtard. Ils attrapèrent du poisson et se détendirent peu à peu, gardèrent les truites plus grandes que leur canif, tout ce qui pouvait offrir plus que deux bouchées de nourriture. En moins d'une heure, ils avaient de quoi remplir une poêle, ils firent un feu, puis ils nettoyèrent les poissons .

Ils firent cuire les mouchetées à la vapeur dans la casserole au-dessus de quelques centimètres d'eau et se demandèrent pourquoi ils n'avaient pas pensé à mettre du sel dans le kit de secours. "Dix chacun ? dit Jack. Pour commencer." Ils se jetèrent sur la nourriture. Les poissons calés au creux de la paume, ils leur ouvrirent le ventre avec leur canif pour en retirer l'épine dorsale et ses rangées d'arêtes. Au bout de quelques-uns, ils les prirent plutôt par la queue et arrachèrent la chair avec les dents. Lentement au début, puis plus vite. Ce n'est qu'une fois les premières bouchées englouties qu'ils surent combien ils avaient faim et manquaient de protéines. Très vite, ils eurent la nausée, ce dont ils n'avaient pas l'habitude. Ils recrachèrent les restes d'arêtes dans le feu et, arrivés à dix, Jack compta et dit : "Encore sept", et ils les finirent. Ils se sentaient léthargiques, ballonnés, et Wynn eu un haut-le-cœur mais parvint à tout garder. Ils reprirent leurs cannes, pêchèrent une heure de plus et s'obligèrent à manger davantage. Peu importe si ça leur prenait une partie de la matinée. Cette fois, ils essayèrent de brûler des jeunes pousses de saule pour faire griller les truites, mais les poissons perdaient trop de peau en cuisant et ils revinrent à la cuisson vapeur. Ils refirent un repas. Ils s'allongèrent contre les rochers en grognant et se regardèrent, rassasiés, mal en point, et Jack dit : "Tu ferais mieux de pas dégueuler. J'en ai marre de pêcher." Ils rirent si fort qu'ils faillirent vomir. De soulagement. D'un rire simple. Qui leur fit l'effet d'une pluie chaude. Une pluie qui étouffait et aspergeait le feu de forêt, les nettoyait de la sueur et de la peur.

*

Ils se baignèrent pour de bon. Avant de repartir, ils se déshabillèrent et se roulèrent dans l'eau peu profonde du ruisseau. Elle était sombre mais limpide comme du verre teinté, et si froide qu'ils en eurent le souffle coupé.

Ils s'allongèrent sur les rochers au soleil et se laissèrent sécher. Wynn aimait poser une joue puis l'autre contre une pierre lisse et chaude, en sentir la chaleur minérale. Un vent descendant vers l'aval passa sur leur peau humide et leur donna la chair de poule. Si on se concentrait sur une seule chose, puis sur une autre – les choses positives de chaque instant –, la peur tapie au fond des entrailles semblait désenfler, comme un bleu sur lequel on pose de la glace. Toujours là, mais moins intense.

Alors qu'ils étaient allongés, Jack dit qu'il comprenait maintenant comment les trappeurs canadiens qui avaient tenté de survivre à l'hiver avec de la farine et des lapins avaient fini par mourir. Ils manquaient de graisses. Lui-même en rêvait. Ceux qui cuisaient des donuts dans du lard vivaient. Il donnerait son fichu bras droit pour un donut. Un Krispy Kreme recouvert de glaçage flotta dans son esprit tel un ange. Cela l'effraya parce qu'à peine une journée venait de s'écouler et qu'ils devaient encore tenir au moins une semaine.

Mais avec un régime de truites et de myrtilles, ils pourraient survivre une semaine sans problème. Dans d'autres circonstances, se nourrir de cueillette et de pêche tous les jours aurait été amusant.

Une fois secs et rhabillés, ils firent asseoir Maia, Wynn la tint contre lui et Jack la réveilla doucement pour qu'elle mange un peu. Pour qu'elle boive. Elle but. Ils préparèrent un autre repas lyophilisé – plus que quatre –, du bœuf strogonoff que Jack lui donna à la petite cuiller et elle en mangea la moitié. Elle mâchait lentement, comme si c'était douloureux, et à un moment, elle battit des paupières, ses yeux s'ouvrirent et elle le vit. Vraiment. Ses yeux verts posés sur Jack se brouillèrent, refirent le point. "Où ? dit-elle d'une voix rauque. L'autre ?"

"Il vous tient, madame, dit Jack. Attendez." Jack saisit l'autre bout du sac de couchage et Wynn changea de position pour se mettre devant elle, les bras encore autour de ses épaules. Elle passa de l'un à l'autre. Cela lui demanda un gros effort. "Merci, murmura-t-elle. Vous deux." Ses yeux se fermèrent une fois de plus et elle se laissa gagner par le sommeil. Ils l'allongèrent sur le lit de branches dans le canoë. Jack actionna le levier de la carabine et vérifia une fois de plus qu'une cartouche était bien chambrée, puis ils partirent.

*

La moitié de la journée avait filé. Ils avancèrent régulièrement sans prendre de retard. Le vent tourna vers l'ouest et, pour la première fois, ils virent l'air brumeux qui s'épaississait mais ne formait pas encore de nuages de fumée. Il y avait des nuées d'oiseaux plus petits, plus solitaires, et surtout d'une couleur plus terne, les femelles, et Wynn songea qu'il s'agissait des mères qui avaient refusé de quitter le nid jusqu'à l'arrivée des flammes. Ça fendait le cœur.

La cadence rapide des coups de pagaie devint douloureuse au bout de deux heures et ils n'avaient plus la force de penser à grand-chose. Jack s'était penché sur la carte et savait que les deux jours à venir allaient être marqués par de petits rapides sans portage, et il était donc incapable d'anticiper la prochaine attaque. Ils venaient de dépasser une large crique qui abritait un couple de huards, l'un nichait sans doute non loin, et à leur passage, celui qui était le plus près d'eux rejeta la tête en arrière et poussa un gémissement aigu qui dut faire trembler les arbres, pareil à un coup de vent. Il transperça la brume, et la forêt en attente renvoya son écho qui vint rouler sur l'eau comme n'importe quel cri ; il était chargé d'une émotion si profonde qu'il paraissait incroyable que ce monde-ci puisse le tolérer. Peut-être l'oiseau savait-il ce qui venait. Peut-être avait-il des petits dans un nid sans nulle part où aller, et savait ça aussi.

D'autres avaient également compris. En pagayant dans l'après-midi, ils virent un premier élan. Deux. Une grosse femelle avec un petit. Elle trottina vers la percée sur la rive gauche, jambes raides, ses sabots claquèrent sur le schiste et elle entra dans l'eau sans s'arrêter, tendit le cou et laissa l'eau l'emporter sans s'inquiéter, pivota pour traverser et nagea jusqu'à l'autre rive. Le petit imita sa mère. Les garçons entendirent le souffle de leur respiration. Ils n'avaient que quelques mètres d'avance sur eux. Ensuite vinrent le mâle, puis un ours noir avec deux oursons. Les petits hésitèrent au bord de l'eau, ils semblaient effrayés, alors la maman ourse s'ébroua et sortit de la rivière pour se mettre derrière eux et les faire avancer. Ils nagèrent. Le plus petit perdit pied dans le courant et Wynn crut qu'il serait emporté, mais la mère passa sous lui, donna de petits coups, des mouvements d'épaules et le poussa jusqu'à la berge. Bon sang. Ils entendirent le premier ourson arrivé hurler sans fin. Des visons traversèrent aussi, des écureuils. En fin d'après-midi, Jack avait la tête baissée, pagayait dur pour essayer de garder le rythme, et quand Wynn siffla, il leva les yeux et vit au moins une centaine de souris. Ils n'avaient jamais rien entendu de tel. On aurait dit un troupeau miniature. Elles envahirent un pan de berge érodé et pentu, et tombèrent, sautèrent ou glissèrent au goutte-à-goutte dans l'eau et nagèrent. Dieu sait comment elles arrivaient à garder le cap, mais elles y arrivaient. Elles parvinrent de l'autre côté dans la plus grande confusion.

"On dirait la bataille de Dunkerque", dit Jack.
"Grave."

Ils virent des caribous des bois, une petite harde de mâles d'abord, trois plus jeunes et deux avec d'énormes bois, qui s'engagèrent dans la rivière sans aucune hésitation, comme l'élan avant eux. Vers la fin de l'après-midi, ils crièrent en même temps : ils passaient une série de petites vagues et devant eux se trouvait un groupe de caribous qui nageaient en file indienne. Ils en comptèrent vingt-trois. Bon sang.

Plus tard, Jack se demanda pourquoi ils n'avaient pas pensé à en abattre un pour avoir de la viande et conclut qu'ils avaient été trop abasourdis par la scène. Ils n'avaient jamais rien vu de tel.

La fumée était désormais visible. De la vraie fumée. Elle n'était pas noire, mais grise, ce n'était pas un panache, mais plutôt une brume qui s'étendait d'ouest en est et traversait la rivière, comme les animaux. Ils n'entendaient toujours que le vent et leurs pagaies, et la rivière glissait sur les rochers des berges et les troncs morts la filtraient.

Ils pagayèrent dans le crépuscule parce qu'ils le pouvaient. Ils restèrent au milieu de la rivière pour réduire les chances de se transformer en cibles. Pour Jack, Pierre n'avait rien du tireur d'élite – mais peut-être qu'il se trompait. Ils se laissèrent dériver le temps d'une pause, boire une gorgée, se passer la bouteille filtrante. Ils devaient penser à la même chose parce que Wynn dit : "Je me sens assez en sécurité ici. Au milieu. Peut-être que j'ai tort."
"Par rapport au feu ou à Pierre ?"
"Pierre."
Jack but la dernière goutte d'eau, immergea la bouteille pour la remplir et but de nouveau.
"Ce n'est pas un chasseur. C'est déjà ça." Jack observa les berges.
"Ah bon ?" Wynn contempla la rive, mal à l'aise.
"Ouais. Tu as remarqué la première fois qu'on l'a aperçu l'autre jour ?"
"Ouais." C'était une question.
"Il regardait droit devant lui. Il cherchait le rebord des chutes. Il avait les yeux rivés dessus."

"Ouais… et donc ?"
"Un chasseur aurait observé la berge. D'instinct. Même toi tu l'aurais fait."
"Je t'emmerde. T'en veux encore ?" Wynn tendit la bouteille.
"Nan, c'est bon. Sérieux. Même à l'approche d'une énorme chute, j'ai vu comment tu réagissais. Du moment qu'il est sur de l'eau plate, un chasseur surveillera la berge. À la recherche d'un début de sente animale. D'un mouvement. De silhouettes, de couleurs, de choses qui se passent à l'orée des ombres. Il ne peut pas s'en empêcher. Pas Pierre. C'est l'instinct. Ce connard était fixé sur le seul et unique danger en aval. Et il a quand même failli rater le portage. Il pagaye pas mal, on l'a vu quand il a traversé, mais c'est un petit joueur."
Wynn faillit rire. Que Jack puisse juger du caractère d'un homme en deux secondes à deux cents mètres de distance.
"Ça rend optimiste, non ?" dit Wynn.
"Tout est bon à prendre."

*

Ils avancèrent, en quête d'un lieu pour bivouaquer. La bouteille filtrante commençait à fatiguer – les impuretés de la rivière bouchaient le filtre. Il faudrait essayer de le nettoyer. D'après ce qu'ils imaginaient être leur position sur la carte, il n'y avait aucun affluent à proximité, de sorte qu'ils devraient faire bouillir l'eau de la rivière. Ils en stériliseraient une casserole entière et laisseraient les sédiments retomber au fond avant de boire. Et dès qu'ils trouveraient un ruisseau plus limpide, Wynn retenterait de laver le filtre. Ils avaient aussi de l'iode dans leur trousse – ils pourraient toujours l'utiliser pour purifier l'eau si nécessaire.

À cet endroit, la rivière coulait entre deux parois d'arbres noirs, ce qui rendait le crépuscule encore plus épais. Ils sentaient l'odeur des épicéas, piquante et froide, comme si les arbres soupiraient à la fin d'une longue journée. Bientôt les premières étoiles brilleraient à travers la brume et la température baisserait, mais il faisait encore assez jour pour y voir. Ils pagayaient lentement, cherchaient une ouverture, un bon endroit où débarquer, et Jack tendit une main. "Regarde", dit-il.

Quelque chose nageait devant eux : un bébé caribou. Ils ne virent aucune femelle, juste le petit essayant de rester à flot. Lutter contre le fort courant entre les berges étroites lui prenait toute son énergie et il remuait la tête, paniqué. Jack fit signe à Wynn et ils accélérèrent. Jack examina la rive gauche en amont : pas de mère. Wynn les guida avec précision et fit glisser la proue juste derrière le petit qui se débattait, sa respiration haletante et affolée. Wynn orienta la proue pour se placer à la droite de l'animal et Jack, passant un bras dans l'eau, souleva le caribou qui battait des pattes. La fourrure lisse était fauve, son museau presque noir, ses côtes saillantes, Jack pouvait les sentir sous la peau chaude de sa poitrine. Pas encore sevré. Sans sa mère à l'approche de l'incendie, il était perdu. Il jeta un coup d'œil à Wynn. Ce dernier ne lui avait jamais vu cette expression – le chagrin à l'état brut. Jack se débattait avec l'animal, et le temps d'un instant la dureté qu'il affichait disparut et Wynn vit un gamin dévasté qui refusait d'accepter la situation. Wynn acquiesça. *OK, OK.* En un éclair la main droite de Jack sortit le canif de sa poche, en un éclair il l'ouvrit d'une pichenette pendant que son bras gauche maintenait la tête de l'animal rejetée en arrière et il plongea le couteau dans sa gorge dans un mouvement vers le haut et le petit émit comme un cri d'oiseau surpris et arrêta de se démener, se vida de son sang et mourut.

Ils dérivèrent. Wynn avait détourné le regard et quand il le reporta sur Jack, ce dernier avait le petit caribou sur les genoux, était penché sur lui pendant que le sang coulait abondamment entre ses jambes et Wynn n'arrivait pas à voir son visage.

*

Impossible de camper sur la rive gauche. Ce serait une folie, avec l'incendie qui pouvait arriver à tout moment. Mais la rivière était trop étroite à cet endroit et ni l'un ni l'autre n'entretenait d'illusion quant à la protection que leur offrirait la rive opposée. Quarante mètres, c'était large, mais pas assez. Si le feu arrivait accompagné du moindre souffle de vent, les flammes sauteraient par-dessus. La carte indiquait qu'à dix, quinze kilomètres, la rivière s'élargissait un peu, sauf que c'était aussi là qu'elle quittait le bouclier canadien, devenait pentue avec des rapides de différentes tailles, et les garçons n'avaient pas envie de heurter un rocher et de chavirer dans le noir. Ils devinaient qu'il allait encore geler dur et ils n'avaient pas non plus envie de mourir de froid durant la nuit parce qu'ils étaient trempés. Ils avaient emporté leurs combinaisons Farmer John prévues pour les eaux vives, mais elle se trouvait dans les barils bleus à présent disparus, et de toute façon, ils n'en avaient que deux. Wynn ne pouvait s'empêcher de penser au poème de Robert Frost *La Glace et le Feu*, à la première fois où il l'avait lu. Il revoyait la table de la cuisine chez lui dans le Vermont. Il avait été tellement emporté par la musique du poème, à la limite de la comptine, la psalmodie juxtaposée à cette lucidité… comment ? Nihiliste ? Il l'avait lu à Jess.

Certains disent que le monde finira par brûler,
D'autres qu'il finira par geler.
Pour ce que j'ai pu goûter du désir
Je suis de ceux qui penchent pour le feu.
Mais si par deux fois je devais périr
Je crois que j'en sais assez sur la haine
Pour dire qu'en matière de destruction, la glace
Est tout aussi efficace.

Jess avait pincé les lèvres, ce qu'elle faisait quand elle réfléchissait sérieusement, et avait dit : "Et le déluge ? Je croyais que c'était le déluge, le problème." Elle avait neuf ans à l'époque et était futée comme pas deux. Il n'aurait jamais imaginé qu'en si peu de temps il lui faudrait choisir entre la glace et le feu.

Ils débarquèrent sur une plage rocheuse cernée d'arbres. Pas le choix. Le granit descendait vers la rivière en deux espaliers. Jack bondit du canoë et courut vers la lisière de la forêt pendant que Wynn maintenait l'embarcation contre la berge. Jack revint

et dit : “Il y a de la mousse épaisse. On l’installera dans la tente cette nuit.”
“Pas de feu ?”
“Je ne sais pas. C’était pas idéal hier soir. Je ne veux pas faciliter le boulot du connard.”
Wynn regarda vers les arbres penchés, la section de rivière droite qui avait pris des teintes sombres et argentées comme un miroir noir. “OK.” Puis il ajouta : “Et si ça arrive ce soir ?”

Jack ne dit rien Que pouvait-il dire ? Ils pourraient repartir. Ils pourraient envelopper Maia dans les sacs de couchage, la couverture de survie et la toile de tente, eux-mêmes mettraient leur veste en Gore-Tex et s’aspergeraient d’eau avec la casserole, reprendraient les pagaies et prieraient. L’eau sur le nylon gèlerait, il en était sûr. Ça n’était pas terrible, comme plan.

“Tu veux grimper dans un arbre pour voir ce qu’il en est ?”
Jack ne répondit pas. Il regarda autour d’eux. Il avait la bouche sèche et, pour la première fois, il toussa. La fumée. Il avait étudié la carte dans l’après-midi quand ils avaient dérivé le temps de reprendre leur souffle et savait que la région était plate. Il aurait beau grimper dans un arbre, il savait qu’à moins d’être sur une butte quelconque, il ne verrait pas au-delà de la rive opposée. Il verrait la fumée s’épaissir, mais rien de plus.

“À quoi bon, Big ? On… je… ne verrai pas plus loin que ces arbres. Qu’est-ce qu’on peut faire, de toute façon ? Ce soir ?”
“On pourrait avancer.”

“Et descendre les rapides à l’oreille ?”
“On l’a déjà fait.” C’était vrai. L’été précédent, ils avaient descendu une rivière dans l’Ouest et passé les Gates of Lodore sur la Green River dans le noir. Avaient descendu le Split Mountain Canyon. Montée d’adrénaline et cheveux dressés sur leur tête.
“On faisait du kayak. Rien à voir.”

Wynn sortit du canoë et ils le tirèrent à deux sur la berge rocheuse. Par une autre nuit peut-être, ne serait-ce qu’une semaine plus tôt, ils auraient fait plus attention à la coque. Wynn aurait peut-être grimacé en entendant le raclement du canoë avec Maia dedans, mais là, non. Maia fut projetée en arrière puis en avant contre le sac comme un enfant sur un toboggan, mais parvint miraculeusement à rester assise et regarda autour d’elle.

“Il y a de la fumée”, dit-elle d’une voix rauque. Jack et Wynn échangèrent un coup d’œil. Elle avait les yeux ouverts. Le gonflement le long des pommettes avait presque disparu. Elle avait l’air… de quelqu’un de normal – confuse, sa tresse à moitié défaite, marquée de cernes noirs dus à une fatigue profonde, mais elle battait des paupières et était alerte.

“Vous avez mal ?” demanda Wynn.
Elle secoua la tête. “Un peu.”
“Où ça ?”
“Ici.” Elle désigna la tempe et l’estafilade qu’il avait recousue. “Et là.” Elle se toucha l’estomac.
“Sourde ou aiguë, la douleur ?” Il ne savait pas pourquoi il lui posait cette question. Il n’était pas médecin, que pouvait-il faire de cette information ?

“Sourde.” Elle se toucha la tête. “Aiguë.” Elle se toucha l’estomac. Bon, OK. La coupure n’était sans doute pas infectée – sinon la douleur serait aiguë, non ? Mais qui sait ce qu’elle avait au ventre.
“Vous avez besoin de faire pipi ?”
“Mon Dieu, oui.”

Ils l’aidèrent à se lever. Ils la tinrent pendant qu’elle s’avançait sur le rocher. “Je peux marcher”, dit-elle. Elle fit un ou deux pas hésitants, vacilla, tendit un bras et Wynn l’attrapa. Elle respira et fit une nouvelle tentative, demanda qu’il la lâche, et ils la regardèrent marcher avec difficulté jusqu’aux arbres. Ils ne bougèrent pas. Ils ne savaient pas quoi faire. Devraient-ils envoyer balader leurs interrogations tactiques et bivouaquer ? Faire un feu ? Pour pouvoir rôtir le petit caribou et dormir confortablement ? Deux dans la tente, un près du feu ? Et prier pour que ce qui leur arrivait dessus leur laisse jusqu’au lever du jour, qu’ils puissent traverser l’épreuve à coups de pagaie, s’engager sur les eaux vives ? Ou prier pour que ça n’arrive pas du tout, que cette chose meure d’une façon ou d’une autre, reparte vers le sud, que l’averse la plus violente de l’été ait lieu dans la nuit ? Aucune chance. Ça allait arriver.

Maia reparut. Lentement, légèrement ivre de faiblesse, mais elle avançait.
“Ça va ?” dit Wynn. Il ne pouvait pas cacher son angoisse. “Vous avez soif ?”

Il lui fallut une seconde pour le localiser. Elle était comme une personne très âgée essayant de ne pas partir à vau-l’eau en exécutant une tâche simple.

Ses yeux passèrent sur lui une fois avant de revenir se poser sur son visage, comme la lumière affolée d'un projecteur.

"Ça va, dit-elle. J'ai du sang dans mes selles." S'ils étaient déjà paralysés sur place, ces mots n'arrangèrent rien. Aucun d'eux ne sut quoi dire. Elle s'assit avec précaution sur une saillie de la roche. Elle regarda les garçons.
"Je ne suis pas morte, dit-elle. Je ne pense pas l'être."
Jack repoussa sa casquette vers l'arrière et se frotta les yeux et les joues du dos de la main. "Bon", dit-il.
"On va vous sortir de là et vous emmener à l'hôpital", dit Wynn. Ces paroles semblaient maladroites. À ses propres oreilles. Les lèvres de la femme frémirent dans un sourire.
"Merci", dit-elle.

Ce fut tout. Ce fut tout ce qu'elle eut l'énergie de dire. Vu les derniers jours qu'elle avait passés, c'était déjà beaucoup. Jack alla au canoë chercher la bouteille d'eau à moitié pleine et la lui tendit. Elle but avec reconnaissance, les yeux fermés. Il s'accroupit à côté d'elle et quand elle rouvrit les yeux, elle le dévisagea. Ils étaient d'un vert jade pailleté d'éclats dorés – ou de Kevlar. C'est ce que Jack se dit. Et il les vit s'assombrir exactement comme si l'ombre d'un nuage était passée dessus. Ou l'ombre d'un gigantesque oiseau. "Où est Pierre ?" dit-elle.

QUINZE

La question était directe, mais teintée d'inquiétude et de peur. Jack était moins surpris par la question que par son calme.

"En aval", dit-il. La réponse la plus simple. Elle acquiesça, grimaça.
"Données", murmura-t-elle.
"Comment ?" dit Jack.
"Est-ce qu'il a mes données ?"

La mâchoire de Jack faillit se décrocher. Wynn en posture Del Arbol les surplombait et eut de nouveau l'impression de vivre un rêve étrange.
"Vos données ?"

Elle leva la main droite et essaya de l'agiter. Le temps d'un instant, ils restèrent tous immobiles, comme pris dans une espèce de tableau vivant et incrédule. "C'est lui qui vous a fait ça ?" demanda Jack. C'était la question qu'il voulait lui poser depuis trois jours et au cas où elle s'évanouirait une fois de plus, il n'allait pas la différer davantage. Il voulait que Wynn entende la réponse.

Son front se plissa. Comme si elle essayait de se souvenir. *Vraiment ?* pensa Jack. Vous vous foutez de moi ou quoi ? On va pas avoir de vraie réponse ?

“On s’est disputés, expliqua-t-elle. Le matin où il y a eu un brouillard épais et du vent, je me souviens de ça.”
“Ouais, et ?” dit Wynn de quelque part au-dessus d’eux, impatient.
“J’étais vraiment hors de moi. Il revenait sur sa promesse. C’était censé être mon voyage.” Son regard passa vaguement de l’un à l’autre. Sa voix était faible. Jack craignait qu’elle perde connaissance. Il posa une main sur son épaule valide.
“OK, votre voyage. Qu’est-ce que vous voulez dire par là ?”
“Mon étude”, dit-elle. Les mots étaient à peine audibles. Aïe. Mais elle s’efforçait juste de se souvenir. Apparemment, ça lui causait de la douleur physique. “Il était censé me servir d’assistant de recherche, cette fois, c’était *mon* étude.”
“Okaaaaay, dit Jack. Et ?”
“Et j’étais tellement hors de moi. Vous ne le seriez pas, vous ?” Jack se sentait perdu en pleine mer. Il vit les larmes lui couler aux coins des yeux. Elle était convaincante, en tout cas. Terriblement convaincante. Elle était comme ces patients qui se réveillent après des mois dans le coma et se mettent à parler de leurs projets de vacances.
“Oui, c’est sûr, dit-il. Et ensuite ?”
“J’ai tourné les talons et je suis partie. Je me suis dit : je l’emmerde, vous comprenez ?”
“Oui, oui, on l’emmerde.”
“Et il m’a attrapée par le bras très violemment pour que je me retourne.”

OK, la luxation. Ils avançaient.
"C'était brutal. Ça m'a fait très mal. Je crois qu'il m'a démis l'épaule."
"Je confirme", dit Wynn. Elle leva les yeux vers lui comme si elle le voyait pour la première fois.
"Ah, dit-elle. Oui." Comme si elle avait oublié avec quoi elle était d'accord.
"C'est pour ça que vous avez une écharpe, ajouta Wynn doucement. C'est Jack qui vous a remis l'épaule en place."
"Oh, merci." Elle baissa les yeux vers son bras en écharpe. Presque comme s'il appartenait à quelqu'un d'autre.
"Et ensuite ?" dit Jack.
Elle le chercha du regard. "Et ensuite quoi ?"
"Après qu'il vous a fait mal en vous attrapant par le bras."
"Je ne sais pas. Je lui ai hurlé dessus. C'était vraiment très douloureux. Mon bras pendait. J'ai fait volte-face. Je voulais aller au canoë prendre le téléphone et appeler Pickle Lake, demander un hydravion. C'était fini. Pour moi, c'était fini entre nous. Je le lui ai dit." Elle gardait une expression placide, mais les larmes coulaient sur ses joues.
"Vous aviez un *téléphone* ?" demanda Jack. Il se dit qu'ils en auraient bien besoin à cet instant pour réclamer un hélicoptère et la sortir de là.
Elle acquiesça.
"Et ensuite ?"
"Il hurlait que ça n'était pas fini, qu'il en était hors de question et il m'a encore attrapée, je me suis retournée et je l'ai frappé avec ma main valide. Je l'ai giflé, je crois, et j'ai fait tomber ses lunettes. Elles ont atterri sur les pierres. Cassées. C'était sa seule

paire. On s'est tournés tous les deux pour les regarder. Il est très myope."
"Myope ?" dit Jack.
"Il m'a dit une fois qu'il pouvait reconnaître un chien à un peu plus de dix mètres, mais pas dire de quelle espèce il était."

Tout s'expliquait ou presque : Jack comprit mieux pourquoi l'homme avait eu du mal à voir les chutes après le virage, pourquoi il n'avait pas choisi de leur tendre une embuscade au premier débarquement, mais avait attendu les secondes chutes – parce qu'il ne faisait pas confiance à ses yeux et qu'il avait besoin que les garçons soient regroupés et tout près de lui. D'où l'embuscade depuis la saillie puisque la plage de débarquement était à moins de dix mètres en contrebas ; ils seraient passés dans sa ligne de mire si Jack ne les avait pas fait sortir avant. Pierre pouvait continuer sa descente de la rivière parce qu'en eaux vives il pourrait discerner les remous grâce à l'écume et les contourner. Putain.

"Et ensuite ?" murmura Jack.
"Je lui ai dit : « Va te faire foutre, tu l'as pas volé. »"
Les larmes coulaient en continu, à présent.
"Et ?"
"Je ne sais pas. J'ai perdu connaissance."

Jack et Wynn se regardèrent. Wynn se racla la gorge. Il allait parler, mais se ravisa. "C'était sur quoi, votre étude ?" Elle cligna des yeux. "Sur quoi est-ce que vous travailliez ?"
"Le pouvoir tampon", dit-elle. Elle ferma les yeux et dit, la voix ensommeillée : "La capacité des rivières

subarctiques et des lacs à absorber les pluies acides. Nous sommes géochimistes." Elle le dit comme si elle l'avait expliqué des centaines de fois auparavant. Ce qui était sans doute le cas.

*

Jack dépouilla le petit caribou rapidement, le désossa et ils préparèrent un feu sur la roche, commencèrent par cuire les filets de la taille d'un saucisson, puis dépecèrent le reste des pattes arrière un peu au hasard. Étonnamment peu de viande, à peine dix kilos sans doute. C'était un bébé. Ils avaient parlé du risque de faire un feu de camp, mais il semblait moins risqué de se faire attaquer par surprise en bord de rivière que de s'affaiblir. Ils mirent donc à cuire des lambeaux de viande enroulés autour de bâtons fourchus et d'autres morceaux en brochettes, et tous les trois mangèrent. La femme grimaça quelques fois comme si la viande qui lui arrivait dans l'estomac la faisait souffrir, mais elle continua de prendre de petits bouts de viande et de mâcher lentement. Ils auraient bien aimé avoir du sel, mais personne ne le dit. Quand ils eurent terminé, ils mirent de l'eau à bouillir et firent un thé léger avec un sachet et du sucre. Il leur restait assez de sucre brun pour peut-être deux casseroles. Le thé et l'apport de protéines ranimèrent Jack et Wynn. Quant à Maia, elle avait les paupières lourdes et s'assoupit. Ils allèrent chercher les sacs de couchage pour la tenir au chaud et l'allongèrent sur le matelas comme précédemment, et elle dormit. Dans leur dos, loin du feu, la nuit était froide. Les étoiles de la bande de ciel entre les arbres brillaient moins fort à cause de ce qui s'apparentait davantage à un écran de fumée qu'à de la brume. La nuit était claire, mais pour la première fois, ils avaient les yeux qui piquaient. Ils crurent d'abord que c'était la fumée de leur feu de camp, mais le vent emportait les étincelles vers l'amont. Jack toussa. Quelque chose lui irritait la gorge.

Il leur fallait partir de là malgré le froid, sauf qu'ils n'avaient pas de gants en néoprène, et pour la première fois, ils le dirent tout haut : ils étaient trop cons.
"On est trop cons", dit Jack.

Wynn sculptait le nœud de bois flotté qu'il avait trouvé lors de leur dernier bivouac sur le lac. Il le cala bien au creux de sa main gauche et le taillada, tritura le bois de la pointe de son canif comme si c'était un burin. "Pourquoi on les a pas pris ? Les gants ? Un petit bout de tissu pour une grande sécurité."
"Parce qu'on est trop cons ?"
"C'est ça."
"Parce qu'on est du genre minimaliste. Ce qui est un synonyme de con."
"C'est ça", dit Wynn.
"Parce que tu es un minimaliste."
"C'est ma faute, maintenant."
"J'ai suggéré qu'on emporte des manchons, tu te souviens ?" Il s'agissait de tubes de néoprène comme des gants qui s'attachaient au manche de la pagaie avec du velcro et protégeaient les mains. "Et tu as répondu qu'on était en août." Wynn tressaillit.
"Qu'est-ce que tu sculptes ?" demanda Jack.
Wynn haussa les épaules. "Pas sûr."

Jack plissa les yeux. “Comment est-ce que tu peux fabriquer un truc sans savoir ce que c’est ?” Il le mettait en boîte. En fait, c’était une des choses qu’il admirait chez Wynn : très souvent, il commençait une œuvre d’art – avec des cailloux, du bois ou même de la peinture – sans savoir ce que ça allait donner.
Wynn leva les yeux. “C’est comme la cuisine. Tu as un tas d’ingrédients que tu te mets à cuisiner, mais tu ne sais pas quel sera le résultat. Tu n’as jamais fait ça ?”
“Non. Et ça n’a rien à voir. Ton tas d’ingrédients que tu prépares, c’est de la nourriture. Sous une forme ou une autre. Ce truc… c’est un oiseau ou un éléphant ou un bateau. Si tu ne sais pas ce que c’est, comment tu peux le sculpter ? Tu vas finir avec un tas de copeaux.” Jack semblait vraiment préoccupé par cette question.
Wynn sourit. Il leva un doigt et dit : “Tu verras, jeune padawan.”
“Je t’emmerde.”
“Tu dis souvent ça en ce moment.”
“Et je suis sincère.”

Wynn sourit et continua de sculpter ce qu’il avait à sculpter. Il pivota vers le feu pour mieux voir le bois, et au même moment, le vent tourna aussi, projeta la fumée de biais vers les arbres, et ils entendirent les vagues. Des vagues qui s’écrasaient au loin, se fracassaient et se déchiraient contre le vent. Ils se redressèrent, tournèrent la tête. Les vagues enflaient et refluaient comme si elles respiraient. Ils tendirent l’oreille et s’aperçurent qu’elles étaient ponctuées d’explosions comme la collision d’énormes déferlantes contre la pierre. Et en dessous, ils perçurent un

grondement. Un grondement grave presque imperceptible à l'oreille humaine, comme quelque chose de géologique. Comme des épaisseurs de roche qui grondaient les unes par-dessus les autres.
"Bordel de merde", murmura Jack.

Ils ne voyaient toujours rien, aucun changement dans la pâleur de la nuit qui semblait, maintenant qu'ils y prêtaient attention, légèrement plus éclairée par autre chose que les étoiles. Ou peut-être pas. Et puis ils entendirent un craquement. Dans le rugissement des vagues lointaines, ce bruit comme l'espar d'un gigantesque navire qui se briserait.

Jack pencha la tête pour mieux écouter comme s'il recevait un signal extraterrestre. "Les plus gros parlent, dit-il. C'est ce que m'a raconté mon cousin, le super-pompier de l'Idaho."
"Ils parlent ?"
"Les plus gros feux. Ils parlent, exactement comme ça. Écoute."

Ils écoutèrent. Qui savait à quelle distance il était. Pas encore assez près pour couronner le mur d'arbres de lumière. Il y avait d'autres sons : les turbines d'un bombardier qui déchirent l'air, mille sabots dans une cavalcade, le vacarme de boucliers qui s'entrechoquent, les applaudissements croissants de multitudes comme noyées sous des rideaux de pluie. De la pluie. Torrentielle. Balayant une vallée et s'engouffrant dans un col. Crépitant dans la forêt et imbibant la toundra. Wynn ferma les yeux et aurait pu jurer entendre l'arrivée d'un orage. Comme si le feu dans sa fureur était atteint de glossolalie et pouvait parler le langage de ses ennemis. Et chanter aussi. Par-dessus ce bruit, très léger, il perçut un raclement aigu, un vrombissement d'air qui s'élevait et retombait presque comme dans une mélodie.

Wynn s'avança jusqu'à l'eau. Il regardait dans le noir. Entre les grands arbres des berges se déroulait une bande d'étoiles, une rivière de constellations qui coulait étourdiment sans être inquiétée le moins du monde. Entre les plus brillantes, venant titiller le bras d'Orion et la tête du Taureau, des distances d'étoiles en formation de plus faible intensité et que Wynn observait, un courant profond, ininterrompu, traversé de bulles de lumière comme l'eau gazéifiée d'un rapide. Si ce n'est qu'il pouvait voir à l'intérieur et à travers lui, que ce courant possédait des dimensions insondables aussi vides d'émotion qu'elles étaient infinies. Et si cette rivière, ce firmament, coulait, elle coulait avec une immobilité majestueuse. Rien n'avait jamais été si calme. L'esprit pouvait-il y vivre ? Dans une pureté aussi froide et silencieuse de la distance ? Peut-être que ce n'était pas du tout du silence. Peut-être que dans les feux qui consumaient ces étoiles il y avait des cyclones de décibels, des trompettes et des applaudissements.

Comme dans le nôtre. Notre feu volubile à nous.

Il baissa les yeux vers le mur d'arbres d'en face : sombre. Une obscurité concrète et rassurante. Pas si rassurante. Les bruits secs en rafale de camions déversant du gravier, les crépitations d'artillerie, tout cela était perturbant. Pourquoi ne le voyaient-ils pas ? Pourquoi le son voyageait-il et pas la lumière ?

Ce qu'ils ne comprenaient pas, c'est qu'elle avait voyagé. La lumière. Le ciel entier était si imprégné de l'incendie que les milliards d'étoiles brillaient aussi faiblement que sous le règne de la lune la plus pleine.

*

Qui ne s'était pas encore levée.

Wynn revint en arrière.
"On est des cibles faciles. En restant ici. C'est trop étroit. L'incendie enjambera la rivière d'un coup." Il s'assit à côté de Jack près du feu de camp. "Tous ces animaux. Tous ces oiseaux solitaires. Ce sont eux qui gardent les nids, non ? Les derniers à partir."
"Je me disais la même chose."
"Qu'est-ce que tu veux faire ?"
"J'ai l'impression que si on reste ici, on va mourir", dit Jack.

Ils écoutèrent. Le crépitement misérable de leur feu de camp semblait crier mollement vers le rugissement plus important. Jack dit : "C'est comme s'endormir dans la neige. C'est la même impression. Si on reste ici, il va venir."
"Je regardais la carte. La rivière a dû beaucoup changer depuis le dernier relevé. Elle est plus large dans les endroits où je l'attendais étroite, et il y a aussi ces grandes criques qui ne sont pas sur la carte."
"1959. C'est écrit sous la légende. Elle a soixante ans."
"Les rivières changent tous les ans. Peut-être…"

"Ne compte pas là-dessus. On aurait besoin qu'elle fasse huit cents mètres de large pour avoir une toute petite chance d'éviter le feu."
"Ouais."
"Montre-moi voir ce que tu sculptes."

Wynn glissa trois doigts dans la poche de son pantalon et sortit le bout de bois qu'il tendit à Jack. Juste assez petit pour tenir dans la paume : un canoë. Évidemment. La forme exacte du leur – l'élargissement au milieu, la proue et la poupe très effilées, les bords à la courbe fine. Il venait de commencer à sculpter la coque – les lignes des sièges et des bancs de nage ressortaient à peine. Jack passa la main sur les pans taillés au couteau de la coque et le bout de ses doigts semblait apprécier le rendu grossier, les encoches et les bords ciselés. Il rendit l'objet à Wynn.

"C'est un sex-toy ?"
"Je t'emmerde."
"Qu'est-ce que tu veux faire ?"
"On a le choix ?"
"Non." Jack sortit sa boîte de tabac à chiquer et en prit une belle pincée. Il faisait souvent ça quand ils étaient sur le point de partir. Il cracha dans le feu. "Prêt ?"

Jack marcha sur la roche surélevée vers le bateau et se mit à tirer sur les sangles autour de leurs affaires, serra le plus possible tandis que Wynn réveillait la femme en douceur.

SEIZE

Cette fois, ils portaient tous les trois les gilets de sauvetage. Ils enfilèrent la veste imperméable de Jack à Maia et ajoutèrent des branches au fond du canoë pour éviter qu'elle ne se mouille trop parce que, dès qu'ils arriveraient dans de vrais rapides, petits ou gros, elle se ferait saucer. Pas idéal, mais rien, cette nuit, n'était idéal. Ils ne se donnèrent pas la peine d'éteindre leur feu : un signe de la tête, presque un signe de respect face à l'attaque imminente. Ils aidèrent Maia à monter dans le canoë et partirent. Sans même en parler, ils se mirent en position basse. À genoux, les fesses au bord du siège, ils prirent leur pagaie et ramèrent un peu vers l'amont et le sommet du tourbillon qui les poussa vers le courant principal et laissèrent la rivière entraîner la proue dans une courbe large en accélération, et ils pivotèrent vers l'aval, pagayant en tandem, régulièrement, pas trop vite, et ils concentrèrent leur attention droit devant eux sur la surface plane de l'eau jusqu'à en avoir mal aux yeux, tendirent l'oreille pour repérer des bruits d'eau plutôt que de feu. La rivière entre les phalanges d'arbres et les remparts noirs de la forêt était une chose métallique, peu lumineuse, et ils espéraient qu'elle le resterait même s'ils savaient que ça ne serait pas le cas.

*

Les craquements étaient ce qu'il y avait de plus effrayant. Des sons sans flammes apparentes. Ils descendirent un méandre en forme de S et se rapprochèrent des bruits de coups de feu comme le front d'une armée qui avance, des bruits qui correspondaient aux explosions des arbres les plus imposants, et presque aussitôt ils tombèrent sur des rapides tout en longueur. Ils voyaient les eaux vives pareilles à des vagues au loin, sauf qu'elles étaient beaucoup plus proches qu'il n'y paraissait et avant qu'ils puissent repérer ou deviner une ligne, ils sentirent en même temps un souffle d'air froid et l'accélération, puis une vague en train de se briser souleva la proue, Jack plongea la pale de sa pagaie dans l'écume, et ils y étaient. Projetés en plein dans les rapides. Ils se prirent un peu d'eau par la droite avec la première vague, mais la deuxième passa par-dessus le plat-bord et ils eurent cinq centimètres d'eau glacée au fond du canoë. Ils bifurquèrent vers la gauche, accélérèrent. Tous les deux avaient vu et entendu le grincement d'un grand mouvement hydraulique quasiment au niveau de la proue, un mamelon pâle qui enflait, cognait et sifflait dans un registre grave – le creux arriverait derrière –, et les garçons se lancèrent dans un sprint, Wynn les orientant vers la gauche, chacun pagayant comme un fou à un rythme désynchronisé pour avoir assez de vitesse et ne pas être aspirés dans le siphon. Wynn ne pensait qu'à ça, la vitesse, mais il n'en revint pas de voir Maia libérer la casserole attachée à la sangle du sac derrière elle et se mettre à écoper. Elle recueillait l'eau et la jetait sur le côté avec son bras valide, avec une efficacité presque professionnelle. Bon sang.

La poupe se dégagea. Le courant accéléra à la limite gauche de la vague et Wynn manœuvra avec puissance côté droit pour redresser le bateau et éloigner la poupe et, même dans le noir, il put voir un creux profond et grinçant. Ils étaient sur ce qu'ils savaient être une rampe rocheuse submergée par les eaux vives et le bruit torrentiel était si puissant qu'il se transforma en silence et ils se préparèrent à heurter un rocher invisible, le bruit assourdi d'un choc contre une roche affleurant à peine à la surface, puis le renversement soudain par le côté, le chavirement et le craquement atroce du Kevlar tandis que l'embarcation se pliait autour de la pierre…

Et puis ils passèrent. Le courant rapide et les vagues faisaient un entonnoir vers le milieu de la rivière, la pente sembla se rétablir et ils surent sans le voir qu'ils étaient emportés dans un train de vagues, un enchaînement de déferlantes, et quand ils regardaient, ils voyaient l'écume pâle au sommet des crêtes en suspens qui formaient des moutons, le fracas de l'eau réduit au chant discret de chacune des vagues, puis les vagues transformées en rouleaux lisses et enfin, ils furent relâchés : dans l'eau calme et plate d'une vasque, la surface brillante et métallique de la rivière qui s'étendait à nouveau devant eux, presque placide, un répit incertain.

Maia avait écopé. Pendant toute la traversée du rapide, et elle écopait encore maintenant que le courant les envoyait sur du plat. Elle devait se sentir beaucoup mieux, pensa Jack. Il se tourna et dit : "Eh beh." Assez fort pour qu'ils entendent tous les deux. Puis il ajouta : "Donnez-moi l'écope, vous voulez bien ?" Ce qu'elle fit. Il se pencha vers les chemises trempées remplies de myrtilles, dénoua une manche et versa des baies dans la casserole qu'il tendit à l'arrière. "Du carburant, dit-il. On pourrait en avoir besoin pour la suite."

*

Ils se laissèrent dériver un moment. Emporter vers le nord. Sur leur gauche s'élevait en continu un rugissement étouffé pareil à un orage et à des turbines, ponctué par des sifflements aigus et des explosions de cocottes-minute. Ils ne voyaient toujours rien, mais la brume s'épaississait. Jack trouvait ça sinistre – ce chœur d'instruments discordants qui n'auraient pas dû jouer ensemble – et de temps en temps s'entendait un faible cri qui faisait penser précisément à quelqu'un qu'on écrase. Qu'on écrase et qui grésille en poussant un dernier sifflement torturé et dont l'esprit est envoyé au ciel dans un craquement. C'était abominable. Le vent qui s'était décalé soufflait d'ouest-nord-ouest et apportait le chaos retentissant en plus des rouleaux de fumée qui leur piquaient les yeux et les faisaient tousser. L'eau plate coulait vite, pour l'instant, c'était déjà ça de pris. Sans un mot, les garçons reprirent leur pagaie et relancèrent le canoë.

La rivière s'était élargie sur les trois derniers kilomètres, devait faire dans les cent cinquante mètres de large, et presque instinctivement, ils se serrèrent contre la rive droite, loin du feu. Ils avaient les mains raidies par le froid. De grands arbres immobiles de chaque côté, encore denses d'obscurité, à l'exception des cimes sur la gauche où vacillait une lueur rouge pas éclatante, mais suffisamment intense pour effacer le tiers inférieur du ciel et de ses étoiles. Jack leva la main et Wynn s'arrêta. Ils écoutèrent. Le grondement d'avion à réaction n'était plus étouffé, mais montait et retombait comme si on le secouait. Presque comme s'il respirait.

Leur gorge les brûlait. Jack dut presque hurler. "Normalement, la nuit, ça se calme, mais là non. C'est bizarre. Et il fait super froid."
Ils dérivèrent. Jack reprit : "Et le vent a forci."
Ils attendirent. Ils savaient tous les deux que Jack avait quelque chose à ajouter et devinaient qu'il n'était pas complètement sûr de ce que c'était. Ce qui était quasiment plus effrayant que l'idée d'un monstre gigantesque tapi de l'autre côté de l'écran d'arbres. Wynn pensa à *Jurassic Park*. Il dit : "Quelle bête féroce… ?"
"Quoi ?"
"Rien."
"Ça arrive, dit Jack. Un feu désobéit à toutes les règles. Il est tout près. Pas encore d'étincelles ni de débris volants, c'est déjà ça." Pause. Puis : "La rivière n'est pas assez large."
Il l'avait dit. Vu l'ampleur du brasier, la rivière ne pourrait pas jouer les brise-feu. Inutile de lui demander ce qu'il voulait dire.

"Vous l'entendez. C'est un putain de monstre, le plus gros incendie de la planète. C'est un fait." Il secoua la tête pour tenter de s'éclaircir les idées et peut-être éloigner la réalité. "Il va arriver par ici, la chaleur va créer son propre climat avec des genres de tornades de malade. Comme avec un cyclone ou une tempête. Ce qu'on sent là, c'est peut-être déjà les bourrasques. Le front. La fumée va s'épaissir en se chargeant de gaz et se déverser sur la rivière et si ça s'allume, ben…"

"On est grillés."

"Carbonisés. Mais."

"Mais quoi ?"

"Je sais pas." Jack s'obligea à respirer lentement. Il toussa. "Je sais pas. Ça arrive qu'on voie des feux sauter par-dessus un quartier, qu'une demi-rue brûle en laissant deux maisons intactes et que la rue d'après parte complètement en fumée."

"Ouais, et ?"

"Donc ça dépend. C'est imprévisible. C'est tout." Wynn éleva la voix. "Tu es en train de dire qu'on ferait mieux d'être ces deux maisons."

*

La fumée s'épaissit effectivement. Ils restèrent collés à la rive droite, suivant le courant principal le long des tourbillons près des berges, et la fumée déferla, si dense que le miroir noir de la rivière parut troublé comme si le brouillard était tombé, et puis le vent forcit encore et la fumée se chargea d'étincelles. D'abord des étincelles, puis des lambeaux qui devaient être des feuilles, mais ardentes et rougeoyantes, puis des bandes d'écorce dentelées par le feu. Wynn pensa à des bouts de chair brûlée. Tout ceci volait dans la fumée, se propageait, se repliait et tourbillonnait comme si on soufflait dessus, et le canoë se fraya un chemin à travers. De l'autre côté des arbres – ils voyaient encore la paroi arborée à travers cette fumée épaisse comme du brouillard –, le rayonnement féroce et total respirait toujours plus rouge. Il faisait beaucoup de bruit. Quelle que soit la nature de ces turbines, elles rugissaient juste là, derrière les arbres, et furent soudain interrompues par un zoum ! et un pan ! suivis par le crissement terrible dont Jack savait qu'il était celui de la sève, le sang de l'arbre bouillant, pressurisé et compressé à travers les pores du bois.

Les étincelles et les lambeaux volants leur pleuvaient sur le dos et les épaules. Wynn fit tomber les myrtilles de la casserole et hurla à Maia de remonter sa capuche, ce qu'elle fit, et il plongea la casserole dans l'eau pour les asperger d'eau, elle et lui, puis jeta la casserole à Jack en hurlant.

Il fallait qu'ils gagnent la berge. L'eau était basse par là, l'ombre d'un mur, une berge creusée à un peu plus d'un mètre au-dessus de l'eau, qui descendait vers la rivière et s'élevait de nouveau comme un parapet en pierre moisie. Le feu arrivait à toute vitesse et il leur fallait se baisser le plus près possible du sol, peut-être même dans l'eau, et mettre la tête dans la mousse, les racines ou autre chose de ce genre. Au moment où il se disait ça, il perçut un autre bruit sous celui du feu : le courant accélérait. Putain de merde. Le courant prenait de la vitesse, et le bruit qu'il faisait avait une tout autre tonalité, un son plus blanc, ancien, un registre violent mais propre à l'eau – elle aussi devenait plus puissante, et ils étaient aspirés dans le courant en V d'un autre rapide. Jack regarda à travers la fumée et les débris volants – des brindilles voletaient, des brindilles brûlaient, ça ne pouvait pas être bon signe, et d'ailleurs, elles n'étaient pas si petites –, il y voyait à peine, mais sentit qu'ils parvenaient à un autre rapide qui virait sur la gauche. Génial, c'était déjà ça. Un virage sur la gauche allait les pousser vers l'extérieur du courant et donc vers la rive droite, loin de la fournaise. Déjà ça. Jack hurla : *"Rapides !"*

Ils attrapèrent les pagaies et ramèrent dans les premières vagues qui se brisaient.

La seule chose à faire était de s'assurer d'avancer droit. Puis laisser la rivière les attirer vers l'extérieur, à droite, laisser le canoë droit sur le courant, parallèle, pour qu'ils affrontent ce qui venait de face. Moins de chance de chavirer. Pas grand-chose à faire, donc, mais c'était mieux que rien. Ils pagayèrent, les premières vagues vinrent s'abattre sur eux et dans les rouleaux de fumée, ils avaient du mal à discerner la surface sombre – elle était émaillée de pâles remous, il leur fallait absolument rester à l'écart des siphons. Ils étaient entraînés vers la droite, vers la courbe de la berge, et la proue se dressa, se cabra et la gerbe d'eau les trempa, Maia écopa, et si l'un d'eux hurlait, peu importe qui, les autres ne l'entendaient pas, les cris noyés dans le rugissement général. Et puis la folle déflagration d'un arbre qui explose, et de l'autre côté de l'écran forestier, qui n'était désormais plus qu'un écran, les épicéas dont les troncs ressortaient en contre-jour sur la matière en fusion d'un immense soleil ; derrière eux, au-dessus des cimes, ils virent jaillir du feu, entendirent un zoum ! et virent un panache de vapeur blanche sur un ciel qui n'était plus sombre, un autre zoum ! et un autre arbre qui explosait et la canopée qui s'embrasait. Une couronne de flammes. C'était peut-être du respect mêlé de crainte. Un respect mêlé de crainte face à la terre réduite en cendres – ils furent incapables de détourner le regard et ne virent pas la cassure qui souleva la proue avant de la plonger dans le ressac d'un rappel. Quant à la poupe soulevée à son tour, frénétiquement, elle tenta de ressortir, le ressac bouillonnant les fit gîter et il n'y eut plus que de l'eau. L'eau qui martelait, le rugissement devenu étrangement muet, Jack essayant d'attraper le bateau par n'importe quelle partie, mais il en fut arraché et, la pagaie toujours à la main, se retrouva plaqué au fond. C'est ce qui arrive dans un rappel : il vous coule. La dépression était peut-être profonde, mais ses genoux heurtèrent des cailloux et il roula, sut qu'il était sorti de là, avait toujours la pagaie en main, remonta à la surface d'un coup et respira, atteignit une série de vagues provoquées par des turbulences mais sans rochers, et la première chose qu'il vit furent les arbres tout au long de la berge qui prenaient feu, de cime en cime.

Jack nageait. Il regarda frénétiquement autour de lui et vit que le canoë était tout près, retourné, à quelques dizaines de centimètres. Il plongea, glissa un bras contre la coque rendue lisse par l'eau, la suivit jusqu'à la proue où il trouva la corde. Il l'attrapa. Changea la pagaie de main et se mit à battre des pieds, à nager avec force en nage indienne, tirant le lourd canoë à sa suite. Wynn l'aperçut. Il était juste derrière, lui non plus n'avait pas perdu sa pagaie, un réflexe, il avait été envoyé par le fond, mais était remonté en agitant les bras, cherchant Maia sans la voir, il passa sous une petite déferlante, et c'est au moment de revenir à la surface qu'il se cogna contre elle. Elle remuait son bras valide, buvait la tasse, alors il hurla, lui cria de se mettre sur le dos, ce qu'elle fit, et il la tira brusquement vers la rive droite en suivant Jack. Tous trois furent projetés dans l'eau de rejet, un petit rapide tout en longueur, et ils se retrouvèrent très près de la rive, super, puis en trois ou quatre coups de pagaie, ils passèrent devant un rocher qui affleurait et se retrouvèrent dans le tourbillon de la berge, qui était large et calme. Pas de calme pour eux. Ils flottèrent jusqu'à la vasque sombre et étroite d'une rive composée de galets lisses, Wynn fut poussé vers Jack et, sentant que Maia était entraînée dans le courant, il la rattrapa, le canoë tourna devant eux en direction de la berge, et Jack hurla : *"Passez derrière ! Le canoë !"* Il reprit la corde, lâcha la pagaie et tira Wynn par l'épaule de son gilet, ramena les deux autres vers lui – ils étaient au niveau des hauts-fonds, dans plus ou moins cinquante centimètres d'eau glacée –, hala le canoë chaviré vers eux, puis ils entendirent le rugissement et l'intégralité du mur d'arbres en face prendre feu. La fumée épaisse ne parvenait pas à obscurcir la scène. Ils sentaient le vent. Un vent fort chargé d'étincelles et de débris volants. Le canoë faisait comme une fortification basse et ils se recroquevillèrent derrière, le tourbillon le maintenait bien droit contre la rive, et Jack cria : *"Il traverse ! Baissez la tête, baissez la tête ! Le visage sur les rochers !* " Ils obéirent. Ils baissèrent la tête vers les galets et les quelques centimètres d'eau, sentirent passer une espèce de vent démoniaque à nul autre pareil sur terre, une rafale torride qui bourra le canoë de coups, ils entendirent le bois brûlant battre l'air à son approche, le cliquetis des charbons ardents, eux trois la tête plongée dans les rigoles d'eau qui se faufilaient entre les galets, et furent bien obligés d'entendre l'enfer leur passer par-dessus.

Carbonisation éclair. Le vent dut tourner, ou bien Dieu exprima un peu de pitié. Parce qu'ils ne brûlèrent pas, leurs poumons ne brûlèrent pas. L'embrasement ne fut pas total, sinon ils n'auraient plus été là. Mais ils sentirent passer les bourrasques et entendirent les arbres s'embraser et pousser des hurlements inhumains à moins qu'ils ne viennent d'un esprit tourmenté, une flambée, un craquement de protestation, et les branches carbonisées qui tombaient sur la barre de gravier. Et le vent retomba. Cette férocité. Pareille à une expiration. C'était encore là, ça leur appuyait sur le dos, mais ça n'était plus mortel. Comme un vent chaud, de ceux qui s'engouffrent sur la rivière d'un désert en fin d'après-midi. Jack connaissait ça. Il se mit à genoux et, dans un effort incroyable, il souleva le canoë pour le retourner. Où était la casserole ? Il l'avait clipsée au banc de nage, il en était sûr, il ne la voyait pas, putain, le bateau était plein d'eau, mais au moins, ils étaient sortis des rapides, la rivière était moyennement agitée à cet endroit, il leur fallait traverser. Rejoindre l'autre côté. Retourner dans la gueule du feu. Parce que la chaleur était intense et le paysage ardent, mais de l'autre côté de la rivière, tout avait brûlé, tout était noirci, cette partie de la forêt avait expiré et donc recraché toute sa férocité. Ils devaient y aller parce que le front de l'incendie avait gagné ce côté où un carburant n'attendait que de prendre feu, et il se propagerait, il était au-dessus d'eux et dans une minute il emporterait toute la berge, créerait son propre vent comme il l'avait fait avant, et si jamais ce vent rebroussait chemin, si la fumée et les gaz revenaient vers la rivière, ils pouvaient encore passer sur le gril. Le feu pouvait très bien retraverser la rivière dans l'autre sens, et il n'y aurait plus rien à brûler qu'eux. Il secoua durement Wynn, leva la tête et dit : "Il faut qu'on remonte dans le bateau maintenant ! Quand ça aura vraiment pris sur cette berge, on risque aussi de se faire cramer. Maintenant !" Hébété, Wynn parvint à acquiescer.

Elle gémissait. Bien. Elle ne s'était pas étouffée. Son bras blessé s'était libéré, avait perdu l'écharpe, il pendait inutilement le long de son corps. Wynn la fit rouler et une brindille embrasée heurta le visage de Maia ; heureusement, elle dégoulinait d'eau et la brindille siffla. Wynn jura, la mit sur le côté et lui dit à l'oreille bien fort : "On va bientôt pouvoir se reposer, mais il faut remonter dans le canoë. Tout de suite."

Wynn se leva, se retourna et poussa un hurlement. Un débris enflammé lui toucha le côté gauche du visage. Jack fit volte-face. Feuille ou écorce renvoyée brusquement par le vent changeant, elle se colla au visage de Wynn comme une main brûlante et il se gifla pour s'en débarrasser, hurla de nouveau, trébucha dans l'eau qui lui arrivait aux cuisses et tomba.

Jack accourut. Wynn était ballotté vers la rive et tentait de se relever, jurait en essayant de ne pas se toucher le visage où une bande de peau à vif pareille à la brûlure laissée par la grille d'un barbecue et pleine de sang caillé lui barrait la joue de la lèvre au coin extérieur de l'œil. Jack l'avait rattrapé alors qu'il trébuchait, mais Wynn se releva et dit : "Ça va. J'ai été surpris. Ça va. Cassons-nous d'ici." Il n'avait pas l'air bien, mais Jack pensa : il est en un seul morceau, on se tire.

*

Le canoë était inondé, raclait la roche – ils avaient eu de la chance qu'il ne se soit pas brisé. Ils laissèrent Maia où elle était, tirèrent le bateau sur des galets humides et, sous la pluie d'aiguilles et de branches en feu, le basculèrent sur le côté pour vider l'eau. Le sac, la boîte et la carabine étaient toujours attachés, Dieu merci, mais ils avaient perdu les myrtilles. La petite casserole en inox heurtait le banc de nage en se balançant. Wynn s'attaqua aux derniers centimètres d'eau qu'il écopa rapidement. C'était assez. Les garçons faisaient tomber les débris en feu qui ne cessaient de leur pleuvoir sur les bras et les épaules, et Jack dut se précipiter sur Maia pour enlever une branche qui avait atterri sur ses jambes – un blizzard d'étincelles instable, des bouquets d'aiguilles de pin telles des fusées éclairantes, des feuilles de bouleau transformées en dentelles de feu, mais le vent était retombé, il tourbillonnait, apparemment confus, il tournait sur lui-même comme un chien qui se couche pour dormir, la fumée dense était éclairée, le rugissement d'avion à réaction avait cédé la place au crépitement et au chuchotement de mille feux de camp, c'était étrange.

Cela effrayait Jack encore plus que l'assaut en lui-même, il ne savait pas pourquoi. Ou bien si, il savait : à cause de la dévastation de ce coup de torche, de la dispersion de la ligne de front, et parce qu'eux-mêmes se retrouvaient à la frontière de deux mille cinq cents kilomètres carrés de carburant prêts à s'enflammer et que le feu était juste derrière. Ils étaient au pied d'un tyrannosaure. Le brasier commençait à prendre possession de la forêt intacte, à couronner les cimes des nouveaux arbres. Ils devaient partir. Ils poussèrent le bateau à l'eau, installèrent Maia et s'élancèrent sur le clapot de l'eau de rejet.

Ils ne se retournèrent pas. Ils entendirent de nouveau l'assemblée des murmures, les bruissements et les couinements, les craquements quasiment comme si le feu s'interrogeait sur ses propres intentions et que la forêt lui répondait : "Ça fait une éternité qu'on t'attend." Moins de violence extrême, quelque chose qui s'apparentait plus à une conversation tendue, mais cathartique. Ça changerait. Jack savait que bientôt le feu redécouvrirait sa passion pour la mort. Ils pagayèrent. Ils ne traversèrent pas tout droit, mais descendirent de biais pour rejoindre l'autre berge et quand Wynn les orienta vers l'aval, Jack hurla :
"Amène-nous à la berge !"
"Quoi ?"
"On n'est pas en sécurité sur la rivière !"

Wynn n'avait plus la moindre question. Dans la lumière vacillante du feu derrière eux, il vit sur la rive gauche un pays sorti de l'*Enfer* de Dante, un monde d'ombres, de restes carbonisés, de pointes et de troncs noircis encore parcourus de flammes bleues, ou en feu, un sol calciné réduit à l'état de poussière minérale scintillant de braises, et la rive elle-même était des plus étranges : les racines à nu qui poussaient sur ces berges érodées avaient brûlé et laissaient à présent des galeries de terre noircie pareilles aux ruines d'une affreuse fourmilière. Il barra brusquement à gauche pour changer de cap et les emmena vers un étroit banc de gravier. Jack sauta du canoë. Il tira la proue sur les cailloux bizarrement poudrés de cendre comme de la neige et encore chauds.

"Il ne pleuvra pas, lança-t-il. Pas ce soir. La rivière ne va pas monter – on court aucun risque à s'en éloigner."

"S'en éloigner ?" Deux explosions derrière eux. Ils ne se retournèrent pas pour la regarder, mais la petite plage fut illuminée.

"On n'est pas à l'abri, dit Jack. Pas ici." Il refusa d'assister au nouveau massacre perpétré de l'autre côté de la rivière : une étendue d'eau droite, le feu qui consumait le mur d'arbres par poches, les différents pans qui s'enflammaient et mouraient. Cela lui rappela les aurores boréales qu'il avait vues l'autre nuit, la grande forêt sous les étoiles qui semblaient vouloir répondre.

Wynn descendit du canoë, jeta un coup d'œil à Maia qui était réveillée, bien, et dans ses yeux écarquillés, il voyait le reflet des flammes. Il s'avança vers Jack. De ce côté-ci, ils n'entendaient que des sifflements bas, des cliquetis et des pépiements, un crépitement frémissant comme un million de criquets, des criquets surgis des flammes de l'enfer, chantant l'apocalypse et la mort par le feu.

"Qu'est-ce que tu veux dire ? demanda Wynn. Tu penses qu'on devrait aller où ?"
Jack pointa l'intérieur des terres.
"Là ? T'es dingue ?"

Jack le prit par les épaules et le fit se retourner. Les poches d'incendie tout le long de la berge opposée avançaient ensemble à vitesse croissante, et ils virent les cimes s'embraser les unes après les autres, de plus en plus vite, les jets de flammes montant de plus en plus haut.

"Ce qui s'est passé ici va se passer de l'autre côté, dit Jack. La température de cette saloperie augmente, ça ne fait que commencer. Et une fois que le feu aura créé son propre climat, on peut s'attendre à tout. Il peut aussi bien faire demi-tour. Revenir en arrière. Quelle est la largeur de la rivière ? Centre trente mètres ? Ce n'est pas assez."
"Putain." Wynn souffla le mot. "Vraiment ? T'es sûr ?"

Jack ne répondit pas. Il laissa le spectacle de l'autre côté de la rivière parler pour lui. Finalement il dit : "Les pompiers qui affrontent les feux de forêt appellent ça courir dans le noir. Plus exactement, retourner dans le noir. Nous, on va pas courir, pas avec Maia, mais il faut qu'on bouge de là. Ce sera pas confortable, mais ça sera mieux que de se faire cramer."

Il laissa ces mots faire leur effet. Wynn acquiesça, mais quasiment comme s'il croyait vivre un mauvais rêve et que ce qu'ils décidaient n'avait aucune importance.

DIX-SEPT

Marcher à la lisière de l'enfer, c'est : remplir de quelques centimètres d'eau ses bottes en caoutchouc – et ça paraissait la meilleure chose à faire. Ils les avaient encore parce que Wynn avait pensé à les fourrer dans le sac pour la descente de nuit. Au cas où. Au cas où il arriverait ce qui était arrivé. S'ils les avaient portées pendant le chavirement, ils les auraient perdues. Ils pataugèrent donc à travers la terre vaine de la forêt calcinée. Peut-être parce que la lune n'était pas levée, que la lumière provenait des arbres qui explosaient sur l'autre rive – à nouveau cette impression de pulsation, un souffle ou une pression sanguine, comme quelque chose de vivant. Le paysage carbonisé était vibrant de lumière. Noir et rouge : sol noir, souches noires, braises rouges, lointains noirs entre les souches en feu. Il faisait chaud. Ils marchèrent à travers les troncs et les pieux cramés – squelettes décharnés d'arbres anciens. Ils contournèrent des troncs évidés, certains de six mètres de haut, qui transperçaient la nuit et murmuraient, encore parcourus de flammèches. Ils passèrent devant une souche décapitée dont l'écorce était encore miraculeusement là, brûlée et striée de résine.

Ils passèrent devant un groupe d'épicéas, dix arbres environ, roussis mais debout. Comment ? Comme de retracer les chemins du destin. Et s'ils eurent l'impression d'être en enfer au début, ce fut le paradis au bout de quelques minutes. Ils tenaient Maia entre eux pour l'aider à marcher, ils avançaient lentement et personne ne parlait. Ils évitaient les racines qui continuaient de brûler et se méfiaient de celles qui brûlaient sous une couche de terre. Ils transpiraient, le sol était très chaud, mais ne faisait pas trop fondre leurs semelles. Ils toussaient. Ils avaient les sinus en feu, mais la majeure partie de la fumée avait disparu. Ils étaient frappés d'horreur et terrifiés. Ils ne disaient rien et de temps en temps, l'un ou l'autre haletait.

Ils parcoururent environ quatre cents mètres et Jack murmura : "Inutile d'aller plus loin. On va attendre." Il avait la voix enrouée. Il était mort de fatigue. Ils grattèrent un carré de terre calcinée du bout de leurs bottes et restèrent plantés là, muets au milieu des troncs hérissés et ardents qui respiraient autour d'eux. C'était irréel. Jack regarda autour de lui et pensa que l'*Enfer* de Dante n'était pas crédible : non à cause des détails invraisemblables – même s'ils l'étaient –, mais à cause de la sérénité inébranlable de Virgile.

*

Ils attendirent des heures. Ils s'appuyaient les uns sur les autres, tenaient Maia et dormirent comme des chevaux, debout. Le sol était encore trop chaud pour s'asseoir. Maia était faible, ses genoux cédaient, alors ils la relevaient. Un croissant de lune griffa la fumée à l'est, une lune faible, alourdie de sang. Quand Maia s'effondra de nouveau, ils décidèrent de partir. C'en était trop – ils allaient retenter leur chance sur la plage.

Ils revinrent lentement. À pas de somnambules. Elle marmonnait, des mots incompréhensibles. Jack était incapable de regarder Wynn ; dès qu'ils passaient devant une souche encore rougeoyante, la grosse brûlure qui lui barrait le visage brillait de pus et de sang. Il gardait les yeux rivés sur le front de l'incendie qui s'éloignait à l'est, des yeux remplis de peur, le bras engourdi à force de soutenir Maia. Wynn la tenait par la ceinture et ne pensait à rien. Il vit des ombres passer, des formes qui ressemblaient à des caribous, des coyotes, des élans, rapides et légers comme la fumée, il vit même un ours, et savait qu'il s'agissait de fantômes. À moins que ses yeux n'aient été fermés ; il n'arrêtait pas de les rouvrir.

Ils arrivèrent d'un pas trébuchant le long de la rive jusqu'à la bande de gravier. Le canoë était toujours là, intact, et une montée d'adrénaline fit sursauter Jack qui pensa : et si le feu était revenu et avait fait flamber le canoë ? Qu'auraient-ils fait ? Plus de rondins pour fabriquer un radeau. Il n'avait pas pensé à tout. Ils seraient restés hébétés sur l'étroite plage comme des naufragés et auraient regardé un soleil rouge se lever sur leur mort.

Bon sang. Difficile de penser à tout. Impossible. Ils avaient eu de la chance. Était-ce vraiment de la chance ?

Ils dormirent sur les cailloux sans prêter attention au froid. La chaleur de l'incendie avait eu l'avantage de sécher leurs vêtements et de réchauffer leurs os frigorifiés. Aux premières lueurs granuleuses du jour, ils remirent le canoë à l'eau sans un mot et aidèrent Maia à monter dedans. Elle s'adossa au sac et perdit connaissance. Ils filèrent. Ils voyaient leur souffle. Dans l'aube grise, la rivière fumait et formait des tendons de brume. Pas de vent, l'eau aussi lisse que du verre. Pas un son, mais des vaguelettes sur les pierres de la rive. Pas de gazouillis d'oiseau, pas de criquets. La rivière et les terres calcinées de chaque côté étaient parfaitement immobiles, le seul mouvement provenait des flammèches qui asticotaient les plus gros troncs effondrés. "Big, dit Jack, on a besoin de carburant. De nourriture. À mon avis, on va pas retrouver de myrtilles avant longtemps."
"Tu veux qu'on pêche ?" Dieu merci ils avaient défait les cannes et les avaient rangées dans le sac.
"On ferait bien."
"OK. Je fonce vers la première crique." Wynn prit sa pagaie et la replongea dans l'eau. Le bateau avançait tout seul, propulsé par leurs premiers coups de pagaie – le glissement silencieux et la liberté d'être détachés de la terre comme s'ils prenaient leur envol, ils aimaient tellement cette sensation. "On n'est vraiment pas passés loin", dit-il.
"C'est clair."
"Je me sens soulagé", dit Wynn.
"Moi aussi, vraiment."
Wynn ouvrit la bouche pour parler, n'eut rien à dire. Jack, à moitié tourné sur le siège avant, le regardait. "Je sais", dit-il. Le visage de Wynn était déchiré par la brûlure, noir de saleté et les larmes y traçaient

des rigoles pâles. “Je sais. On s’en est bien tirés, dit Jack. Vraiment.” Sentant monter ses propres larmes, il se retourna et commença à pagayer.

*

C’était l’épuisement, pensa Jack. Les larmes. La faim, le froid, l’épuisement. Combien de temps tiendraient-ils ?

*

Un point positif : l’homme n’aurait nulle part où s’abriter. Pas ici. Avait-il survécu au feu ? S’il avait un jour d’avance, il était peut-être passé complètement à travers. Mais comment deviner jusqu’où allait le feu ? Autant qu’ils sachent, il se dirigeait vers le delta et la côte. Qu’est-ce qui l’arrêterait ? Mais ils devaient faire comme si l’homme était toujours vivant. Au milieu de ces terres dévastées, ils pourraient le repérer avant de se retrouver dans sa ligne de mire. Ils avaient toujours la carabine, Dieu merci. Si la lunette n’avait pas trop morflé, ils seraient en mesure de se laisser dériver, de le mettre en joue et de l’abattre. Pas *ils*, Jack. Wynn refusait encore l’idée de le tuer de loin. Peut-être plus maintenant. Pour Jack, ça n’avait plus d’importance – il se mettrait en chasse et tirerait sur l’homme à la première occasion, et à moins que Wynn ne l’emmerde en essayant de faire tanguer le canoë, il l’éliminerait.

Ils pagayèrent. Le soleil qui se levait brûlait d’un rouge presque cramoisi à travers la fumée posée sur l’horizon à l’est comme un front nuageux et ne fut pas visible en tant que soleil avant d'être à mi-chemin du zénith, et même là, ce disque rouge incandescent ressemblait plus à une planète en fusion qu'à une étoile. Tout au long des rives érodées se trouvaient des traces écrites dans la terre humide, là où les racines avaient été noircies, lignes qui bifurquaient comme une calligraphie illisible. La topographie révélée était un désert. Une grosse partie de la région avait été couverte de lichen et de mousse parfois sur plusieurs dizaines de centimètres d'épaisseur, et tout ça avait brûlé dans la nuit, avec les sous-bois, les épilobes et les saules, ne restaient que la terre calcinée et la roche, les pieux noirs et sépulcraux des arbres, et sans la forêt, on voyait beaucoup plus loin, le sol qui s'élevait légèrement et retombait tout autour, les eskers quasiment débarrassés de leurs arbres, les plis où les ruisseaux avaient coulé, secs comme s'ils s'étaient évaporés. Pas marrant, pensa Wynn. Devant cette terre dépouillée de sa géographie, il ne se sentait plus chez lui.

Il restait une poignée de barres énergétiques dans la boîte et quand Maia se réveilla et s'assit, Wynn fit sauter le couvercle d'un mouvement du pouce, sortit trois barres et chacun en mangea une. Ils dérivèrent. Dans leur sang, le sucre eut presque l'effet d'une tasse de café fort et ils se sentirent soudain plus réveillés, plus alertes. Ils mouraient vraiment de faim, pensa Jack. Il observa les rives et bien sûr, il n'y avait rien à cueillir. Et pas de bois pour faire un feu, réalisa-t-il. Même si la seule idée de toucher une allumette le faisait presque frémir. Ils avaient toujours la casserole. Comment feraient-ils cuire les derniers repas lyophilisés ? Maia pourrait les manger mélangés à de l'eau froide. Comment feraient-ils du thé pour se fortifier ? Les feux de forêt avançaient par poches, toujours, il y avait donc bien des endroits le long de la rivière qui avaient été épargnés pour une raison ou une autre, forcément – il faudrait garder l'œil ouvert. Pour ça et pour l'homme. Peut-être était-ce l'apport de sucre et de protéines, mais avant de pouvoir se retenir, il dit : "Maia. Je me trompe pas, c'est bien Maia ? Votre connard de mari nous attendait en embuscade aux dernières chutes. Quelles sont les chances pour qu'il recommence ? S'il n'est pas complètement cramé, je veux dire."

Il ne voyait que l'arrière de sa tête. Les cheveux qui s'étaient échappés de la tresse durant leur long moment à l'eau. Elle avait aussi perdu le bonnet de laine et son pansement. "Pour qu'il essaye de nous tuer, vous voulez dire ?" demanda-t-elle doucement. Cela le surprit. La réponse toute prête, pertinente. Elle devait aller mieux, malgré les différents traumatismes.
"Oui."

Jack jeta un coup d'œil à Wynn qui avait l'air affligé. Jack eut envie de le gifler. *Ce que tu ne veux toujours pas regarder en face peut encore nous tuer, Big.* Il faillit le dire, mais se retint. S'il fallait en arriver là, il tuerait cet homme lui-même.

Elle était très immobile. Pas d'une immobilité passive, mais de celle qui reste droite face à une rafale d'émotions. Manifestement, elle retrouvait des forces. "Il a essayé de me tuer."
"C'est ce que je pensais", dit Jack doucement.

“À moins d’avoir beaucoup de chance, quelqu’un va mourir.”

*

Ils essayèrent de lire la carte. Ils avaient perdu tout sens de l’orientation lors de la descente nocturne et ne savaient plus trop quels rapides ils avaient passés. La rivière allait vers le nord, mais comme elle serpentait beaucoup, il arrivait qu’elle reparte vers le sud, et elle avait aussi beaucoup changé depuis le dernier relevé effectué en 1959, mais le tracé général devait être le même. Cependant, difficile de s’orienter avec le soleil juste au-dessus de la tête. Ça irait mieux quand il commencerait son trajet vers l’ouest. Encore mieux à la tombée de la nuit. Le ciel avait été dégagé au cours des deux nuits précédentes et ce soir, avec une visibilité sur un beau tronçon de rivière, ils pourraient sans doute se positionner grâce à l’étoile du Nord et faire correspondre ce qu’il voyait à un bout de la carte. Marquer les lieux d’une croix était important. Jack dit : “Primo, on ne veut pas se faire surprendre par un autre rapide. Deuzio, il doit s’adapter aux mêmes contraintes que nous : il ne peut pas se permettre qu’on le dépasse. Donc il attendra là où il sait qu’on s’arrêtera, au sommet d’un portage. Juste avant les prochaines grosses chutes.”

Cela paraissait logique. Il ne pourrait peut-être pas se cacher sur les berges calcinées de la rivière, mais pourrait trouver une planque à un point de cassure de la rivière – les plus grosses chutes sont souvent entourées de saillies rocheuses. Comme l’autre fois.

Il pourrait se dissimuler derrière un affleurement. Mais. Quoi qu'il en soit. Ils n'étaient pas obligés de partir à sa poursuite. Sûrement qu'il attendrait. Ils devaient d'abord manger. L'expérience du feu avait été traumatisante, mais alors qu'ils pagayaient avec régularité sur une eau plate, la disparition des myrtilles leur parut plus douloureuse encore. C'était un choc supplémentaire : en pleine saison des baies, avec les myrtilles, les mûres et leurs cousines qui faisaient ployer les tiges des arbustes, toutes ces calories dont ils avaient besoin à portée de main, le feu avait tout emporté en un éclair. La rivière s'était occupée du reste : ils avaient aussi perdu le reste de la viande de caribou dans le chavirement. Elle aurait été d'une grande utilité à cet instant.

Un peu valait mieux que rien. Après plus ou moins cinq kilomètres à travers les terres dévastées, à longer d'énormes troncs effondrés encore léchés par des flammes jaunes et des souches acérées qui donnaient l'impression de rendre l'âme à force d'exhaler de fines volutes de fumée blanche, ils aperçurent un ruisseau qui se jetait dans la rivière à gauche. Il coulait entre les rives basses calcinées et les roches noircies, était saupoudré de cendre fine, mais son eau était claire. Ils s'arrêtèrent sur le banc de sable apparemment intact, burent directement au ruisseau et sortirent leurs cannes, les montèrent et pêchèrent. Ils se dirent que s'ils attrapaient du poisson, ils le cuiraient sur les souches qui se consumaient encore. Cela les égaya un peu, suivre à nouveau cette simple routine, les étapes du rituel – agencer les brins, fixer le moulinet avec l'anneau de serrage, faire passer la soie dans les anneaux, choisir une mouche –, les

étapes d'une discipline pratiquée depuis toujours, promesse de joie. Ils pêchèrent pendant une heure dans la chaleur de l'après-midi – les nuits glaciales semblaient avoir rafraîchi les journées, il ne faisait plus si chaud, c'était agréable et doux. Ils pêchèrent dans cette brise sans que rien ne morde. Ni fretin ni vairons autour de leurs chevilles. Alors qu'ils lançaient, tiraient sur la soie et la remontaient, leur moral en prit un coup. Ni l'un ni l'autre ne voulait être le premier à dire. Wynn se rapprocha de Jack et lâcha, "Ils sont partis."
"Je sais."
"Ça n'est pas très profond. Tu crois que l'eau a pu bouillir ? À moins que ce soit à cause de toute cette cendre ?"
Jack haussa les épaules.
"Pourquoi on ne voit rien flotter ?"
Jack haussa les épaules à nouveau. "Je sais pas. Il y a eu un effet lance-flammes. Pas de doute qu'à 1 400 °C, un ruisseau bout. Je n'y avais pas pensé."

Wynn se dit : tu ne peux pas penser à tout. Tu es tellement dur avec toi-même, des fois. Wynn n'allait pas encore pleurer devant son ami, mais sans trop comprendre pourquoi, au milieu de tout ce qu'ils avaient enduré récemment, c'est la disparition des truites qui lui semblait le plus triste.

Ils l'entendirent en même temps, un bruit de gravier qui crissa derrière eux, et ils se retournèrent d'un coup. Maia était debout. Le bras gauche replié sur le côté, peut-être pour couvrir une douleur au ventre. Elle était hirsute, mais debout.

“Ils ne sont pas tous morts”, dit-elle d’une voix râpeuse. Mais presque normale. Elle ressemblait… presque à une femme normale. “Ça arrive. On… j’ai déjà été témoin de gros incendies pendant nos expéditions. Mes expéditions.” Elle effaçait l’homme de ses images mentales, essayait. “Les poissons semblent comprendre qu’il se passe quelque chose et beaucoup vont vers l’aval.”
“Sans déconner”, murmura Jack. Il était franchement fasciné, et soulagé. Il était toujours fasciné par l’implacabilité et la violence de la nature. Si belle et totalement insouciante. C’était fascinant. La complexité de son intelligence aussi. Son équilibre. Ses compensations discrètes. À croire qu’une justice anonyme régnait partout. Il ne s’avancerait pas davantage. Mais comparée aux mécanismes de la nature, l’intelligence vorace et autosatisfaite des humains paraissait bien faible, pas plus grande.

“Ils finissent par remonter, dit-elle. L’été prochain, si les insectes reviennent – ce qu’ils feront –, les poissons reviendront en masse.”

Ils restèrent plantés là bêtement, au soleil, baignés par les odeurs de terre calcinée, et celles, bienvenues, plus froides, du ruisseau cendreux, et accueillirent la perspective d’un retour de la vie. Ainsi que l’absence totale de nourriture pour eux.

*

Ils démontèrent les cannes et les rangèrent dans le sac. Ils se désaltérèrent au maximum au ruisseau, remplirent la casserole abîmée mais fidèle d’eau claire – le courant ne deviendrait opaque, boueux et cendreux qu'à la prochaine pluie – et ils partirent.

*

Ils pagayèrent en silence pendant un moment, puis se laissèrent dériver. En l'absence de vent, au milieu du courant, ils devaient atteindre quatre nœuds. Ils n'avaient pas compté les affluents qu'ils avaient croisés, ni évalué leur volume, mais ils s'additionnaient et augmentaient la vitesse de la rivière. Les garçons étaient un peu abrutis par la fatigue. La faim. Ils n'avaient pas de plan. À combien de jours étaient-ils du village ? Ils avaient perdu le compte.

Un peu plus loin, ils le sauraient, ils en étaient sûrs. Parce qu'un peu plus loin se trouvaient les plus grosses chutes de la rivière. Les Last Chance, et à partir de là, il leur resterait trois jours. Quelques kilomètres après les chutes, ils rejoindraient la Pipestem, une autre grosse rivière qui arrivait de l'ouest, après quoi le courant serait plus rapide, les deux rivières creuseraient un lit plus large, il y aurait moins de pente et ils pourraient tout pagayer, le moindre clapot. Ils pourraient la descendre, même morts de faim. Ils pourraient se laisser porter quand le vent retomberait et économiser leurs forces. Ils y arriveraient. Sans doute. Ils n'avaient pas de plan, mais ni Jack ni Wynn n'avait l'intention de laisser cet homme les abattre.

Le vent était moins fort et ils pouvaient pagayer tranquillement. Quand la rivière accélérait dans un virage, ils effleuraient l'eau juste assez pour redresser le canoë et sinon ils se laissaient porter. Ils le savaient : à partir de maintenant, leur vie était en jeu et ils devaient se ménager. Il fallait rester alerte et sur ses gardes – ne pas se laisser gagner par l'engourdissement de la faim. Quand l'homme attaquerait, il faudrait répliquer. Ou attaquer les premiers, ce qui était apparemment le truc de Jack – qui aurait cru qu'il avait un tempérament de tueur ? Voilà à quoi Wynn pensait tandis qu'ils longeaient une bande de gravier sur la rive droite et un monticule bizarre, un tas noirci qui puait les poils brûlés. Wynn orienta le canoë jusqu'à ce qu'ils soient à trois mètres de la roche plate et il vit que le tas en question était hérissé de brindilles. La puanteur lui donna la nausée quand il comprit qu'il s'agissait d'une maman ours et de son petit à moitié brûlés, et il eut un haut-le-cœur, mais rien ne vint.

"Bordel", dit Jack. L'ourson était à moitié sous la mère comme s'il cherchait un abri et, par endroits, sous la fourrure brûlée de sa mère, apparaissaient des couches de graisse et des os calcinés. Ils avaient dû courir vers la rivière pour échapper au mastodonte de feu et se faire rattraper par la fumée avant d'être carbonisés.

Ils passèrent devant et Jack dit : "Oh, attends. Big. Arrête-nous. On pourrait récupérer la viande."
"Pas question."
"On n'a pas le choix."

Wynn était d'une pâleur fantomatique. Il s'essuya la bouche sur son avant-bras, ses lèvres tremblaient, il donna deux coups de pagaie puissants et laissa le courant les emporter. Cette fois, il n'écouta pas son ami. Pas question qu'il touche à ces deux-là, et de toute façon, il n'aurait pas été capable de digérer la moindre bouchée de leur chair.

Jack le fusilla du regard. Cette fois, Wynn ne s'excusa pas. Il regarda au loin et pagaya.

*

Combien de temps ? Personne ne compta les heures. Le soleil libéré de la fumée se leva et laissa un ciel blanc lessiver le sang. Il bascula de l'autre côté du zénith. Ils pagayèrent. Rien de décousu, des gestes lents et délibérés. Personne ne parlait. Elle dormait. Plus aucun aigle sentinelle pour prendre son envol depuis les arbres les plus hauts, ces derniers réduits à des flèches noircies alignées sur les berges comme les mâts de navires naufragés, le feu ayant brûlé leurs branches et les grands nids. Plus de moucherolles phébis en train de pépier, plus de couples de harles bièvres volant rapidement vers l'amont, plus de huards laissant échapper un rire ou un geignement. Restaient le friselis du courant à travers les moignons d'un pin calciné tombé dans l'eau, le bruit sourd occasionnel d'une pagaie contre la coque, le son mouillé des pales qui remontent à la surface. Dans l'après-midi, Wynn murmura, puis lança : "Putain, enfin."
"Quoi ?"
"Regarde."

Jack regarda. Sur la rive droite, le feu s'était arrêté. Ou avait fait une pause. On aurait dit la frontière d'un autre pays. Le désert noir d'un côté, la terre verdoyante de l'autre – les saules, les aulnes, les épilobes tapageurs d'un rose éclatant. Et les bois – le vert sombre de l'épicéa et du sapin, le mélèze rouillé et le bouleau jaunissant. C'était un miracle. C'était l'effet que ça faisait.

"La vache."
"Il y a un ruisseau", dit Wynn. Il avait raison. Plus large que les précédents. Le ruisseau et le vent semblaient avoir dessiné une limite abrupte. Relativement abrupte. Au milieu du vert, quelques-uns des arbres les plus grands avaient brûlé comme des torches dans une gloire plutôt solitaire et les garçons virent que certains parmi eux n'avaient brûlé qu'en partie, sur un côté ou au niveau de la cime, et que le reste vivait encore. Wynn se demanda si les arbres connaissaient quelque chose de semblable à la douleur. Ou à quoi pouvait ressembler la douleur pour un être dépourvu de système nerveux.

"Est-ce qu'on regarde s'il y a du poisson ?" demanda-t-il.
"On ferait bien, oui. Puisqu'on n'a pas de viande d'ours."

Wynn n'ouvrit pas la bouche et donna un coup en J plus brusque qui les propulsa vers la plage.

DIX-HUIT

L'eau d'un ruisseau en limite de feu pouvait-elle bouillir ? Le poisson de ce côté de la rivière avait-il senti venir l'incendie et fui comme les autres avaient dû le faire ?

C'était un ruisseau d'eau noire comme les précédents et couvert de cendre blanche probablement portée jusque-là par le courant. Dans les tourbillons, une fine couche de poussière formait à la surface une pellicule pareille à du pollen.

Sur le coup, ils ne virent pas de truites, mais décidèrent de pêcher quand même. Ils devenaient pointilleux, sentaient diminuer leurs réserves de bonne volonté. Il fallait qu'ils mangent, mais se disaient que maintenant, s'ils ne pêchaient rien ou ne trouvaient pas de protéines, ils pourraient au moins cueillir des baies et en consommer assez pour reprendre la route. Grand soulagement. Ils accostèrent et Maia se réveilla, ils tirèrent le canoë bien haut sur la berge et ouvrirent le sac derrière elle pour en sortir les cannes. Wynn lui demanda si elle avait besoin d'aide pour se lever, faire pipi ou quoi que ce soit d'autre et elle secoua la tête, alors les garçons allèrent se poster légèrement en amont et assemblèrent leurs cannes. Cette fois, Wynn suivit le ruisseau dans le paysage coupé en deux. Son visage palpitait et le brûlait, mais la douleur s'était un peu endormie et il arrivait à l'oublier pendant plusieurs minutes. Il avait besoin d'un moment de calme sur la rivière, et il avait besoin d'un moment de calme loin de Jack. Par ailleurs, il n'avait jamais rien vu d'aussi étrange et beau à la fois. Le terrain à l'est montait doucement depuis la rivière, il avait dû y avoir un vaste soulèvement tectonique à cet endroit, ce qui permettait à Wynn de voir une bonne partie du ruisseau qui ressemblait à une créature sinueuse aux écailles luisantes serpentant sur la couture entre le vert et le noir, la vie et la mort. Le côté vert était tout en plumeaux et en désordre, chaotique de vie. L'herbe et les taillis le long de la berge, les fleurs, les branches d'arbres, tous lancés dans la course pour bénéficier de la lumière du ruisseau. Il entendait les passereaux et les grives. Le côté noir était réduit en cendres ; il n'avait pas grand-chose à dire et son silence était bizarrement éloquent. Wynn trouvait cette frontière aussi violente et triste que l'Hadès.

Le vent faisait plus de bruit à travers les pins et agitait les branches. Wynn avait l'impression qu'une fourchette chauffée à blanc avait été posée sur sa joue, mais dès qu'il entra dans l'eau, il cessa d'y penser. Il se mit à lancer et la brise poussa sa mouche, qui n'était qu'une touffe de poils d'élan, vers la partie brûlée. Il ajusta son lancer et visa la lisière du courant principal. Cela faisait un bien fou d'avoir le ruisseau, le vent, la forêt et le fantôme d'une forêt pour seule compagnie. Il avait laissé ses bottes en caoutchouc sur la berge et avançait sur le fond sablonneux pieds nus, l'eau glaciale lui anesthésiait les jambes et il aimait ça.

Il effectuait les gestes sans réfléchir. Il arracha la Caddis du courant, fit deux faux lancers pour allonger le lancer et sécher la mouche, puis écarta le pouce droit posé sur le haut de la poignée en liège pour laisser filer de la soie, visa le milieu du courant, bras tendu, et laissa le vent emporter la mouche soixante centimètres plus au sud. Cette dernière atterrit juste en bordure sur la ligne vacillante entre le tourbillon près de la berge et la veine d'eau principale, atterrit à moins de cinq centimètres à l'intérieur du courant, exactement là où il voulait qu'elle soit ; elle heurta la surface argentée et se mit à osciller et à rebondir vers lui sur les friselis. Parfait. Il chantonna. Inconsciemment d'abord, puis il s'arrêta, c'était une des chansons de Jack, *Little Joe the Wrangler*. Il lança de nouveau, cinquante centimètres plus loin en amont, là où le tourbillon était plus sombre et plus profond, là où le poisson pouvait chercher à se protéger des martins-pêcheurs et des aigles, et Wynn pensa que c'était une chanson bien triste, le petit cow-boy qui traversait l'orage à bride abattue sur son poney, essayant de rassembler le troupeau trépignant et bien sûr, à la lueur des éclairs, ses compagnons qui voient son cheval trébucher et chuter. Toutes les chansons de cow-boys étaient comme ça. Des âmes pures sans ego vivant pour aller sur le High Lonesome et dormir à la belle étoile et qui toutes mouraient réduites en bouillie par mille sabots. Ou tuées d'une balle dans le cœur à cause d'une petite amie qui jamais n'aurait leur bonté. La mort précoce, voilà la thématique de ces chansons. Le prix de l'innocence. Les meilleurs partent les premiers. Pourquoi est-ce que Jack aimait ces chansons ? Peut-être parce qu'il savait qu'il avait assez de méchanceté en lui pour se garantir un avenir ? Une déclaration. De fait, il était différent depuis quelques jours. Wynn avait beaucoup de mal à le reconnaître. Son attitude impitoyable. Cela lui faisait un peu peur. Mais n'avait-il pas toujours su que c'était là ? Est-ce que cela ne faisait pas partie de ce qui l'avait intéressé chez Jack, en premier lieu ?

Quand sa mouche heurta la surface, il y eut un plouf et la soie se tendit. Elle se tendit plus encore et l'esprit de Wynn sursauta, le bout de la canne se courba, frémit et Wynn sentit le tremblement dans sa main, son bras et jusque dans son cœur, lui sembla-t-il, ce qui lui envoya une grande giclée de joie dans le sang. Quelle étrange sensation, presque nouvelle. Cela faisait longtemps. Il ne s'en apercevait que maintenant. Combien Jack et lui étaient devenus sombres. Peu importe. Il tenait un poisson, et pas une petite mouchetée ni un trop gros poisson qui viderait la bobine de soie. Il tira sur la ligne à la main et quand la truite surgit d'un coup et tenta de s'enfuir, il laissa un peu de soie lui filer entre les doigts avant de la freiner de nouveau afin que le poisson se fatigue dans sa fuite, puis la ramena vers lui. Le combat ne dura pas bien longtemps et le poisson n'était pas énorme, mais c'était une truite brune de trente-cinq centimètres – allez savoir comment elles en étaient venues à vivre si haut – d'un beau poids, la première du genre qu'ils voyaient, et avec une gratitude et une joie tranquille qu'il ignorait posséder encore, il posa le poisson qui se débattait sur les galets, le remercia simplement, lui donna un coup violent avec un caillou lisse et la truite s'immobilisa. Ouf. De quoi déjeuner. Encore quelques-unes comme celle-ci et ils pourraient affronter le reste de la journée.

Il n'appela pas Jack. Un autre jour, il aurait sifflé ou poussé un cri. Surtout sur une nouvelle rivière, ou sur une rivière qu'ils ne connaissaient pas bien. Il faillit le faire, mais se ravisa. Et cela le surprit. Il voulait s'accrocher à ce calme, à l'impression d'être seul avec cet après-midi étrange. Parce qu'il était étrange. Se retrouver sur cette frontière était comme se tenir juste au-dessus d'un tsunami qui déferle. Baisser les yeux vers les décombres et la mort. L'impression de pouvoir tourner les talons et partir vers les collines, vers la vie.

Ce ne serait peut-être pas aussi simple avec un tueur fou qui les attendait en aval, mais pour l'instant, le soleil brillait, le jour se réchauffait et ils auraient du poisson à manger.

*

Jack lui aussi attrapa des truites. Une poignée de petites mouchetées et une brune, pas aussi grosse que celle de Wynn, mais de quoi solidement agrémenter un repas. Ils firent un feu sur la plage et cuisirent le poisson à la vapeur dans la casserole. Maia était réveillée. Elle descendit du canoë, en équilibre instable, les rejoignit d'un pas mal assuré et ils se levèrent d'un bond pour aller l'aider.

Elle faillit partir à la renverse quand ils arrivèrent à son niveau, mais se redressa et leur adressa un sourire triste d'excuse. Tristesse ou excuse, c'était la même chose. Elle les avait mis dans cette situation. "Sans moi, murmura-t-elle, vous seriez déjà loin."

Ils la firent s'asseoir sur les pierres, là où il y avait une souche de bois flotté qu'elle pouvait utiliser comme dossier. Elle sourit de nouveau et dit : "De l'optimisme. Tout ce vert et la fin des terres brûlées."

Ils partagèrent le poisson en trois et regrettèrent une fois de plus de ne pas avoir de sel, mais mangèrent avec voracité. Ça n'était pas assez, mais c'était mieux que rien. Ils n'avaient pas vu de baies, mais se doutaient qu'ils en trouveraient plus loin, ce qui calma un peu leur crainte de mourir de faim. Elle mangea mais grimaça souvent, était blanche comme un linge et Wynn la vit porter sa main valide à son ventre comme pour apaiser des spasmes.

Jack jeta une rangée d'arêtes dans les braises. "Il s'en est sûrement sorti, dit-il. Du feu. Si c'est la limite nord de l'incendie et que Pierre a une journée d'avance sur nous, il s'en est sorti."
Wynn et Maia regardèrent Jack tous les deux.
"La question, c'est : est-ce qu'il sera plus fort ou plus faible ?" dit Jack.
Les paupières de Maia papillotèrent. Elle avait le regard lourd de sommeil, presque drogué. "Qu'est-ce que vous voulez dire ?"
"Est-ce que toute cette préparation et cette attente ont affûté ses sens ? Est-ce qu'ils sont affûtés ou émoussés ? Est-ce qu'il va flancher ?"

“Ce n’est pas quelqu’un qui se pose de questions, si c’est ce que vous voulez savoir.”
Jack acquiesça.
Elle grimaça, et Wynn ne sut si c’était à cause de ses blessures ou de son mari. Elle ajouta : “Il m’a raconté que, quand il avait candidaté pour entrer en prépa dans le Connecticut, le responsable des inscriptions lui avait demandé quelle était sa plus grande qualité, et Pierre avait répondu : « Je suis tenace. » L’homme avait dit : « D’accord. Quel est votre pire défaut ? » Et il avait dit : « Je suis têtu. »”
“Donc Pierre est du genre beau gosse, mais psychopathe.”
Elle haussa son épaule valide.
“Pourquoi est-ce qu’il veut absolument vous tuer ?”
“Parce que la première tentative a échoué ?”
“Mais avant ça ?”
“Je commence à penser que c’est lié à la raison pour laquelle il m’a épousée.” Elle se tourna à moitié comme si elle avait honte et Jack, voyant ses larmes couler, eut le tact de regarder ailleurs.
Au bout d’un moment, il dit doucement. “Pourquoi vous a-t-il épousée ?”
“Parce que ma famille a de l’argent ?” Elle le dit simplement, sans honte ni fierté, comme un simple fait. “Mon mari m’adorait parce que je suis une fille de Rhode Island qui a fait Brown.”
Jack cligna des yeux. Il ne comprenait rien à ce genre de trucs, manifestement. “Vous mourez, il hérite, c’est ça ?”
Elle acquiesça vaguement et essuya son visage mouillé avec son bras valide. “On ne s’entendait plus depuis longtemps. En plus, j’ai eu un article publié dans *Science* et un autre dans *Nature* alors

qu'il n'a été cité que comme coauteur dans *Aquatic Geochemistry.*"

Jack la dévisagea une seconde, puis emporta la casserole au ruisseau pour la remplir et faire du thé. Il leur restait au moins un peu de thé. Wynn connaissait cette expression et savait à quoi pensait Jack : pauvre Maia ; bon sang. Les gens ont vraiment le don de se compliquer la vie. Et aussi : les riches appartiennent à une autre espèce. Un peu comme une espèce en voie de disparition. Heureusement qu'ils ont des country clubs et toutes ces conneries parce qu'au moins ils sont tous rassemblés dans un même endroit. Il était sûr que Jack ne trouvait pas ce couple de scientifiques très appétissant.

Jack posa la casserole sur les braises et laissa bouillir l'eau pendant quelques minutes, puis alla chercher la boîte et les deux tasses qu'il rapporta près du feu. Ils avaient eu beaucoup de chance que la boîte et le sac aient été si bien attachés et que les sangles aient tenu. Maia et Wynn prirent leur temps pour siroter leur thé sucré, et quand elle eut terminé, Jack lui prit la tasse et se fit le sien. Wynn la regarda et vit sa tête rouler comme si elle allait s'évanouir. Il se dit une fois de plus qu'elle allait mourir s'ils ne l'emmenaient pas rapidement à l'hôpital. Bon, elle était adossée à la souche et était au chaud près du feu – pour l'instant, mieux valait la laisser là. Il s'assit plus loin vers l'aval, là où les arbres étaient encore verts et debout, et se remit à sculpter son bout de bois au creux de sa main avec son couteau. Il entendit le cri d'un huard, perçant et triste, qui déferla dans son esprit comme une vague d'eau froide. C'était un cri mélancolique et il s'aperçut combien la rivière lui avait paru vide après des jours sans cet oiseau. Pourquoi ce cri paraissait-il si seul et perdu, si… quoi ? Si essentiel et beau. C'était comme le blues, songea-t-il, ou comme les chansons de cow-boys de Jack. Tristes, sauf que, sans elles, on mourrait de faim.

Wynn regarda l'étendue de ciel en aval qui se courbait entre les murs de forêt vivante. Bientôt dans cette veine du firmament palpiterait une étoile, puis trois, puis cent et celles-ci se multiplieraient, s'intensifieraient jusqu'à couler entre les cimes et former leur propre rivière dont les criques et les virages refléteraient ceux sur lesquels se trouvaient Jack, Wynn et Maia. Ce n'était pas une idée neuve et il adorait penser à ces deux rivières. La rivière d'étoiles cheminerait vers sa propre baie, son océan de constellations et Wynn imagina, comme il l'avait déjà fait, que l'eau et les étoiles chanteraient l'une pour l'autre dans une tonalité inaudible pour l'oreille humaine. Mais on pouvait sans doute l'entendre. Par moments. En étouffant le bruit de son propre pouls. Une mélopée funèbre et mélodique à l'orée du son. Wynn pensait que si les loups chantaient, de même que les coyotes, les élans, les oiseaux, le vent et nous aussi, c'était sûrement pour répondre à une musique que l'on percevait sans le savoir.

Il faillit aller ramasser les braises du feu avec la casserole et les déposer le long du coude de la rivière. Ce serait magnifique, une fois la nuit tombée. Et s'il soufflait dessus, elles respireraient et chatoieraient d'étincelles. Il imaginait déjà la vibration de lumière sinuant à travers l'obscurité. Mais ça ne serait pas vraiment comme des étoiles, et de toute façon le feu n'était pas assez fort pour fournir assez de braises. Et puis Maia avait besoin de rester au chaud.

Personne ne s'était rendu compte que l'après-midi était très avancé. Le soleil passa sous la ligne des grands arbres en aval et l'air se refroidit rapidement. Bon sang. La faim et l'épuisement avaient dû les abrutir parce qu'ils avaient laissé filer les heures. Avaient perdu du temps à glander sur la berge. Non, pas perdu : ils avaient gravement besoin du poisson et du reste. Wynn se dit qu'ils avaient aussi gravement besoin de descendre cette rivière pour que Maia puisse ne serait-ce que voir un médecin, mais, même s'ils n'en parlaient pas, ils n'avaient pas non plus envie de se faire canarder par un calibre 12 en chemin. Parce que c'était sûrement ce qui les attendait. Wynn glissa le canoë miniature dans sa poche et revint vers le feu. Maia était allongée – Jack était allé chercher le matelas – et semblait dormir, son visage contusionné d'une pâleur alarmante.

"Wow, lança Jack. Tu ressembles à Frankenstein, Big."
"Sympa."
"Je t'ai blessé ?"
"Pas trop."
Jack se leva du banc qu'il avait fait avec des pierres et du bois, et rapporta un tube de Neosporin de la boîte Pelican. "Tiens, lave-toi les mains et mets ça. Mieux vaut laisser la blessure respirer que de la

couvrir. C'est ce qu'on m'a dit quand je me suis cramé la cuisse avec la Kawasaki."

"T'as fait ça ?"

"Je suis tombé à genre deux kilomètres-heure. Un après-midi d'août où il faisait une chaleur à crever. L'intérieur de ma cuisse a touché le moteur et ça a fait un bruit que je préférerais oublier et ça s'est mis à sentir les côtes de porc grillées, aussi."

"Dégueu."

"Je me suis jeté dans l'étang réservé aux vaches comme un personnage de dessin animé. Mauvaise idée. Pas l'eau la plus propre qui soit. La nuit suivante, j'avais la cuisse couverte de striures. Papa était à une réunion d'éleveurs à Colorado Springs. J'ai appelé la mère de mon voisin qui était infirmière, je lui ai tout raconté et elle m'a dit : « Jack, écoute-moi. C'est un empoisonnement du sang et c'est très grave. Tu peux perdre des trucs. » J'ai baissé les yeux, vu que l'infection était effectivement à deux doigts de certains trucs et j'ai filé aux urgences aussi sec."

Pris dans son souvenir, Jack avait la chair de poule et affichait un air de profonde horreur. Wynn rit.

"T'essayes de me foutre la trouille ?"

"Non, non. Pardon. Tu t'en sortiras. Mais faudra te faire examiner dès qu'on sera au village."

Wynn s'assit à côté de son ami. "Elle n'a pas l'air en forme."

"Je pensais la même chose. Elle a un truc à l'intérieur. Il l'a frappée plus fort que ce qu'elle nous a raconté, ou elle a perdu connaissance."

"Tu crois pas qu'on devrait avancer encore de quelques kilomètres avant que la nuit tombe complètement ?"

Jack secoua la tête. "On n'ira pas loin. Et puis on est en sécurité ici. S'il était dans les parages, on le saurait, à l'heure qu'il est." Jack cracha sur un bout de bois transformé en charbon ardent et il y eut un sifflement. "On a eu de la chance l'autre fois. Il nous a ratés à dix mètres, à peine plus, avec un fusil. Ça ne se reproduira pas."
"Tu ne l'aimes pas trop, Maia."
Jack tourna la tête, regarda Wynn et ses yeux pétillaient de son ancienne malice. "Je sais pas. Et toi ?"

Wynn haussa les épaules. Il sortit le canoë de sa poche et le canif qu'il déplia d'un mouvement du pouce. Il creusa le bois avec la pointe au niveau de la proue.

"Toi, tu l'aimes bien, dit Jack. C'est ton type de fille. Intelligente, forte, pas du genre à déconner, sans doute jolie. Elle te mènerait à la baguette comme ta mère."
"Non mais, attends !" sourit Wynn. C'était bon de retrouver le Jack qu'il connaissait. "Tu l'aimes pas ? Je veux dire Maia. Parce que je sais que tu adores ma mère qui mène son monde à la baguette."
Jack sortit son tabac à chiquer de sa poche de chemise qui était miraculeusement restée boutonnée pendant leur passage à l'eau. Le tabac était humide, mais encore consommable. Il dit : "Elle vient d'un monde que je ne comprends pas. Toutes ces conneries de compétition pour une publication. Qui voudrait vivre comme ça ?"

Il n'y eut pas de réponse, seulement le crépitement contingent du feu et le vent qui virevoltait à travers.

Ils étaient du côté vert du ruisseau et entendaient de nouveau le raffut des criquets. “Et comment est-ce qu’on en arrive au meurtre pour un truc pareil ? demanda Jack. À tuer sa *femme* ?”
“Il devait être soûl.”
“Elle n’a pas parlé de ça.”
“Non.”
“J’ai repensé à cette histoire de windigo que tu m’as racontée. Le fantôme affamé. La région qui s’est desséchée. Les gens qui sont morts sur la rivière l’année dernière. Je me suis dit que la rivière était peut-être maudite. Que cette chose qui s’en est prise aux villageois pourrait tout aussi bien transformer une querelle conjugale en meurtre.”

Wynn revit d’un coup Jack pointant la carabine sur lui juste avant leur dernier portage – son meilleur ami. La menace avait-elle été réelle ? Il n’en était pas sûr. Il ne dit rien.

Entre ce non-dit et les tonalités sourdes du feu, il y avait le bourdonnement de quelque chose de persistant et à peine perceptible, la note d’une guitare basse qui s’étire de longues secondes après que la corde a été pincée. Cela créait un raclement dans le crépuscule sans quasiment aucun son, pareil au grondement de l’air avant l’orage. Jack l’entendit en premier et se redressa. Wynn cessa de tâter les bords de sa brûlure et écouta.

Ça n’était ni un orage ni de la musique, c’était un moteur, reconnaissable à présent, distant mais qui se rapprochait, il n’avait pas le caractère explosif et vibratoire d’un hors-bord, c’était plus doux, plus régulier, il broutait dans le crépuscule, un grognement modeste de moteur électrique. Les deux poivrots. Forcément. Jack et Wynn se levèrent. Ils regardèrent la femme endormie sur le matelas et coururent vers l'eau. Ils se tinrent côte à côte comme un couple de la cambrousse qui a entendu une voiture inconnue remonter l'allée sinueuse pour la première fois de l'année. Jack pensa d'un coup à aller chercher la carabine. Ils attendirent dans le crépuscule.

Il y eut un virage large sur la droite et le long canoë apparut au milieu de l'eau comme s'il surgissait tout droit de l'eau sombre, ou comme si l'eau argentée elle-même s'ouvrait et se refermait jusqu'à donner de la substance aux deux silhouettes, les deux hommes, les deux imbéciles, un maigre, un gros, penchés en avant pour deviner à quoi correspondaient les flammes qu'ils voyaient sur la berge. Le maigre à l'avant siffla, un sifflement du Bronx si perçant que le temps d'une seconde il fit même taire les criquets d'étonnement.

“Hé ho ! Y a quelqu'un ?” C'était le gros.

Jack jeta un coup d'œil à Wynn qui semblait abasourdi. Peut-être à cause de la bêtise de la question ou peut-être parce que c'était une question piège.

Le gros jura. Le canoë se rapprochait inéluctablement.

“Bordel de chiotte ! dit le gros très clairement. C'est vous les mômes !”
“Le plus petit est armé”, dit le maigre.

“Comme ça tout le monde est armé. Hé ho ! Génial, on est trop contents de vous voir !”
Ils arrivèrent comme ça, le moteur broutant sur le miroir noir de la rivière, le bateau de six mètres taché de noir, le plat-bord à tribord émoussé et abîmé où il avait brûlé. “Génial ! Nous on vous croyait grillés comme des tranches de bacon. *Purée !*”

Le moteur électrique devait avoir un problème parce qu'il faisait plus de bruit qu'il n'aurait dû, on aurait dit une espèce de mixeur, et le gros orientait le canoë directement vers la bande de gravier. Le bateau heurta les cailloux et les deux hommes furent projetés en avant puis en arrière de manière parfaitement synchronisée et la coque racla la berge, le gros poussa les gaz deux fois pour faire bonne mesure et coupa le moteur. Il souriait. Il portait une casquette de l'université A&M du Texas à motif camouflage et, dans la tombée du jour, il était tout en dents. “Eh bé ! dit-il. Il arrivait direct de l'enfer, c'te putain de feu, non ? On s'est crus en sécurité après l'avoir passé sauf qu'un retour de flamme nous a pris par surprise. On aurait dû attendre un jour. *La vache.*” Ses yeux suivaient le ruisseau. “Regardez-moi ça. Le retour du vert comme si de rien n'était. En tout cas, moi aussi je me serais arrêté là. Punaise !” Il se hissa à l'avant, à genoux sur les sacs d'équipement, descendit sur les galets au sec et s'approcha d'eux la main tendue. Le maigre n'avait pas bougé – il observait le feu, la personne allongée à côté, et même à trois mètres, Jack entendait presque cliqueter les rouages dans la tête de l'homme.

“Brent. Vous vous souvenez de moi ?” Le gros serra la main d'un garçon, puis de l'autre. “Moi, je me souviens de vous ! On aurait dû vous écouter. Bon sang ! On a pris feu en pleine mer comme l'autre destroyer, là, comment qu'y s'appelait ?" Les garçons ne savaient pas de quoi il parlait. "L'a bien failli avoir notre peau, quoi. On a vraiment eu chaud. Mais content que vous soyez tous…" Il s'arrêta net. Il regarda le visage de Wynn et grimaça. "Wow. Toi aussi. C'est pas beau à voir, dit-il avec une inquiétude sincère. Vous êtes pas passés loin non plus, les gamins. Je crois qu'on a des pansements stériles. JD…" Il se tourna vers le bateau et vit l'expression de son pote, suivit son regard. "Qu'est-ce… ?"

Brent scruta le crépuscule, observa de nouveau les garçons. Jack avait la carabine entre les mains et non plus en bandoulière, ce que tout le monde remarqua.

"Vous étiez que deux l'autre jour", dit Brent doucement.

Jack ne dit rien. Ni Wynn. Ils ne savaient pas quoi dire. Ils n'avaient pas encore bien digéré ce qu'ils avaient vécu ; tout ce qui s'était passé depuis qu'ils avaient croisé ces types pour la première fois les dépassait trop.

Le gros remua la mâchoire, observa la petite plage. "Autant que je sache, il y avait qu'une seule autre expédition dans le coin – ils ont dû être largués sur le Moose Lake avant nous. Un homme et une femme dans un Old Town. Vert. Un six mètres vert, je dirais. On n'arrêtait pas de les voir de loin et on voulait leur foutre la paix. On n'était pas pressés."

L'homme parlait doucement, mais assez fort pour que son comparse entende. Jack regarda JD sortir lentement leur Winchester à verrou – sans doute un modèle 06 – de son étui sous la proue ; ils s'étaient organisés comme eux, le pilote à la poupe, le tireur à la proue.

Brent n'était pas pressé non plus. Il était du genre relax, manifestement. Il se tourna de nouveau et regarda chaque garçon droit dans les yeux. Comme s'il voulait fouiller en eux. Même dans la pénombre, Jack s'en aperçut et il se rappela le bleu minéral des yeux de l'homme.

“Elle lui ressemble pas mal. Vue d'ici. Mais va savoir. Même taille, plus ou moins. Des cheveux bruns et longs. Il est où, le type ?”

Silence. Les criquets étaient repartis de plus belle, ainsi que le gargouillis discret du courant et le bruit du tourbillon venant lécher la rive. Wynn s'éclaircit la gorge, ouvrit la bouche et Jack le toucha avec le canon de son arme. Wynn tourna la tête d'un coup et en voyant la tête de Jack, il referma la bouche et déglutit.

“C'est comme ça que ça se passe, alors ? dit Brent. Un petit délire à la *Délivrance* et tout le monde qui ferme sa gueule ?” Il se mordit le coin de la bouche, fronça les sourcils. “On a survécu à ce putain de brasier et je peux vous dire qu'on a senti le vent du boulet. Je croyais que ça serait fastoche. Putain.” Il tourna la tête, cracha. “Tu chiques ?” dit-il à Jack. Jack acquiesça. “File-m'en un peu, tu veux ? Au bout

d'une semaine, j'en avais déjà plus." Jack écarta la main gauche de la carabine et défit le bouton de sa poche de chemise, puis tendit la boîte à l'homme.
"Merci." Brent lui rendit la boîte.
"Ce n'est pas ce que vous pensez", dit Jack.
"Ah bon ?"
"Elle est gravement blessée. On essaye de l'emmener au village pour qu'elle voie un médecin. Mais…"
"J'écoute. Très intéressant tout ça." Brent cracha.
"C'est son mari qui a fait ça. Il a balancé nos affaires dans la rivière au premier portage et s'est cassé."
Brent remua la mâchoire, pencha la tête sur le côté comme s'il essayait de percevoir le vent fluet de la logique.

L'obscurité gagnait du terrain. La marée de la nuit semblait déferler sur la rivière, se poser sur l'eau et déborder les berges. Très lentement. Du côté des arbres, l'obscurité de plus en plus dense grimpait jusqu'aux cimes hirsutes devenues immobiles. Le vent qui accompagnait le coucher de soleil était presque retombé. Ça n'était plus que de l'air brassé en amont avec une touche de fraîcheur laissant deviner qu'il gèlerait encore cette nuit. Pour la première fois depuis ce qui lui parut des années, Jack sentit moins le brûlé que les parfums froids de l'eau chargée de sédiments.

Il dit : "C'est une longue histoire. On croyait qu'on était foutus. Maintenant il faut qu'on l'emmène au village. Vous allez beaucoup plus vite avec ce moteur. Vous pourriez l'emmener demain à la première heure."

Brent observa Jack. Et cracha. Puis il leva les yeux vers Wynn qui, même voûté, les mains dans les poches, les dépassait tous les deux. Même dans la densité croissante du crépuscule, Wynn n'était que taches de rousseur, boucles folles, ardeur et il rappelait davantage un Norman Rockwell qu'un James Dickey ; on aurait dit un gamin qui n'avait jamais pensé à mal. "Tu voudrais pas pointer ton arme ailleurs ?" demanda Brent.

"Si ton gars fait pareil."

Brent siffla doucement et JD remisa la 06 sous la proue. Jack remit la .308 en bandoulière. "On vous doit une fière chandelle. Là-bas, sur l'île, on se préparait une bonne petite cuite." Il émit un gloussement sans joie. "Peut-être qu'on n'a pas fait gaffe et qu'on aurait dû. Le jour après votre passage, JD est monté sur un arbre. Et on a vu le putain de feu. On n'était pas méga-stressés, mais on a gardé un œil dessus. Alors merci."

Jack acquiesça. "Bon et donc, elle est salement amochée ?" demanda Brent.

Jack acquiesça de nouveau. "On va bivouaquer avec vous et on partira à l'aube, dit Brent. Ça vous paraît correct ? On a pêché et on en a trop. J'ai comme l'impression qu'un bon repas vous ferait pas de mal."

*

Jack et Wynn aidèrent les hommes à décharger. Ils avaient une grande tente que le maigre JD monta à la lueur d'une lampe frontale. Il n'ouvrit pas la bouche et il ne s'éloignait jamais trop de son fusil. Apparemment, c'était lui qui jouait les gros bras. Brent ne prit qu'un seul sac, sûrement ses affaires, alla vers le feu sur lequel il jeta quelques branches de bois flotté et s'installa sur un gros caillou. Il posa un regard sans expression sur la femme en train de dormir. Wynn l'avait installée dans son sac de couchage si bien que seule sa tête dépassait, et en dehors des bleus qui s'estompaient, des cercles noirs sous ses yeux et de cette pâleur anormale même à la lumière vacillante du feu, elle ressemblait à n'importe quelle femme endormie. Brent fouilla dans son sac et en sortit une bouteille non entamée d'Ancient Age, dévissa le bouchon et but. Jack le regarda. Brent se savait observé, mais semblait s'en moquer. Puis il changea d'avis, se releva et marcha dans le noir jusqu'au bateau pour en rapporter une grille de barbecue et ce qui ressemblait à un baril en plastique de huit litres à fermoirs grenouille. À l'aide de deux bâtons, il ratissa les braises sur un côté et y enfonça les pieds de la grille avant d'ouvrir le baril et de mettre à cuire quatre grosses truites manifestement conservées dans de la saumure. Mmmm. Brent acquiesça comme pour se féliciter d'un travail bien fait, se rassit et retourna à cette activité sérieuse qui consiste à vider une bouteille. Quand JD eut terminé de monter la tente, de dérouler les matelas et qu'il eut transporté la glacière près du feu, il s'assit à côté de son ami sur le gros caillou plat, lui prit la bouteille des mains et, sans un mot, s'offrit une longue rasade. D'après Jack, il dut descendre pas loin de dix centilitres d'un coup. OK. Un moyen comme un autre de se mettre à l'aise.

Les deux hommes n'étaient pas des imbéciles. Contrairement à ce que Jack avait pensé lors de leur première rencontre sur le lac. Ils firent bombance avec une efficacité silencieuse. Brent daigna même peler les pommes de terre qu'ils sortirent d'un sac en toile d'emballage. Truites grises salées, pommes de terre et carottes vapeur, une sauce préparée dans la poêle par JD à base de bouillon épaissi de farine et d'une huile sans nom. Jack et Wynn laissèrent Maia dormir et montèrent la petite tente où elle pourrait s'allonger plus tard. Dès qu'elle se réveillerait, ils lui donneraient à manger. Les garçons eux-mêmes avaient une faim de loup. Personne ne dit grand-chose. Si JD et Jack ne quittaient pas leurs armes des yeux et les gardaient à portée de main, personne ne fit de commentaire à ce sujet.

DIX-NEUF

Il faisait nuit noire. Le faible croissant de lune s'était levé puis était parti se coucher, sa courbe osseuse passant à l'ouest où ne restait plus aucune trace de fumée. Des nuages étaient disséminés sur les étoiles et le tremblement d'aurores boréales à l'est. Le feu de camp était presque éteint. Jack l'avait laissé mourir. Et il avait laissé Wynn dormir. Wynn : allongé au milieu des gelées qui ne vinrent pas, étendu sous les étoiles par une nuit qui sentait la pluie, dormant sur la plage pour laisser à Maia l'intimité de la tente. Wynn avait dit : "Réveille-moi dans deux heures, mec. On n'a qu'à se relayer toutes les deux heures. On devrait pas avoir de mal à se rendormir." Jack avait promis, était resté près du feu avec JD qu'il avait regardé boire. Leurs armes posées sur les pierres à côté d'eux.

Tenant la bouteille désormais à moitié vide par le goulot, JD avait proposé du bourbon à Jack qui avait accepté les deux premières fois. Il savait qu'avec ce genre de personne, seule compte la première impression et que, quand on accepte de lever le coude avec un gros buveur, celui-ci s'imagine ensuite qu'on a passé la nuit à l'imiter verre pour verre, même si on n'a pas bu plus d'une gorgée d'alcool. Et de toute façon, un alcoolique considère qu'il n'y a pas plus grand fêtard que lui. De sorte que Jack mit JD sur la bonne voie, ce qui ne fut pas difficile parce que les deux pêcheurs avaient déjà dû boire toute la journée. Jack n'aurait pas été surpris si l'une des caisses dans le canoë n'avait contenu que des bouteilles.

Brent alla se coucher tôt en marmonnant : "Grosse journée demain", si d'autres pensées le traversèrent, il les garda pour lui. JD but sans jamais se départir de son humeur maussade. Entre deux rasades, il tournait la tête vers Jack et l'observait sombrement et s'il voulait lui demander ce qui avait bien pu se passer avec la fille et le reste, il se retint, mais jeta régulièrement des coups d'œil vers la tente et Jack eut l'impression que ça n'était pas juste parce que des questions lui brûlaient les lèvres. Elle était certes blessée, mais une jeune femme était étendue là. C'était l'impression de Jack.

Jack le surveilla comme l'aurait fait un loup. Il le humait autant qu'il l'observait. Il sentit que l'autre était de plus en plus imbibé, chercha des signes de fatigue. Il avait besoin de ces mecs, et pas question de tout faire foirer. Un vent léger se leva, qui soufflait vers l'aval et lui glaça le dos. Bien. Une chouette hulula. Des notes solitaires et caverneuses dont Jack suivit la cadence pour rester éveillé. Elles ne formaient pas de motif, mais, dans leur espacement aléatoire, elles semblaient transpercer la nuit de profondeurs veloutées et de solitude retentissante. Il remua le feu et l'alimenta, plus pour endormir JD que pour se réchauffer. Il ne devait pas fermer l'œil.

Mais ça n'était pas si facile.

*

L'arrivée de l'aube se caractérise par une certaine immobilité. Une césure. Le feu n'était plus qu'un tas de braises cendrées. Pas de vent. Dans ce vide entre inspiration et expiration, même la chouette se taisait. Le glouglou de la rivière semblait plus grave d'une octave. *Putain.* Jack releva la tête d'un coup. Il avait dû s'assoupir. Même lui ne pouvait pas vaincre l'épuisement de ces deux derniers jours. Il avait dû dormir assis, penché sur la carabine posée sur ses genoux, mais voilà qu'il bougeait, redressait la tête, la secouait, se redressait pour étirer son dos courbaturé. *Putain.* Il inspira une goulée d'air froid. Quelque chose l'avait réveillé. Quo… ?

Il entendit un animal. Qui se débattait, couinait près de la forêt. Il fit volte-face. Ce n'était pas la forêt, c'était… quoi ? Wynn était allongé sur le dos, absent au monde. Ce n'était pas un animal. Un couinement ainsi qu'un cri étouffé lui parvinrent, il plissa les yeux en direction de la pénombre et vit les bottes de JD qui dépassaient de la tente ouverte.

*

Il s'élança. Il n'avait jamais été aussi rapide – il prit le fusil et arriva au niveau de la tente en une dizaine de pas. Le fusil de l'homme était sur les rochers. Il donna un coup de pied dedans pour l'éloigner. Puis, en un éclair, il changea sa carabine de main et donna un coup de crosse dans les reins du type. Un grognement explosif. Une seconde plus tard, Jack le tirait par la ceinture d'une main, et quand la tête de l'autre apparut, il l'entendit dire : "Non ! C'est pas ce que tu crois !" Jack le laissa retomber comme si c'était une botte de foin et le frappa violemment à la tête avec la carabine qu'il tenait maintenant à deux mains. Le coup émit un bruit horrible et le type s'effondra sur les cailloux.

Il entendit crier et se pencha à l'intérieur de la tente, murmura rapidement : "Tout va bien. Tout va bien. C'est Jack. On s'en va tout de suite." Il tendit les bras et l'encouragea à sortir tout en la soulevant à moitié. Elle était réveillée, Dieu merci. Elle revenait à elle après une espèce de cauchemar. Son regard n'était plus voilé, et il comprit qu'elle se repassait la scène de ces dernières minutes comme un film, vit que son esprit tournait à toute vitesse. Elle lui attrapa le bras dans la quasi-obscurité et acquiesça. Se leva. Tremblante. Il se pencha pour ramasser le matelas et le sac de couchage qu'il coinça sous son bras gauche.

"C'est bon, on y va, on y va, murmura Jack sur un ton dur. Vous pouvez marcher ?"

Elle acquiesça. Elle respirait fort, peut-être qu'elle hyperventilait. "OK", dit-il. Il lui saisit le coude de la main droite et la guida rapidement, aussi rapidement que possible, vers Wynn et la berge. Quand ils arrivèrent au pied du dormeur, Jack la relâcha et s'accroupit, secoua Wynn avec brusquerie, lui retira la casquette qui lui cachait le visage et le secoua de nouveau, et quand Wynn marmonna un "Hé" à moitié endormi, Jack lui colla une main sur la bouche.

Wynn grogna, ouvrit les yeux d'un coup, et le doigt de Jack glissa sur ses lèvres. Emmitouflé dans son sac de couchage, Wynn cligna deux fois des yeux, puis acquiesça. Jack fit un signe de la main – *Ne fais aucun bruit.*

Wynn se leva, prit son matelas et son sac de couchage et suivit Jack, troublé. Tous les trois avançaient dans le noir tels des revenants surgis de l'amont, de cet amont où tout avait brûlé et où les arbres n'étaient plus que des ossements. Se déplaçant en silence, uniquement éclairés par les étoiles, affaiblis et ébranlés par les événements des jours passés, ils rejoignirent le bord de l'eau pris dans une transe d'épuisement. Deux d'entre eux, en tout cas. Jack les pressait. Ils se rapprochaient des canoës. Jack tenait Maia par le bras et jetait des coups d'œil en arrière vers le faible rougeoiement des braises qui restaient et l'ombre de la grande tente. Ils arrivaient au canoë et Wynn se tourna vers la droite, vers le leur, mais Jack siffla tout bas, un souffle assourdi, lui fit signe de la tête et se dirigea vers l'embarcation des Texans cinq mètres plus haut. Maia hésita. Jack la tira par le coude et elle suivit. Ils marchèrent sur la pointe des pieds comme ils purent au milieu des galets. Jack palpa la bandoulière de la carabine dans son dos, entassa le sac et le matelas, puis alla rapidement à la proue qu'il souleva pour mettre le

canoë à l'eau. Très lentement, tenant la coque de sorte qu'elle racle à peine les pierres. Maia s'arrêta. Elle vacilla sur la plage et leva les mains. Un geste interrogateur, compréhensible même dans le noir. Jack désigna la poupe déjà dans l'eau de manière emphatique : *Montez.* Porta une fois de plus un doigt à ses lèvres. Il poussa le canoë jusqu'à ce qu'il soit presque complètement à l'eau et Wynn dit tout haut : "Oh, Jack. Qu'est-ce que tu fous, putain ? Pourquoi tu prends leur bateau ?"
Il se dressait au bord de l'eau, entre les deux canoës, son sac de couchage et son matelas en boule entre les mains. "Prenons le nôtre." Il avait le dos éclairé par le miroir de la rivière où se reflétaient les étoiles. "Bordel, Wynn ! lança Jack dans à peine plus qu'un murmure. Tais-toi et viens !" Il regarda par-delà le feu. La silhouette noire de JD, écroulé sur les rochers bougeait, se redressait. "Maia, montez. Maintenant ! Au milieu."

Ce qu'elle fit. Non sans mal. Plus une chute qu'un saut, mais au moins elle était à bord. Jack poussa. Il entendit le puissant raclement de la coque sur la roche, mais l'embarcation flottait. "Wynn, monte ! Maintenant !" Il ne murmurait plus. Il passait les mains rapidement sur le plat-bord à bâbord de la poupe, pataugeait sans faire attention, de l'eau jusqu'aux hanches, et il bondit dans le canoë. Il entendit des pierres s'entrechoquer et vit JD se lever, se repérer, l'entendit pousser des jurons. Jack trouva le démarreur et le pressa. Toute son enfance, il avait dû gérer ce genre de moteur à la con. Celui-ci cliqueta, émit un ronronnement, mais démarra, Dieu merci. Il enclencha la marche arrière avec le pouce et fit pivoter le manche tandis que le canoë était repoussé vers la rive par le tourbillon, donna un peu de vitesse et recula vers l'endroit où Wynn était planté comme un putain d'arbre, bras tendu en signe de protestation. Jack jeta un coup d'œil à la berge au-delà des braises du feu et vit JD osciller, cherchant son arme. Il essayait sans doute de s'éclaircir les idées. Bon sang. "Wynn !" hurla alors Jack et la nuit lui renvoya son cri pareil au hululement triste de la chouette. "Il a tenté de la *violer* ! Monte, putain. *Maintenant ! Maintenant ! Maintenant !*" et il perçut le mouvement du coin de l'œil. En seulement deux minutes, l'air avait dû devenir juste assez gris, rassembler juste assez de grains de lumière, parce qu'il vit clairement l'homme, le gros, sortir en courant de la grande tente, foncer à une vitesse étonnante, non pas vers eux, mais vers la petite tente et JD. Il lâcha un cri unique, "Fils de pute !", un cri de protestation pour chaque fois où les événements prenaient un sale tour, écarta JD à nouveau étalé sur les cailloux et attrapa le fusil. Peut-être que Wynn le vit aussi parce qu'il sortit de sa léthargie – il se précipita vers l'eau, le fusil crépita, une seule note aiguë, et Wynn virevolta, partit en arrière dans l'eau.

Si Jack hurla, personne ne l'entendit, la réverbération du coup de feu avait tout assourdi. Il mit les gaz, le canoë recula brusquement, et Jack lâcha le manche, se pencha, plié en deux, et tira son ami par la chemise et sous les épaules, le hissa jusqu'à ce qu'il retombe par-dessus le plat-bord, du sang chaud coulant sur ses mains froides, d'autres coups de feu déchirèrent le silence et heurtèrent la coque. Il passa en marche avant, tourna le manche, le canoë fit une embardée puis fonça vers le sommet du tourbillon et la saillie rocheuse et Jack dévia brutalement pour attraper le courant principal et viser le virage le plus serré possible. Vers le haut de la rivière. Direction l'amont, pas l'aval. Wynn haletait et gémissait, roulait des yeux, Maia hurlait, le moteur hurlait. L'homme devait être en train de vider son chargeur parce qu'un coup de feu supplémentaire retentit et un autre encore qui éclata à l'arrière du moteur et piqua la main de Jack. Même dans la pénombre, le gros était un sacré bon tireur. Une fois dans le virage, hors d'atteinte, ils entendirent le rugissement primal, quelque chose entre le grognement du démon et le cri animal, encore un coup de feu et Jack se dit que Brent avait peut-être buté JD sur place par pure frustration, mais il espérait que non. Il était sûr que non. Parce que, dans l'ensemble, Brent était un brave gars qui avait tiré sur un brave gamin. Et tout ça parce que Jack avait volé leur bateau.

VINGT

Wynn mourut alors que le soleil passait au-dessus des arbres. Un matin clair sans brouillard ni nuages. Il mourut en regardant se lever ce jour nouveau tandis que Jack tentait d'arrêter les flots de sang qui s'écoulaient de sa poitrine à chaque battement de cœur. D'abord à mains nues puis avec ses deux chemises, puis avec tout son corps, serrant Wynn qui agonisait contre lui. Jack avait bombé, poussé la lourde embarcation vers la rive opposée quatre cents mètres plus haut, avait attaché la corde à une racine calcinée et s'était à nouveau jeté sur Wynn qui à cet instant gémissait moins, haletait, gargouillait, levant les yeux vers le visage de son ami, puis vers le soleil, et Jack le couvrit, le serra contre sa poitrine et Wynn mourut.

Jack hurla. Un hurlement qu'il étouffa dans ses bras – Brent n'avait pas à entendre ce cri. En aval, les hommes étaient partis depuis longtemps.

VINGT ET UN

Jack l'imaginait parfaitement : la rage. Démonter le campement dans un silence furieux. Charger le canoë beaucoup plus petit avec la glacière, le baril de poisson en saumure, l'énorme tente roulée. Pas de bourbon. Beaucoup d'espace disponible dans le six mètres sans la caisse d'Ancient Age. Ne restait pas une seule bouteille. Peut-être le truc le plus rageant de tout.

Recharger le fusil. Enfoncer les cartouches du pouce dans le chargeur l'une après l'autre, accompagnant chacune d'une injure et d'une prière réclamant toujours plus de mort. *On les a aidés. On leur a porté secours, à ces salopards, et regarde ce qu'ils ont fait.* Bon Dieu *de merde. À tous les coups, ils ont gardé la meuf droguée ou un truc comme ça, l'ont gardée comme esclave. J'en ai chopé un, c'est déjà ça, j'espère que je l'ai crevé, au moins. Mais pourquoi aller vers l'*amont *?*

JD, la sentinelle inutile. Brent qui lui file une grosse baffe, bien en travers de sa mâchoire déjà contusionnée. Marmonnant qu'il n'y a rien de plus triste que les poivrots qui ne tiennent pas l'alcool ou qui débandent en deux deux. Chargeant le canoë vert forêt en Kevlar, puis filant à toute blinde vers Wapahk. À trois jours de là. Pagayant de toutes leurs forces parce que : a) plus de bourbon, b) plus de nourriture à part quelques poissons salés, c) besoin de se venger. Le téléphone au village, l'appel urgent passé à la police montée : *Envoyez un hélico. Une fille blessée ou droguée, deux types dangereux dont un blessé ou mort.* Parce que Brent était persuadé que les mêmes lois s'appliquaient sur une rivière du Nord et au Texas : si vous chopez quelqu'un en train de vous voler votre cheval, vous avez le droit de le tuer sans sommation.

Jack imagina les deux Texans pagayant comme des fous dans son canoë, atteignant l'îlot dans le virage qui précédait les célèbres Last Chance Falls, mettant le cap sur la berge. Et…

Et le Pierre qui attendait, fusil chargé, attendait deux hommes dans un canoë en Kevlar de six mètres. Les attendait à couvert et… le voilà, le canoë, bonne longueur, bonne couleur – les garçons ! Faits comme des rats, pas de fusil en vue ! La vision défectueuse de Pierre ne lui permettant de voir que deux silhouettes masculines pagayant avec régularité. Patience, mon frère, attends qu'ils soient à dix, huit mètres de la rive, redresse-toi, fusil braqué – *feu !* pompe, *feu !* pompe, *feu*… jusqu'à avoir tiré les six balles de la Winchester Marine, les hommes déchiquetés et renversés, le canoë chaviré, une coque comme une bûche qui oscille dans le courant, aspirée vers la ligne d'horizon, prise dans les chutes. Disparue.

L'un fracassé, les autres noyés.

Pierre se disant que si elle était encore avec eux, il n'avait pas à s'inquiéter non plus. Elle devait être allongée au fond du bateau, à moitié morte, et les chutes impressionnantes se chargeraient de la pulvériser.

Les chances de retrouver les corps sur cette grande rivière, ce territoire lointain, étaient assez faibles. Mais si c'était le cas, si la police lançait une enquête d'envergure et découvrait des blessures par balle, il pourrait toujours dire que les gamins avaient attaqué leur bivouac, avait kidnappé Maia et qu'il les avait pris en embuscade, que c'était une question de survie, de légitime défense, qu'il voulait la sauver.

Jack se repassa le scénario où Pierre prenait les deux Texans pour eux et les tuait, puis démontait le campement, soulagé que ce soit enfin terminé, tout ce merdier, puis allait directement trouver les anciens du village pour les embobiner avec ses mensonges.

C'était le plan de Jack. La raison pour laquelle il avait volé leur bateau. La raison pour laquelle Wynn était mort. Les gens qui comptaient le plus pour lui, il les tuait. D'une façon ou d'une autre. L'orgueil les tuait – le sien. Chaque fois.

*

Mais il devrait attendre un ou deux jours que le scénario se réalise. Attendre en amont avec une femme clairement à l'agonie et avec le cadavre de son meilleur ami.

VINGT-DEUX

Il n'attendit pas vingt-quatre heures. Elle mourait et il ne pouvait pas rester là les bras croisés. Vers ce qui devait être midi, il partit.

Jack pagaya. Il économisa le moteur, la batterie, pour le vent de face qui ne tarderait pas à venir, il le savait. Il vogua le long de la forêt verte, la forêt aux oiseaux. Un gros martin-pêcheur s'envola depuis une branche, des sauts cadencés le long de la rivière, de perchoirs animés en perchoirs. Un balbuzard solitaire. Jack observait la femme, recroquevillée contre le banc de nage, qui dormait peut-être, trop pâle, le souffle court – il regardait l'arrière de sa veste imperméable afin de repérer le plus léger soulèvement et quand il ne voyait rien, il disait tout haut : *"Pitié. Pitié, respirez. Respirez…"* Il pagaya plus fort que jamais. Il ne regarda pas les boucles de cheveux de son ami, ébouriffées par le vent, les boucles presque rousses agitées par la brise, aussi vivantes que jamais, la tête de Wynn, sa joue posée sur son bras, là où Jack l'avait assis à l'avant du bateau, comme s'il dormait.

S'il vit la forêt, les bandes de gravier, les berges abruptes qui défilaient… il pagaya. Il ne sentait plus ni ses mains ni ses bras. Son esprit aussi était anesthésié.

Ses pensées partaient à la dérive et il avait l'impression de pagayer à l'aveugle.

*

Le jour de l'enterrement de sa mère, Jack se réveilla à l'aube et, dans la confusion de son esprit encore à moitié endormi, il se rappela pourquoi il devait s'enfuir. Il s'habilla et sortit précipitamment de la maison en rondins. Un matin de juin où la brume s'étalait dans les hautes herbes des prairies qui attendaient la première coupe. Il sentait l'odeur suave de l'herbe. Au-dessus d'une petite crête semée de genévriers, il apercevait au nord et à l'est les contreforts enneigés des montagnes Never Summer flottant dans les premiers rayons du soleil. Il se retourna. La grange de l'autre côté de la cour était décorée de branches de pin et de massettes, de bouquets de fleurs sauvages séchées qui avaient été cloués au montant de la grande porte. Beaucoup de voisins étaient passés la veille pour apporter des couronnes qu'ils avaient fabriquées avec des rameaux d'épicéa et de sapin, et des brassées de toutes les fleurs épanouies qu'on pouvait ramasser.

Il était incapable de les regarder. Il se rendit aux écuries. Le béton lessivé, les box vides, l'odeur des chevaux. Mindy, la jument de sa mère, n'était pas là. Il sortit par l'arrière et escalada la clôture du pré. Les chevaux y étaient disséminés, tête baissée. Avec la brume, on avait presque l'impression qu'ils se nourrissaient d'eau pâle.

Elle était tout au bout, là où le pré descendait vers les saules qui longeaient la Fraser River. L'herbe alourdie de rosée mouilla les jambes de son pantalon jusqu'aux genoux. En s'approchant, Jack entendit le quarter horse bien charpenté arracher des touffes d'herbe, l'entendit souffler, puis il sentit sa présence. La jument avait la couleur d'une selle trempée de pluie.

Il marcha vers elle et elle leva la tête, se tourna. "Hé, ma belle, dit-il. Salut." Il posa une main sur son cou et elle lui effleura la joue de ses naseaux, le souffle chaud de l'animal passant sur le col de sa chemise. Elle avait la jambe antérieure bandée. Quand elle avança le pied vers lui, elle partit sur le côté comme si elle était entravée. Il cala son front à la base de son cou et elle resta tranquille. Il caressa doucement les ondulations de sa cage thoracique – le véto avait dit qu'elle avait des côtes cassées. Elle ne broncha pas. C'était le cheval préféré de sa mère. Elle laissa le jeune garçon se serrer contre elle.

Jack resta là. Il ne fit aucun bruit. Il se serra contre elle et inspira. C'était le dernier endroit où sa mère s'était trouvée. Avant le fracas du torrent. Où elle s'était sentie bien. Chantonnant avec son mari. C'est à ça qu'il pensait. Tu étais là. Plus maintenant. Il aurait donné sa vie avec plaisir pour l'entendre chanter encore une fois. Il se colla à la jument et se laissa aller. Il passa les bras comme il put autour du cou de l'animal. Ne bougea pas.

Au bout d'un moment, Mindy le bouscula légèrement en se tournant brusquement et Jack aperçut son père qui marchait dans le pré ensoleillé.

Il portait une veste sport et ne dit rien. Il ne dit pas : "Je te cherchais." Il arriva au niveau du garçon et de la jument, posa une main sur la tête de son fils et une autre sur le flanc du cheval et se tint là, simplement. Se tint là un moment. Jack aurait voulu rester comme ça. Puis son père finit par dire : "C'est l'heure."

Ils regagnèrent l'écurie. Son père n'avait pas rompu le contact, la main toujours sur lui, sur son épaule, sur sa tête. Beaucoup de gens prirent la parole. Quelqu'un joua un morceau à la guitare. On parla encore. Les gens pleurèrent. Certains rirent au milieu des larmes. Jack ne comprenait pas un mot. Il était dans l'ombre d'une grande estrade de fortune. Il laissa son père le toucher et l'entendit dire : "Jack ? Jack, est-ce que tu peux dire quelque chose ? Juste quelques mots. N'importe quoi ?" Il se sentit acquiescer. Il monta sur scène. Se figea. C'était tout. L'air était gorgé de soleil. Personne ne parlait. Que pouvait-il dire quand tout était sa faute ? Sa bouche remuait, mais aucun son ne sortait et il vrilla. Puis il entendit un bruit comme un coup de vent, les pas de son père sur les planches et sa grande main sur son épaule, et il entendit : "Jack. Tout va bien, fiston, tout va bien", et il sentit son père le porter. Il le souleva vers le ciel et le couvrit. Il le couvrit, le serra fort contre lui sans cesser de murmurer : "Allons chercher quelque chose à manger. Tout va bien, tout va bien…"

Jack ne sortit de sa transe qu'au moment où il entendit un fracas pareil à du ressac. Il recouvra ses esprits, il pagayait rapidement et ses larmes tombaient sur la pellicule d'eau au fond du canoë, l'eau était rose à cause du sang de Wynn. Pas de vent, l'air stagnait ; ils n'avaient pas eu besoin du moteur. Le soir s'était rafraîchi et le soleil avait rejoint la cime des arbres de la rive gauche. Puis il se réveilla pour de bon comme s'il sortait d'un rêve, sursauta de panique parce qu'il savait que ce bruit était celui des chutes et savait qu'ils devaient atteindre la rive gauche. Il inspira profondément, *putain*, chercha Maia du regard et il vit qu'elle était blême, trop blême, mais il vit aussi le faible mouvement de sa respiration et il poussa un soupir de soulagement. Il ne regarda pas la tête de Wynn posée sur son bras à la proue, il leva les yeux et sentit le courant rapide qui les entraînait vers l'aval, vers l'horizon plat et le rugissement, vers la lèvre des chutes, évalua la distance jusqu'à l'étendue de plage caillouteuse qui devait servir de point de départ du portage, et l'idée le traversa soudain : *on n'y arrivera peut-être pas.* Il laissa tomber la pagaie contre le siège, se pencha en arrière, appuya sur l'interrupteur puis sur le bouton de démarrage et, Dieu merci, le moteur toussa avant de prendre vie dans un vrombissement. Il fit largement pivoter le manche vers la gauche, la proue dévia de son cours et il entama la traversée. Après quoi, il se tint à la poupe et parcourut les lieux du regard. De sa main libre, il sortit la .308 de là où il l'avait coincée dans l'anse d'une glacière, canon vers le bas. Il mit les gaz et fut à nouveau surpris par la puissance du moteur électrique, un point positif, il s'assit et maintint le manche du genou, le fusil à l'épaule, et se remit à inspecter les environs.

Les deux yeux ouverts, il regarda par la lunette de visée. Il laissa le réticule glisser le long de la rive, sur les hautes herbes, les épilobes et revint vers les grands pins en lisière de la forêt. Rien. Si tout s'était déroulé comme il l'avait imaginé, alors Pierre était parti depuis longtemps, devait effectuer les derniers kilomètres le séparant de Wapahk où il pourrait se mettre à inventer une histoire de toutes pièces.

D'accord. Mais. Quand même. Il scruta la berge et s'aperçut qu'il avait viré à temps pour atteindre la plage, il réduisit la vitesse et se leva, observa la plage et les arbres à l'œil nu, puis reprit le fusil pour examiner chaque roche, arbre et ombre avec la lunette. Rien. Bien. Il ne se détendit pas. Ce n'était pas le moment de tout faire foirer.

La carabine en bandoulière, il projeta le canoë sur la rive rocheuse sans se préoccuper des éventuelles éraflures, il bondit depuis la poupe dans l'eau peu profonde qui l'éclaboussa, et fila vers la proue qu'il souleva, tira l'embarcation au sec et courut. La .308 en main, cette fois, il remonta la plage, se mit à couvert dans les épilobes et redescendit de l'autre côté. Il se déplaçait avec la discrétion et la rapidité d'un chasseur quand un gros élan lève le museau, méfiant, et fonce à travers la prairie. Il n'allait pas se faire tirer dessus maintenant. Pas maintenant. Il ralentit et se faufila entre de gros pins éparpillés, le regard suivant l'envolée d'une moucherolle phébi, un mouvement dans l'ombre d'une branche, l'essor d'un papillon de nuit. Rien. Puis il le vit. La lueur de l'acier dans les hautes herbes. Dans un long rayon de lumière qui coupait à travers les pins. L'acier et, après deux pas précautionneux, le canon brillant, la plaquette en bois du calibre 12 et le bras de l'homme. Tendu. Dans une chemise en tissu écossais verte. Le bras, le torse courbé vers l'arrière comme cambré, les boucles de cheveux noirs et un bonnet en polaire noire à trente centimètres de là dans l'herbe. Et le maillot en laine couvert de sang séché, un trou net laissé par une balle en pleine poitrine.

*

Salopard de Pierre. Bon débarras.

Il n'éprouva rien.

Il s'accroupit aussitôt et se déplaça le plus près du sol possible, d'arbre en arbre, s'arrêtant souvent pour écouter. Il savait que Brent et JD étaient partis depuis longtemps, mais il avait aussi été persuadé que Pierre allait tirer sur les Texans et il avait eu tort. Il n'allait pas se faire dézinguer par Brent maintenant. Il avança d'arbre en arbre tandis que les ombres des pins s'étiraient sur la plage et striaient les rochers. Il fit le tour de la rive, s'engagea sur la sente bien dégagée qui contournait les chutes et… rien.

Il remonta la pente à toutes jambes et chercha le canoë de Pierre dans les fourrées – il se disait que le téléphone satellite s'y trouvait peut-être encore, ce qui lui permettrait de faire venir un hélicoptère –, mais pas de canoë. Bon sang. Où l'avait-il caché ? Il avait fait du bon boulot. Jack chercha des marques, des traces de déplacement, et ne vit rien. Putain. Il n'avait pas de temps à perdre, plus maintenant. De toute façon, Pierre s'était sûrement débarrassé du téléphone dans la rivière pour éviter que la police ne mette la main dessus quand il serait au village et ne lui demande pourquoi il ne les avait pas contactés en urgence.

Jack revint au bateau et porta Maia le plus délicatement possible le long des cataractes rugissantes jusqu'à l'autre bout du portage et la déposa en douceur sur un épais matelas de lichen et de mousse, puis repartit et s'obligea à porter Wynn. Ce dernier était beaucoup trop lourd. Difficile à soulever à cause de la rigidité cadavérique, mais Jack se pencha, le fit basculer sur son épaule et se releva, descendant le portage sans jamais le laisser tomber même si ses genoux faillirent céder à deux reprises. Son oreille et son menton touchaient la peau froide du flanc droit au-dessus de la ceinture et Jack se força à parler tout au long du chemin : "OK, mon pote, on gère, on gère, on va rentrer à la maison, maintenant, je te ramène à la maison." Encore et encore. Et il remonta la plage en courant sans jeter un regard au corps de Pierre étendu dans les ombres, fit glisser le canoë sur les roulettes et ne prit presque rien en matière de provisions ou d'équipement, ils n'avaient plus qu'une nuit à passer, et il tira le bateau allégé sur le sentier cahotant du portage, installa Maia sur un lit de sacs vides et murmura : *"Pitié, pitié, pitié"*, assit Wynn du mieux qu'il put au niveau du siège avant et il partit sans même se retourner vers les chutes. Il savait qu'il ne restait que soixante-dix kilomètres sur un courant rapide pour rejoindre le village. Trois jours en temps normal, mais il savait qu'ils pourraient naviguer en sécurité pendant la nuit et qu'ils arriveraient le lendemain.

ÉPILOGUE

Jack roula.

Sur la route en pente raide et sinueuse qui montait au Dusty Ridge. Il roula phares éteints parce qu'il ne faisait pas encore totalement nuit et qu'il voulait voir la forêt et la piste sablonneuse qui la traversait. Il roula sur des nids-de-poule remplis par la pluie tombée l'après-midi et qui éclaboussait le capot du pick-up, et quand le vent soufflait, il envoyait des rafales d'eau et de feuilles sur son pare-brise.

Cette nuit d'octobre avait beau être froide, il roula vitres baissées et entendit le bruit de la Sawyer Brook couler entre ses berges. Il connaissait chaque virage et chaque gros érable. Il avait emprunté la route Dieu sait combien de fois. Il l'avait surtout empruntée avec Wynn, et seul quand Wynn préparait un examen, que lui-même avait déjà passé, et qu'il rêvait de rentrer chez lui. Ça n'était pas chez lui, mais presque – c'était l'impression que cette famille lui donnait. Plus que tout au monde, il aimait entendre la mère de Wynn, Hansie, l'appeler d'une voix chantante quand il passait la porte : "Jack ? Jaaack ? C'est toi ? Viens, entre ! Wynn a appelé pour nous prévenir. C'est merveilleux, viens !" Cette mélodie. Et les odeurs qui lui parvenaient brutalement, celles d'une famille surprise vivant sa vie, le pain du matin posé sur la planche, le poêle, l'odeur de l'ardoise à l'entrée, couverte de boue, Leo le labrador dont la queue tapait contre un pied de la table, la vieille maison qui exhalait le pin et le chêne. Les odeurs qui se tressaient finement et comblaient un espace au fond de lui qu'il avait l'habitude de connaître vide. C'en était presque douloureux.

Ce soir-là, il roula sur la route sinueuse gagné par la terreur. Il n'était pas allé aux funérailles. Elles avaient eu lieu fin septembre, trois semaines après la fin du voyage. C'était sans doute la période que Wynn préférait pour gravir la crête. La forêt jaune tirant sur un rouge couleur miel, les pommes qu'on sentait mûrir sur les arbres jusqu'en bas de la colline. Ils avaient organisé la cérémonie dans un des endroits préférés de Wynn, la vieille prairie qui descendait à la Sawyer Brook où il avait appris à pêcher en grande partie avec sa mère. Ils avaient eu la bonté d'inviter Jack, de lui demander de dire quelques mots. Il était déjà rentré au ranch et avait répondu : "Je suis désolé, je ne peux pas."
"Tu ne peux pas ?" avait demandé Hansie. Cela ne lui était pas venu à l'idée.
"J'en suis tout bonnement incapable."
Il y eut un silence – on aurait dit que le vent soufflait sur la ligne – et Hansie répondit : "Je ne t'en veux pas. Qui pourrait t'en vouloir ? Personne."
"C'est-à-dire que…"
"Tu culpabilises et c'est de la folie. Je t'assure, Jack. *Mon Dieu*. Viens. S'il te plaît, viens. Tu sais que c'est ce qu'il voudrait par-dessus tout."

Le vent électrique.

Il l'entendit soupirer. "Un jour, il m'a dit qu'il ne savait pas comment tu étais arrivé dans sa vie", raconta-t-elle.
"Ah bon ?"
"Il m'a dit qu'il n'avait jamais eu de meilleur ami, que c'était comme si Dieu ou je ne sais qui t'avait parachuté sur sa route, et il ne pensait pas qu'il rencontrerait à nouveau quelqu'un d'aussi formidable. Que tu étais comme un frère, mais en mieux parce que vous n'aviez pas passé votre enfance à vous bagarrer. *Mon Dieu.*"

C'était vrai. Il imaginait bien Wynn dire ça. Sans oublier de mentionner Dieu pour Le froisser un peu au cas où Il serait vraiment là-haut en train d'*ex-machiner* tous azimuts. Jack remercia Hansie et lui dit qu'il devait aller aider son père. Il fut incapable de prononcer un mot de plus. Pour la première fois de sa vie, il se demanda s'il était un lâche.

Mais deux semaines plus tard, il grimpa dans son pick-up et roula vers l'est. Ils ne s'étaient pas inscrits à la fac pour le trimestre d'automne et Jack n'avait aucune idée de ce qu'il allait faire ni même s'il allait retourner à l'université une fois l'hiver venu. Il demanda à son père si ça lui convenait qu'il ne rentre qu'en mai, et il mit cap à l'est. Il traversa le haut désert et les Grandes Plaines, roula toute la nuit. Il essaya de s'obliger à ne penser à rien. Il était déjà tard quand il arriva à Putney.

La forêt qui bordait les champs chatoyait de jaunes et de roses. Le jour qui tombait ne parvenait pas à les atténuer. Un automne avait passé, il faudrait en revivre un. Bizarrement, son téléphone n'avait pas de réseau, alors il s'arrêta à l'épicerie coopérative de Putney et demanda à utiliser leur téléphone.

"Allô ?" fit une Hansie hésitante. Elle avait l'air épuisée.
"C'est Jack."
"Oh." Inspiration.
"Je suis en ville. À la coopérative. Je me demandais si je pouvais monter."
Un silence pesant dont il ignorait le sens.
Finalement, elle dit : "Tu es ici ? À Putney ?"
"Oui."
"Là, maintenant ?"
"Oui."
Un froissement.
"George est absent. Il construit une école à Craftsbury."
"Je suis désolé." Il ne savait pas pourquoi il avait dit ça. "Je peux repasser une autre fois."
"*Non.* Non, non, non. Viens. Pour l'amour du ciel, viens. Tu pourras dormir dans la chambre de Wynn."

Impossible, pensa-t-il. Et j'ai mon sac de couchage.

Il acheta deux bouteilles de bon vin rouge, il n'aurait pas su dire quel vin à part qu'il coûtait trente-deux dollars d'après l'étiquette, revint au pick-up et gravit la colline à l'ouest de la ville. Il longea de solides maisons en bois peint, l'école élémentaire et une fois à West Hill, les habitations se firent plus rares. La pente était très raide. Au panneau vert indiquant Brelsford Road, il prit à gauche et monta à la maison qui surplombait le champ.

Il tenait les deux bouteilles par le goulot dans sa main gauche. Quand elle ouvrit la porte, il ne sut pas quoi faire de sa main droite. Il la tendit, s'attendant à une poignée de main ou à rien, mais elle s'approcha, passa les bras autour de ses épaules et le serra contre elle, très fort, et appuya la tête sur lui. Ses cheveux sentaient le feu de cheminée et il remarqua quelques mèches blanches. Il comprit soudain qu'il était la dernière personne à avoir vu son fils vivant, qu'en le serrant dans ses bras, elle serrait aussi Wynn. Il eut la chair de poule et posa sa main libre dans son dos. Il sentait ses côtes, elle lui parut frêle. Il n'avait jamais pensé ça d'elle auparavant. Il s'attendait à ce que ses larmes trempent sa chemise, mais non.

"Ça fait plaisir de te voir", dit-elle sans le regarder et elle prit les bouteilles. Elle avait l'air décoiffée. Ses cheveux, souvent maintenus dans une longue tresse, étaient défaits. Il entra. Il sentit l'odeur d'un rôti. Jess était assise à la table, dessinant sur un bloc-notes, tirant la langue sur le côté. Elle leva les yeux et sembla sursauter. Elle ouvrit la bouche, son regard s'éclaira et il y lut de la confusion. Ce moment n'était pas comme les autres.

"Salut, dit-il. Salut, Jess."
"Salut." Elle ferma son carnet de dessins. Il ne lui demanda pas ce qu'elle dessinait.
"Où est Leo ?" dit-il.
"Papa l'a emmené."
"Oh. D'accord."
Elle remua les lèvres, cligna des yeux, et Jack vit les doigts de sa main valide recourber un coin de feuille.
"Il aime les trajets en voiture", dit-elle.

“Oui, c’est vrai. Je me souviens. J’avais envie de grimper en haut de la montagne tôt demain matin. Tu veux venir ?”
Elle secoua la tête. “Non, ça va.” Elle refusait de le regarder.
Hansie inspira profondément. “Enlève ta veste et assieds-toi. Le repas est prêt.”

Il obéit. Elle ouvrit l’une des bouteilles. Elle utilisait un simple tire-bouchon à l’ancienne et il remarqua qu’elle avait fait une pause, presque comme pour trouver la concentration nécessaire avant d’enfoncer la pointe rapidement dans le bouchon et de l’extirper en deux mouvements. Elle planta une fourchette dans le rôti pour le transférer du plat de cuisson à un autre qu’elle posa ensuite sur la table.

“Il vient de chez Littledale, en bas de la colline. On lui a acheté la moitié d’un bouvillon cette année.”
Il acquiesça. “Ça sent bon. Ses bœufs ont toujours eu meilleur goût que les nôtres.”

Ils mangèrent. Il était face à la grande fenêtre par laquelle il savait qu’en journée on voyait les plis des collines et les vergers jusqu’à la Connecticut River Valley et, sur l’autre rive, Mount Monadnock. Ils mangèrent en silence. Hansie posa sa fourchette et but une longue gorgée de vin. Ne resta qu’un fond juste au-dessus du pied de son verre. Elle se tourna vers Jack.

“C’était une très belle cérémonie. Il aurait…” Elle s’arrêta.
Il ne savait pas quoi dire.

"Qu'est-ce que tu as fait depuis tout ce temps ?"
Elle avait le pourtour des yeux rouge.
Il ne savait pas comment répondre. Il aurait pu dire : *J'ai revécu chaque heure du mois d'août, que j'ai ensuite divisée en minutes.* "J'ai aidé papa pour le rassemblement", dit-il.
"Le rassemblement du troupeau ?"
"Oui, en montagne. Dans les Never Summers."
"Tu le fais à cheval, c'est ça ? Je me souviens. Comme dans une chanson de cow-boy, disait Wynn." Il vit sa main tachetée se tendre à l'aveuglette vers le pied du verre vide. Il saisit la bouteille et la resservit.
"Oui, m'dame", dit-il. Elle cligna des yeux. Il ne l'avait jamais appelée comme ça, pas depuis leur première rencontre où, pliée en deux de rire, elle l'avait charrié à n'en plus finir. Elle voulut dire quelque chose, mais se ravisa. Jack crut qu'elle avait du mal à respirer et détourna le regard. Baissa les yeux vers la table. Wynn l'avait fabriquée pour l'anniversaire de mariage de ses parents – du bois de cerisier. L'arbre devait être très vieux, le grain était sombre et compact. Les cernes faisaient comme les motifs d'une carte topographique et il aurait donné cher pour se promener dans un paysage avec une telle nature, un tel relief et tant de rythme. De l'autre côté de la table, Hansie tentait de garder le silence, et il ne leva les yeux que quand elle s'essuya les yeux avec sa serviette.

"Tu as fait beaucoup de route", dit-elle.
Il s'immobilisa totalement. Il ne respirait plus.
"Il faut que tu nous racontes et il faut que je l'entende. Jess aussi. Elle peut l'entendre."
"L'entendre ?"

"Jack."
Il sentit la panique monter, peut-être comme un veau quand il sent la première morsure de la corde avant le marquage.
"Vous voulez que je vous raconte comment nous… ? Tout ?"
Hansie acquiesça.
"Jess ?" dit-il. La petite fille avait les yeux écarquillés et brillants. Il vit qu'elle n'avait pas touché à la tranche de viande dans son assiette. La tête ailleurs, sa mère avait oublié de la lui couper. "Oh, Jess, pardon. Tu veux que je te la découpe ?" Elle acquiesça sans le quitter des yeux et, bras tendus, il coupa sa tranche de bœuf.

Il entendit une branche d'arbre taper contre la fenêtre. Il avait une dette envers elles.

"C'est-à-dire. Je…" Il posa le couteau et la fourchette sur l'assiette. "D'accord." Il s'essuya la bouche sur sa serviette qu'il mit sur la table à côté de l'assiette, il ne savait pas pourquoi. Comme s'il allait se lever et partir à la fin de son récit. Ce qu'il ferait peut-être.

"Tout a commencé quand on a senti de la fumée", dit-il. Il regarda Hansie.
Elle acquiesça.
"OK. Donc. On a gravi une colline sur une île et on a vu le feu. Il était vraiment gigantesque. On a pris peur. Ça a été suivi d'une matinée avec de fortes gelées, un brouillard épais et beaucoup de vent."

Il leur raconta. Le brouillard, les voix, Wynn qui avait insisté pour revenir en arrière et prévenir le couple qu'il y avait un feu. Wynn prenait toujours soin des gens. Il leur raconta l'homme apparu seul au détour d'un virage, la décision de partir chercher la femme. Elles le dévisageaient. Jess écarquillait les yeux quasiment comme si elle regardait un thriller captivant, et elle n'arrêtait pas de tordre sa serviette. Les seuls bruits provenaient de la branche qui tambourinait et d'une occasionnelle bourrasque heurtant les fenêtres et faisant siffler le tuyau du poêle. La respiration qu'elles retenaient de temps en temps. Elles ne voulaient pas qu'il ralentisse ou s'arrête.

Il leur parla des blessures de la femme, de la tentative d'embuscade, du méga-feu. Le retour vers les terres calcinées. Il ne leur parla pas de la maman ourse et de son petit sur la plage. Quand il arriva à la seconde rencontre avec les Texans, la nuit, l'homme dans la tente, Wynn et lui qui se dépêchaient de rejoindre les deux canoës dans le noir, il s'arrêta. Il tourna sa chaise vers le poêle. Il se contenta de respirer. Elles n'avaient pas versé une larme depuis le début et il leur devait ce récit.

"OK", dit-il. Il se retourna.
"J'ai pris leur canoë parce qu'il avait un moteur. Il fallait qu'on sorte Maia de là le plus vite possible et il n'y avait pas moyen que je la confie à ces types." Il sortit sa boîte de tabac à chiquer de sa poche de chemise d'un geste automatique, dévissa le couvercle, s'en prit une grosse pincée. "Et après ce qui venait de se passer, je ne voulais pas qu'ils puissent nous rattraper."
"Tiens", dit Hansie en lui tendant une tasse. Quelle impolitesse de chiquer pendant le dîner – qu'est-ce qui lui prenait ?

"Non, c'est bon", dit-il et il avala le tabac.
Elle l'observait minutieusement. Il toussa dans son poing. "Je voulais protéger mon meilleur ami et cette femme. À tout prix."
Elle plongea son regard dans celui de Jack. Il dit : "C'est pour ça que je suis remonté vers l'amont. Je voulais que les Texans prennent la tête. Je savais qu'il – que ce type, Pierre – les attendrait avec son fusil." Il s'obligea à la regarder. Elle acquiesça. Il ne cherchait pas de répit et elle ne lui en accorda pas ; c'était comme si elle le voyait à peine. Qu'elle était ailleurs, sur cette plage.

Il leur raconta comment le gros avait tiré sur Wynn. Il leur raconta que Wynn était mort sur le coup. Ce fut son unique mensonge. Il raconta la descente jusqu'à Wapahk. Il avait laissé aux Texans une demi-journée d'avance, avait pagayé, puis avait utilisé le moteur toute la journée et toute la nuit. Il leur raconta comment il était arrivé au portage des Last Chance et avait trouvé Pierre. Le choc. Qu'il avait d'abord porté Maia, puis Wynn. Que deux jeunes Cree étaient sur le ponton quand il avait gagné le village à l'aube, qu'ils l'avaient vu et avaient remonté la route en courant. Les Texans étaient arrivés la veille au soir à bord d'un canoë d'expédition, divaguant à propos d'un homme tué par balle, d'une femme kidnappée. Ils expliquèrent qu'ils s'étaient approchés des Last Chance et avaient mis le cap sur la rive gauche, mais que, lorsqu'ils étaient arrivés à vingt mètres de la plage, ce satané fils de pute avait surgi de derrière un arbre et leur avait tiré dessus. Avec un calibre 12. Mais ce n'était clairement pas un bon tireur, il n'avait pas bien épaulé son fusil et il avait visé trop haut. C'est le gros qui l'avait raconté et il avait dit que son compagnon JD était peut-être bourré, que c'était peut-être une épave, mais que c'était un ami loyal et généreux, qu'il avait été marine – ils s'étaient rencontrés à l'armée – et qu'il avait collé une balle en pleine poitrine du Pierre aussi facilement que s'il avait tiré un chevreuil effarouché dans une clairière. Il l'avait abattu juste au moment où Pierre recommençait à tirer à tout va et les déflagrations avaient arraché des branches de pin quand il était tombé.

Le village avait appelé Churchill, et Churchill avait envoyé un agent de la police montée du nom d'Austin McPhee. McPhee était marié à une Cree de Wapahk, il faisait donc partie de la famille, ce qui rassura les gens du village. Il repartit à bord d'un Otter ce soir-là après avoir interrogé les Texans qu'il installa au centre de loisirs sous bonne garde, leur demandant un peu de patience. L'agent McPhee était donc déjà là quand les gamins se précipitèrent au village en criant qu'un fou furieux, une Savage équipée d'une lunette dans le dos, venait d'arriver en canoë avec la fille blessée et Wynn.

Hansie et Jess ne quittaient pas Jack des yeux. À croire que son visage finirait par révéler les mensonges du récit, qu'il craquerait et dirait : "En fait, non. Rien de tout cela n'est vrai. Wynn sera à la maison demain." Au lieu de quoi, il dit : "On a transporté Maia en ville sur un brancard à l'arrière d'un quatre-quatre et ils ont rappelé l'avion. Wynn et elle ont été conduits sur la piste dans deux pick-up séparés. McPhee les a accompagnés à l'hôpital et est revenu le lendemain matin avec deux autres agents. Ils m'ont installé à l'arrière du centre de loisirs, à l'écart des Texans, et nous ont interrogés les uns après les autres. J'imagine qu'ils craignaient que j'essaye de les tuer. Mais je n'avais tiré sur personne et les Texans n'ont pas porté plainte pour le vol. Donc on m'a dit qu'on me mettait sur le prochain vol pour Churchill et qu'on me trouverait un autre avion pour regagner Pickle Lake, d'où on était... où j'avais mon pick-up." Leur racontait-il ce qu'elles avaient besoin de savoir ? Il n'en était pas sûr.

"On m'a dit que vous aviez organisé le rapatriement de Wynn." Pourquoi ne les avait-il pas appelés à ce moment-là ?
"C'est exact, murmura Hansie. Et ensuite ?"
"Est-ce que c'est important ?"
"Oui."
"OK." Apparemment, il avait vidé son verre en parlant. Il tendit la main vers la bouteille, se versa un demi-verre avec précaution, le but d'une traite. "McPhee a dit qu'étant donné les circonstances le ministère public ou je ne sais qui ne mettrait pas les Texans en examen. C'est..." Il se tut brusquement. Pourquoi maintenant ? Il avait passé le plus dur.

"L'agent m'a expliqué que tenter d'empêcher quelqu'un de vous voler votre bateau en pleine nature peut être considéré comme de la légitime défense." Il inspira. "Donc... vu la confusion, l'agitation du moment..."

Elle avait roulé sa serviette en boule. Elle l'observait à présent au creux de sa paume comme une colombe froissée, puis la reposa sur la table pour la lisser et la replier. “Et pour le viol ? demanda-t-elle. La tentative ?”

“JD leur a raconté qu’il ne faisait que vérifier comment elle allait puisqu’il était le seul à être réveillé. Elle n’a pas pu reconnaître qui c’était dans le noir et même si elle avait compris qu’il voulait l’agresser, vu l’état comateux dans lequel elle était, elle n’aurait pas pu certifier grand-chose.”

Hansie soupira. Elle refusait de pleurer encore une fois. Il aurait préféré qu’elle pleure. Les yeux de Jess allaient de sa mère à Jack, elle couvrait sa main droite repliée de sa main valide comme si elle voulait la protéger de toute cette histoire.

“Ils ont gardé les Texans pendant deux jours, j’imagine, à Thunder Bay. Et c’est tout. Maia avait l’intestin perforé, des côtes cassées. McPhee m’a dit qu’elle s’en tirerait.”
“Elle nous a appelés, dit Hansie. Elle était à l’hôpital Brigham and Women’s. On a parlé pendant une heure.”

Jack leva les yeux d’un coup. Bien sûr. Il était le seul à ne pas avoir appelé. À ne pas avoir fait signe. Parce qu’au fond de lui il était encore sur la rivière. À cet instant, il comprit pourquoi. Il était encore sur la rivière avec Wynn, ils étaient encore en train de pagayer et de se chamailler pour savoir s’il fallait donner une chance à cet homme, au monde entier. Ils pêchaient encore dans le ruisseau couleur thé envahi de plantes aquatiques, pataugeaient dans le courant à quelques mètres d'écart. Wynn faisait des sculptures avec des cailloux et des plumes sur la rive. Ses trucbidules. Et il lui lisait des histoires de fantômes près du feu. Jack était face à la mère et à la sœur de Wynn, elles essayaient de tourner la page. Lui non.

"Une minute, s'il vous plaît." Il se leva. Sortit dans la nuit venteuse qui embaumait l'odeur suave des feuilles en train de pourrir, se posta sur le petit ponton, bourra sa pipe et l'alluma. Dans une minute, il retournerait à l'intérieur. Il leur raconterait tout ce qu'elles voudraient savoir d'autre.

Mais il ne leur raconterait pas qu'un agent Cree était venu le trouver à l'aéroport de Churchill et l'avait conduit à l'hôtel Aurora. Qu'il n'y avait pas séjourné. Il avait tourné les talons, avait remonté Bernier Street, longé les maisons en ruine et les motoneiges rouillées jusqu'à la rive. La marée s'était retirée, il avait dépassé l'épave d'un bateau à moitié enterré dans le sable et s'était dirigé vers l'estran. Il avait vu des traces d'ours polaire et savait que ces animaux rôdaient plus près des rives à cette période de l'année, mais ça lui était égal.

Il avait marché vingt mètres jusqu'à l'eau et continué jusqu'à y enfoncer toute la hauteur de ses bottes. Avait sorti le canoë de Wynn de sa poche et l'avait posé sur l'eau. Ce dernier gîta sous le vent de terre et affronta la baie d'Hudson. "Bravo, Wynn, murmura Jack. Sculpture parfaite. Ça ne m'étonne pas." Après quoi, il poussa le bateau miniature vers le large. Mais la marée était faible et le vent lui renvoyait le canoë dans les jambes. Il ne voulait pas partir. “Hey, murmura-t-il, Tout va bien. Tout va bien, tu peux partir, maintenant. S’il te plaît.” L’appel était presque désespéré. Le canoë pivota contre le haut de sa botte et cessa de bouger. Il restait sur les hauts-fonds, ballotté par les vaguelettes, ne s’éloignait pas. Jack regarda la baie là où la ligne d’horizon n’était que gris sur gris. Le ciel et la mer confondus. Une volée d’oies sauvages. Il avait fermé les yeux. Senti l’odeur de sel. Entendu la plainte rapide d’une mouette. Puis il avait repris le canoë au creux de sa main et était retourné en ville.

REMERCIEMENTS

Nombre de personnes ont prêté leur énergie et leur sagesse à l'écriture de ce livre. Toute ma reconnaissance va à mes premiers lecteurs, Kim Yan, Lisa Jones, Helen Thorpe, Donna Gershten, Jay Heinrichs et Mark Lough. Votre passion et votre fantastique perspicacité ont été essentielles, comme toujours. Ces livres n'existeraient pas sans vous.

Merci à Jad Davenport pour sa grande connaissance de la région et pour avoir partagé avec moi une histoire cruciale. Et à Jason Hicks, Steve Schon, Bobby Reedy, Mike Reedy, Billy Nutt, Cedar Farwell, Jay Mead, Silas Farwell, Sascha Steinway, Lyn Bixby, Mark Young, John French, Geordie Heller et Becky Arnold, pour leur expertise. Et à Kate Whelent pour le carburant. Malar Simms m'a apporté une aide inestimable sur les questions de droit. Et pour tout ce qui est médical, les médecins Melissa Brannon et Mitchell Gershten ont été indispensables. Merci au pompier Jim Mason de m'avoir raconté dans les moindres détails les caractéristiques et la puissance incroyable du feu et à Marilee Rippy de nous avoir présentés. Ma reconnaissance éternelle à Shawn Manzanares et Angela Lewark.

Merci à ma vieille amie Creigh Moffatt de m'avoir raconté l'expédition de son père sur la Dubawnt River et à Skip Pessl d'avoir partagé plus qu'une histoire. Il y a de nombreuses années de cela, Keith et sa fille, Margaret Keith-Sagal, ont organisé un dîner dans le New Hampshire durant lequel a germé l'idée de ce roman. Merci pour cette soirée et toutes les autres.

Merci aux habitants de Peawanuk pour leur hospitalité après une longue traversée en rivière, à Kim pour avoir pagayé avec moi et à Lynn Cox et Matt, ainsi qu'à Jerry.

Merci à tous ceux qui ont descendu des rivières, mes partenaires au fil des ans qui ont partagé avec moi le pays le plus beau et le plus sauvage qui soit, et qui m'ont toujours protégé. Ce livre vous est spécialement dédié. Landis Arnold, Sascha Steinway, Andy Arnold, Roy Bailey, Newton Logan, Rafael Gallo, Adam Duerk, Peter Weingarten, Paul Bozuwa, Harold Schoeffler, Willy Kistler, John Mattson, John Jaycox, Don Johnson, Chuck Behrensemeyer, Jay Mead, Billy Nett – vous êtes mes frères, à jamais.

Ce livre n'aurait pas été écrit sans les encouragements et les conseils de mon formidable agent David Halpern, et de ma brillante éditrice Jenny Jackson. Vous étiez là dès la première phrase et je trinque à votre santé.

C'est un honneur et un privilège de vous connaître.

OUVRAGE RÉALISÉ
PAR L'ATELIER GRAPHIQUE ACTES SUD
ET ACHEVÉ D'IMPRIMER
SUR ROTO-PAGE
EN JUIN 2021
PAR L'IMPRIMERIE FLOCH
À MAYENNE
POUR LE COMPTE DES ÉDITIONS
ACTES SUD
LE MÉJAN
PLACE NINA-BERBEROVA
13200 ARLES

DÉPÔT LÉGAL
1re ÉDITION : MAI 2021

N° impr. : 98540
(Imprimé en France)